229 .

Le Bras droit du Bourreau

Du même auteur
dans la même collection

Au seuil de l'abîme

Hake Talbot

Le Bras droit du Bourreau

Traduit de l'américain
par Danièle Grivel

Avant-propos de Roland Lacourbe

*Collection dirigée par Claude Chabrol
et François Guérif*

Rivages/Mystère

Photo de couverture : Collection Roland Lacourbe

Titre original : *The Hangman's Handyman*

© 1942, Hake Talbot
© 1970, Henning Nelms
© 2000, Éditions Payot & Rivages
pour la traduction française
106, boulevard Saint-Germain – 75006 Paris

ISBN : 2-7436-0650-9

Avant-propos

HAKE TALBOT
L'ÉTOILE FILANTE

Le roman d'énigme recèle en son sein un domaine qui représente à lui seul un genre, une tendance issue directement de la littérature gothique anglaise du XIXᵉ siècle. Je veux parler de ce que l'on pourrait appeler le « fantastique rationnel », autrement dit un style de récit dans lequel l'auteur se donne pour tâche de mettre en place une situation déroutante pour l'esprit, apportant, à la fin de son ouvrage, toutes les explications susceptibles de satisfaire la raison du lecteur. Cette démarche comble à la fois les amateurs de fantastique et d'irrationnel, et ceux qui aiment à disposer d'explications convaincantes pour tout ce que George Langelaan cataloguait sous la dénomination de « faits maudits », ces manifestations de l'insolite et du bizarre qui, quoi qu'on en pense, dérangent périodiquement notre univers cartésien.

Naturellement, dans cette spécialité, la nébuleuse John Dickson Carr brille d'un éclat particulier. Dans son œuvre, Carr a traité de la majorité des situations classiques du fantastique : spiritisme, sorcellerie, vampirisme, malédictions, vieilles légendes, pouvoirs inconnus de l'homme, etc. Avec, pour couronner le tout et revenant comme un leitmotiv, le thème fascinant entre tous du crime impossible et plus spécifiquement du meurtre en chambre close. Bien peu d'auteurs, en vérité, ont orienté si inlassablement, si consciencieusement leur œuvre dans une exploration aussi méthodique. Je ne vois guère que Clayton Rawson qui puisse lui être comparé à cet égard.

Un troisième auteur est à citer, pour s'être systématiquement intéressé aux seules situations paradoxales si chères à Carr et à Rawson. Un auteur demeuré longtemps inconnu dans notre pays et oublié dans son Amérique natale : Hake Talbot, dont voici l'ultime ouvrage à voir le jour en France, plus de cinquante ans après sa première parution.

Hake Talbot n'a écrit, en tout et pour tout, que deux romans et deux nouvelles appartenant au genre qui nous intéresse [1]. Et c'est bien dommage ! Car ces quatre tentatives sont des étoiles de première grandeur dans le firmament de la littérature policière à coloration fantastique.

Grand spécialiste du crime en chambre close dont il a établi, il y a plus de vingt ans, la première grande bibliographie, le chercheur anglais Robert Adey a été le premier, dans un article titré « Étranges, en vérité... » paru dans la désormais mythique revue *Enigmatika* (n° 14, octobre 1979), à évoquer l'œuvre exceptionnelle de Hake Talbot, « *la dernière figure de l'âge d'or du roman-problème* ». Adey y parlait de quelques œuvres, à l'époque encore inconnues chez nous, et qui méritaient, selon lui, d'être tirées de l'oubli. Ajoutant que, selon lui, Hake Talbot était bien le seul auteur qui, s'il avait écrit davantage, aurait pu menacer la suprématie de John Dickson Carr dans son art si particulier.

En 1998, les amateurs ont eu la chance de découvrir *Au seuil de l'abîme*, traduit pour la première fois en France dans cette même collection. Bénéficiant d'une préface enthousiaste de Claude Chabrol, il a connu un succès à la mesure de ses exceptionnelles qualités. Il faut dire que cette « *pure merveille* » (Chabrol *dixit*) avait été appréciée à sa juste valeur, à l'époque de sa première sortie, aux États-Unis durant la guerre, par un lectorat considérable d'authentiques amateurs qui avaient loué le livre pour sa construction élaborée avec un sens aigu de la progression

---

1. Voir sa bio-bibliographie en fin de volume.

dramatique – un coup de théâtre à la fin de chaque chapitre ! –, l'extrême sophistication de son intrigue qui accumulait les situations fantastiques, les anecdotes irrationnelles, les impossibilités matérielles (voix provenant de nulle part, séance de spiritisme, manifestation spectrale, méfaits d'une créature invisible, tueur capable de sortir d'une pièce close ou de voler dans les airs, etc.) pour, en fin de compte, au cours d'un épilogue très dense, apporter une réponse cohérente sinon vraisemblable, mais satisfaisante sur le plan rationnel, à toutes ces manifestations du bizarre. John Dickson Carr lui-même ne tarissait pas d'éloge à son sujet, parlant de « *classique méconnu méritant la plus large audience* » et d'une « *merveille d'ingéniosité* ». On le voit, Carr et Chabrol se rejoignent...

Est-il besoin d'assurer que ceux qui ont aimé *Au seuil de l'abîme* ne seront pas déçus par ce premier roman du même auteur ? D'autant plus qu'il traite d'un « fait maudit » qu'aucun écrivain, à ma connaissance, n'avait encore réussi à exploiter pour bâtir une intrigue – si l'on excepte Edgar Poe dans sa courte nouvelle *La Vérité sur le cas de monsieur Valdemar* : la décomposition accélérée et inexplicable du corps d'un homme mort depuis moins de deux heures...

La découverte désormais possible en France des deux chefs-d'œuvre de Hake Talbot devrait convaincre les plus sceptiques : même Clayton Rawson dans ses meilleurs jours – *Miracles à vendre* ou *Les Pieds au plafond* – n'atteint jamais cette rigueur dramatique uniquement sensible dans les grands romans de Carr, ce sens profond de l'atmosphère vénéneuse, ce don d'explorer jusque dans leurs ultimes retranchements les situations fantastiques les plus baroques, d'exploiter à profusion les conséquences d'une conjoncture improbable poussée à son paroxysme.

Comme *Au seuil de l'abîme*, situé dans le décor pittoresque des grandes forêts nord-américaines, *Le Bras droit du Bourreau* s'appuie sur le thème classique du petit groupe réuni dans un endroit désolé, le temps d'une nuit de cauchemar. En l'occurrence, le sinistre manoir de l'île du Kraken, un rocher escarpé au large de la Caroline du Nord. Le riche Jackson B. Frant a invité quelques relations à venir y passer le week-end. Mais l'île se retrouve soudain coupée du continent par la tempête qui fait rage, une panne d'électricité obligeant les visiteurs à s'éclairer à la bougie. Et pour parfaire ce début prometteur, lord Evan Tethryn, le demi-frère du propriétaire des lieux, se révèle l'ultime descendant d'un sorcier sur qui plane une sombre malédiction : il aurait le pouvoir de tuer par la pensée... Quant à la bibliothèque du château, elle regorge de livres étranges traitant de paranormal et de démonologie. Cette sombre demeure sera le sanctuaire propice à force discussions sur l'existence de ces représentants d'un monde invisible côtoyant le nôtre, ces êtres monstrueux qui dérangent l'ordonnancement de la Nature.

À ce propos, comme dans *Au seuil de l'abîme* – et ainsi que l'avait souligné Claude Chabrol dans sa préface –, on pourra admirer l'art avec lequel Hake Talbot intègre parfaitement le dialogue au développement de l'action. Ce qui lui permet, à l'occasion, de brocarder l'imposture des rationalistes à tous crins qui détournent le regard dès qu'un phénomène « inclassable » dérange leurs certitudes : « *Nous, les scientifiques (...), avons prouvé par des expériences en laboratoire que l'univers est un mécanisme colossal dans lequel chaque effet est produit par une série de causes liées entre elles, et donc, en définissant de manière précise la nature mécanique de l'univers, nous sommes capables d'affirmer de manière tout aussi précise que tout phénomène dont les effets ne sont pas fondés sur des causes n'existe pas* » (chapitre XI).

Comme dans *Au seuil de l'abîme*, vous allez y retrouver Rogan Kincaid, ce joueur professionnel habile et cynique, qui gagne sa vie au poker ou à tout autre jeu dans lequel son savoir-faire et ses connaissances en illusionnisme, qu'il garde jalousement secrètes, lui permettent de favoriser la chance... Cet aventurier séducteur – un bien étrange détective amateur, on en conviendra – aimant par-dessus tout disserter (en connaisseur) sur l'existence problématique des élémentaux, des incubes, succubes et autres créatures diaboliques... et qui sera soudain attaqué en pleine nuit, dans sa chambre fermée de l'intérieur, par quelque chose de « *gluant et de visqueux* » qui cherche à l'étrangler. Donnant corps aux rumeurs de monstres de la mer et de génies des eaux qui hantent l'inquiétante demeure...

Grand admirateur des maîtres de l'insolite, John Dickson Carr en tête, mais aussi de G. K. Chesterton et Melville Davisson Post – à qui *Au seuil de l'abîme* est dédié –, Hake Talbot accuse bien d'autres influences. Algernon Blackwood pour *Au seuil de l'abîme*, Ann Radcliffe, Horace Walpole et William Hope Hodgson, entre autres, pour *Le Bras droit du Bourreau*. Sans oublier les pages sulfureuses de *Dogme et Rituel de la haute magie* d'Éliphas Lévi dont l'ombre occulte hante ses deux maîtres ouvrages.

Si *Au seuil de l'abîme* est souvent cité comme son chef-d'œuvre – il fut classé deuxième en 1981 (derrière *Trois cercueils se refermeront* de John Dickson Carr) par un parterre d'aficionados invités par Edward D. Hoch à établir un florilège des meilleurs romans de crimes en chambre close –, *Le Bras droit du Bourreau* n'est pas loin de le valoir en qualités intrinsèques. Lui aussi fut salué, à sa sortie, comme un tour de force et un modèle du genre. Pour ma part, je l'ai toujours considéré comme supérieur au second livre par sa volonté de ne pas disperser l'attention du lecteur en accumulant les faits insolites. Je pense que ceux qui ont apprécié *Au seuil de l'abîme* seront encore plus émerveillés par la grande rigueur de cet ouvrage, pièce unique dans la littérature policière, plus *maîtrisé* parce que plus *linéaire*. Car ils y découvriront avec encore plus d'évidence le don remarquable de cet écrivain hors du commun pour broder, avec une perpétuelle invention, sur un unique ressort dramatique baroque, incongru, *impossible*... Ils admireront avec quelle virtuosité, quelle économie de moyen et quel humour il est capable d'étonner ou de surprendre. Et surtout d'inquiéter par l'installation d'une angoisse latente, avec la présence lugubre et menaçante d'une entité indéfinissable dans cette île du Kraken battue par les flots, qui attend ses visiteurs comme un piège prêt à se refermer...

Roland Lacourbe

Principaux personnages

Jackson B. Frant, fabricant de produits pharmaceutiques.
Lord Evan Tethryn, demi-frère de Frant.
Arnold Makepeace, précédent propriétaire du Kraken.
Julia Makepeace, sa sœur.
Sue Braxton, fiancée d'Evan.
Dr. Stirling Braxton, grand-père de Sue.
Bobby Chatterton, neveu des Makepeace.
Nancy Garwood, amie de Frant.
Alfred V. Hoyt.
Dan Collins, journaliste au *Record*.
Sergent Tom Dorsey.
Dr. Murchison, médecin légiste.
Jacob Feldmann, expert en anthropométrie.
Et Rogan Kincaid.

A miss Titmouse.

I

Une île appelée le Kraken

Le fracas de l'océan contre les rochers fut le premier bruit que Nancy entendit. Elle se réveilla étendue en travers du lit et toujours vêtue de sa robe du soir. Il lui fallut presque une minute pour se rendre compte qu'elle se trouvait dans la chambre qu'on lui avait donnée à son arrivée au Kraken, dans l'après-midi. La jeune fille se leva et avança à tâtons jusqu'à la fenêtre dont les contours imprécis se dessinaient dans l'obscurité. Le vent qui avait fouetté la côte de la Caroline depuis le coucher du soleil commençait à mollir, mais la nuit était toujours noire comme de l'encre. On distinguait seulement la frange d'écume sur les vagues.

Nancy demeura quelques instants à contempler les ténèbres, se demandant quelle heure il pouvait être et pourquoi elle ne s'était pas déshabillée. Tout à coup, elle prit conscience qu'elle n'avait pas de réponse à ces questions ni à une douzaine d'autres. Tout ce qui s'était produit depuis le dîner s'était effacé de son esprit, comme si elle s'était évanouie à la table et avait été transportée dans son lit.

Les événements qui avaient précédé semblaient clairs : la fin de la longue route depuis New York, l'étincelant canot automobile en acajou, l'île elle-même, si curieusement appelée le Kraken et dont l'aspect rocailleux surprenait à quatre cents mètres à peine d'un rivage sablonneux, la grande bâtisse en pierre, le caractère inattendu des autres invités, la tempête et les inquiétudes qu'elle inspirait quant au sort de Rogan, et l'étrange incident du miroir brisé.

Oui, tout cela lui revenait à la mémoire avec précision. Elle se rappelait même le début du dîner, avec la frêle silhouette de Jack

Frant, si saugrenue à la tête de la table, ses sept hôtes assis de part et d'autre de lui, et les cinq chaises vides. Nancy fit la grimace en songeant à la scène. D'une certaine manière, il semblait sourdre une plus grande menace de ces chaises vides que si les treize places avaient été occupées. Son ultime souvenir était le rire haut perché de Jack lorsque Evan avait renversé la salière. De ce qui s'était passé ensuite, il ne lui restait que des flashes : le sourire acide de la vieille miss Makepeace, les visages d'ébène des serviteurs noirs, quelques propos dénués de sens, puis plus rien. Mais, si elle s'était évanouie au dîner, pourquoi personne n'avait-il pris soin d'elle ? Elle ne pouvait pas croire qu'on l'avait simplement transportée au premier étage et jetée sur le lit comme un paquet de linge sale ; pourtant, quelle autre explication imaginer ?

Quoi qu'il en soit, la réponse ne se trouvait certainement pas dans la chambre, et, de plus en plus affolée, Nancy se dirigea dans le noir vers la porte et l'ouvrit. Sur la droite, une faible lueur éclairait l'étroit couloir ; elle le suivit et déboucha sur la galerie de bois construite le long de l'un des murs de la pièce principale de la maison – une pièce si vaste que les bougies placées sur la table, en son centre, ne faisaient qu'attirer davantage l'attention sur les ombres fantomatiques accrochées au plafond. À l'exception des bougies et du craquement des bûches qui se consumaient dans l'immense cheminée, il n'y avait aucun signe de vie.

Tandis que la jeune fille tournait à droite vers l'escalier qui menait au rez-de-chaussée, le son sourd d'une horloge résonna quelque part dans les entrailles de la maison. Machinalement, elle compta les coups – dix en tout. Le dîner s'était terminé vers les neuf heures, estima-t-elle, aussi était-elle restée inconsciente durant tout ce temps. Soudain, un détail la frappa : s'il n'était que dix heures, où étaient passés les autres invités ? Normalement, ils auraient dû être réunis dans cette pièce, groupés autour de la cheminée, à jouer aux cartes ou à tapoter sur le piano. Même s'ils avaient choisi de s'installer dans la bibliothèque, il y aurait plus de lumières, et des éclats de voix. Au lieu de cela, rien que quatre bougies et un feu en train de mourir.

D'un pas mal assuré, Nancy descendit les marches une à une. Elle avait presque atteint le milieu de la pièce lorsqu'elle entendit le heurtoir cogner contre la porte d'entrée. Le choc fut si grand pour la jeune fille déjà effrayée que ses jambes se dérobèrent sous elle et qu'elle fut obligée de s'agripper au rebord de la table pour ne pas tomber. Cependant, au bout de deux à trois secondes, son bon sens reprit le dessus : elle souhaitait de la compagnie – eh bien, ses vœux étaient exaucés ! Si quelque démon hantait le Kraken, il rôdait dans la maison et ne se promenait pas dehors dans la tempête. Elle prit une des bougies et, la tenant devant elle comme un bouclier, traversa la pièce. Puis, laissant la porte du vestibule grande ouverte, elle tira le lourd battant de bois.

Dans la lumière tremblotante, l'homme debout sur le seuil paraissait gigantesque. Il était vêtu d'un ciré dégoulinant de pluie et coiffé d'un suroît qui lui masquait le haut du visage.

– Siouplaît, m'dame, auriez-vous un bout d'matelas pour un pauv' naufragé qu'a été refoulé du fond d'la mer ?

Nancy sentit s'envoler le peu de courage qu'elle avait réussi à rassembler. Puis, à son grand soulagement, elle entendit un rire familier. L'homme rattrapa la bougie qui lui avait échappé des mains, ôta son couvre-chef et considéra la jeune fille d'un air moqueur.

– Rogan Kincaid !

– Vous vous souvenez de moi ? Je craignais que non.

– Je ne vous ai pas reconnu tout de suite. Je... je suis ravie que vous soyez là !

– Merci. Moi aussi, je suis ravi d'être là. Au cours de ces dernières heures, j'ai cru à plusieurs reprises que je n'y arriverais jamais. (Il jeta un coup d'œil par-dessus l'épaule de Nancy, vers l'obscurité.) C'est bien l'île de Frant, n'est-ce pas ?

Elle répondit par un hochement de la tête, de peur que sa voix ne restât coincée dans sa gorge.

– Alors, pourquoi aucun écho de réjouissances ? Cet endroit est silencieux comme une tombe. Où sont les autres invités ?

– Je ne sais pas.

Rogan se débarrassa de son ciré et l'abandonna sur le sol du vestibule, puis il pénétra dans le salon. À la lueur incertaine des bougies, l'atmosphère semblait chargée d'une tangible malignité. Il avança pour l'affronter, roulant les yeux de gauche à droite tel un boxeur jaugeant son adversaire.

D'après la description que Frant lui avait faite de sa maison, Kincaid s'était préparé à voir une de ces demeures palladiennes à colonnades blanches comme on en trouve tant en Caroline, mais cet édifice appartenait à une civilisation antérieure. Bâti à une époque où les boucaniers et les Indiens hostiles étaient des réalités, il avait emprunté au style Tudor la rigueur de ses lignes et posé ses fondations sur la carrière d'où avaient été extraites les pierres ayant servi à ériger les murs.

L'hôte de Rogan avait également promis une foule d'invités, pourtant Nancy ignorait ce qu'il était advenu d'eux. Kincaid flairait un piège, et il n'avait pas l'intention de s'y laisser prendre. Il se retourna et s'aperçut que la jeune fille l'avait suivi.

Elle était jolie, il n'y avait pas à le nier. Même dans la pénombre, ses cheveux couleur bouton d'or étincelaient. C'était ce qui avait déjà fasciné Rogan à New York, parce que le phénomène était naturel autant qu'inhabituel. Sa silhouette aussi méritait – et retenait – l'attention. Elle évoquait une de ces nymphes fuselées de Boucher et correspondait parfaitement à ses goûts. Toutefois, songea Kincaid, les charmes de Nancy pouvaient faire partie d'un plan. On n'attrape pas les mouches avec du vinaigre ! Par ailleurs, Frank avait dit qu'elle était actrice, et le fait était confirmé par cette touche d'excentricité dans ses vêtements qui est une des caractéristiques des gens du spectacle. Peut-être jouait-elle la comédie ?

Rogan mit un doigt sous le menton de Nancy et le souleva jusqu'à ce qu'elle le regarde droit dans les yeux.

– Je commence à croire, dit-il en guettant ses réactions, que cette histoire de fête campagnarde n'était qu'une invention destinée à m'attirer ici et que le reste des invités sont le fruit de l'imagination trop fertile de Jackson B.

– Oh, non ! hoqueta Nancy. Ils étaient là, seulement... ils ont disparu.

– Disparu !

– Enfin... peut-être pas vraiment, admit-elle. Je suppose que j'ai été prise de panique en me retrouvant toute seule, mais je n'ai vu personne et il est à peine dix heures. C'est tôt pour aller se coucher – même dans des coins aussi reculés.

– Comment avez-vous été séparée d'avec les autres ?

– Je ne sais pas. C'était... bizarre. Nous étions à table en train de dîner, et la seule chose dont je me souviens ensuite, c'est d'avoir ouvert les yeux dans ma chambre, couchée en travers du lit. Je n'étais même pas déshabillée.

Nancy jeta un regard désolé à sa jupe toute froissée.

– Je me sentais un peu étourdie en me réveillant, mais je n'étais pas malade ni rien, et je n'avais bu qu'un cocktail avant le dîner. Cela n'a pas de sens !

Kincaid se frotta la mâchoire un instant en contemplant la légère robe du soir qui constituait presque l'unique vêtement de la jeune fille.

– Rester plantés là n'a pas de sens non plus ! s'exclama-t-il en saisissant la jeune fille par le bras et en l'entraînant vers la cheminée. Vous allez attraper la mort avec ce petit bout de chiffon sur le dos si vous ne vous réchauffez pas – sans parler de moi qui suis imbibé d'un mélange de pluie et d'eau de mer.

Tandis que Rogan se baissait pour ranimer le feu, Nancy s'assit sur le canapé et l'observa. Lorsque Frant les avait présentés l'un à l'autre, trois jours auparavant dans un night-club de New York, elle s'était prise aussitôt de sympathie pour cet homme. Son sourire nonchalant, sa grande taille, son élégance et son visage mince et asymétrique qui avait à la fois quelque chose d'attirant et de repoussant, tout cet ensemble formait une combinaison qu'elle avait trouvée irrésistible. Plus tard, elle avait dansé avec Sam Grace, le chroniqueur mondain, et Sam lui avait appris que Kincaid était un joueur professionnel.

– Le béguin pour lui ?

– Un peu, avait-elle avoué.

– Sortez-vous cette idée de la tête ! Kincaid ne cesse de parcourir le monde, d'un tripot à l'autre. Vous aurez de la chance si vous le voyez deux jours en deux ans.

– Je pourrais l'accompagner, avait susurré Nancy.

– Pas ce gars-là.

– Une sorte de loup solitaire?

– Il n'a pas assez d'humanité en lui pour faire un loup – « requin solitaire » serait plus approprié.

Et le journaliste s'étais mis à raconter des anecdotes à propos de Kincaid dans lesquelles son absence de pitié n'avait d'égale que sa bravoure.

Attablée en face de Rogan dans la 52e Rue, il était facile pour Nancy de considérer les histoires de Sam comme les habituelles exagérations de sa profession. Mais là, seule avec lui dans cette pièce lugubre – seule avec lui sur toute l'île, pour autant qu'elle sache –, elles devenaient plus inquiétantes.

Cependant Rogan n'avait pas de raison d'être fâché contre elle, se rassura-t-elle. Peut-être que si elle se montrait gentille avec lui...

Nancy venait tout juste de prendre sa décision quand Kincaid se redressa en s'époussetant les mains. Les bûches s'étaient enflammées et la pièce s'éclaira. Il enleva son veston et l'étendit devant le feu.

– Récapitulons. Cette maison appartient à Frant. Vous êtes venue avec lui en voiture de New York et vous êtes arrivée sur l'île cet après-midi. Puis, pour une raison quelconque, vous vous êtes évanouie au cours du dîner. Lorsque vous vous êtes réveillée, Frant, ses invités et ses domestiques avaient tous disparu.

– C'est exact.

– De quoi avaient l'air les autres invités?

– Je ne sais pas exactement, avoua Nancy. Non pas qu'ils fussent bizarres ou quoi que ce soit, mais je n'avais jamais rencontré des gens comme eux auparavant. Les domestiques les traitaient comme s'ils avaient affaire à des membres d'une famille royale, et Jack a dit que certains d'entre eux étaient très riches. Cependant, ils paraissaient plutôt ordinaires et ne portaient pas de bijoux.

– Je vois, fit Kincaid en posant son veston sur le devant de la cheminée. Ils ne ressemblaient pas aux sortes de personnes que l'on s'attend à voir invitées par Jackson B.

– J'ai été surprise moi-même en les rencontrant, confia la jeune fille. Mais je crois que, pour la plupart, c'étaient des amis d'Evan, le demi-frère de Jack.

– Celui que Frant prétend être un lord anglais ?

– Oui. Je doute qu'il soit vraiment un lord. C'est peut-être une invention de Jack. Pour vous dire la vérité, je ne suis même pas certaine qu'il soit anglais. Il s'exprime comme un Anglais, mais miss Makepeace dit qu'il est gallois, et de toute manière, sa mère devait être américaine, puisqu'elle était aussi la mère de Jack.

– Miss Makepeace est l'une des invitées disparues, je suppose ?

– Uh-huh. Son frère l'accompagne. Ils étaient les précédents propriétaires de la maison. Puis, il y a une autre fille, Sue Braxton. Je crois qu'Evan veut l'épouser. Elle est amoureuse de lui également.

– La liste est-elle complète ?

– Le grand-père de Sue était aussi présent.

Il y eut un silence. Kincaid se plaça le dos à la cheminée et se mit à réfléchir. Même s'il n'accordait guère de crédit à l'histoire de Nancy, le mystère de la maison demeurait entier. Il avait beau essayer, il ne parvenait pas à imaginer son hôte, avec l'idée qu'il se faisait du personnage, dans un cadre pareil. Les épais murs de pierre, les immenses poutres qui auraient pu servir à la construction de navires et qui se perdaient dans les ténèbres du plafond, le mobilier discret et de bon goût – tout contrastait avec le petit homme à la vulgarité criarde dont la jovialité et les fanfaronnades avaient amené Kincaid dans le Sud.

– Après mûre réflexion, dit Rogan en se tournant vers la jeune fille, j'ai décidé que le meilleur moyen de trouver vos compagnons était de partir à leur recherche. Par où allons-nous commencer ?

– La salle à manger. C'est là qu'ils étaient réunis la dernière fois que je les ai vus.

Nancy se leva en chancelant. Rogan lui entoura les épaules de son bras pour la soutenir et elle lui adressa un petit sourire d'excuse.

– Je suis désolée. J'ai les jambes en coton.

– Préférez-vous rester ici ?

– Oh, non. Ça ira tant que je ne ferai pas de mouvement brusque. De toute façon, je préfère marcher que d'attendre en me demandant ce que les autres sont devenus. Jack n'a pas arrêté de parler de fantômes et de ce genre de choses pendant le dîner. Si je reste assise à ne rien faire, je risque de me mettre à y penser.

– Il n'a pas fait allusion à la *Mary Celeste*, n'est-ce pas ?

– À la *Mary Celeste* ?

– C'était une goélette. Un autre bateau l'a croisée alors qu'elle naviguait toutes voiles dehors en plein milieu de l'Atlantique, un repas à demi mangé sur la table – et pas une âme qui vive à bord.

Nancy ouvrit de grands yeux.

– Que croyez-vous qu'il soit arrivé ?

– Personne ne l'a jamais expliqué. Peut-être Frant a-t-il imaginé une sorte de plaisanterie fondée sur l'histoire de la *Mary Celeste* ?

– Cela ressemblerait assez à Jack, acquiesça Nancy, mais les autres ne l'auraient pas aidé, et ils ont disparu eux aussi.

Elle se dirigea vers une porte à gauche de la cheminée. Ils traversèrent une bibliothèque aux murs garnis de livres et entrèrent dans la salle à manger. Rogan n'avait pas d'idée préconçue sur ce qu'il découvrirait à la lueur de la bougie. Pourtant, il fut pris au dépourvu par le tableau qui s'offrit à sa vue. La pièce était dans un ordre parfait. Les chaises étaient rangées contre le mur, l'argenterie brillait sur le buffet et, au centre, la grande table d'acajou avait été débarrassée et nettoyée. Même le devant de la cheminée avait été balayé et le feu éteint avec de l'eau.

Nancy se laissa tomber sur une chaise et regarda autour d'elle.

– Il n'y a plus rien.

– Qu'espériez-vous ?

– Qu'il traîne des objets – une lettre déchirée, un mégot de cigarette avec des marques de rouge à lèvres. Des indices, quoi !

Rogan posa sa bougie.

– Tous les indices nécessaires sont dans votre tête, et nous allons les en extraire.

– Mais il ne s'est rien passé avant que je ne m'évanouisse ! protesta-t-elle.

– Vous vous êtes évanouie pour une certaine raison, et le choc a effacé de votre esprit les événements qui vous ont conduite à perdre conscience. Cela paraît étrange, mais c'est très courant. Les médecins ont un nom pour définir ce réflexe. Je ne vois que cette explication, sinon vous vous rappelleriez ce qui s'est produit. Peut-être qu'en vous concentrant, vous pourriez faire remonter quelques éléments dans votre mémoire.

Nancy fit la grimace.

– Si le choc a été tellement fort que j'ai tout oublié, peut-être vaudrait-il mieux que je ne me souvienne pas. (Elle haussa les épaules et ajouta :) Par où commençons-nous ?

– Avez-vous été frappée par quelque chose sortant de l'ordinaire au cours du dîner ?

– Comme les chaises vides, vous voulez dire ?

– Les chaises vides ?

– Oui. Voyez-vous, nous n'étions que huit pour le dîner, mais la table avait été dressée pour treize.

– Est-ce le nombre fétiche de Frant ?

– Non, il avait invité les cinq autres personnes – vous et des gens du nom de West. Mais vous n'étiez pas arrivés. Mrs. West avait appris par la météo qu'il y aurait une tempête, et elle et sa famille ont eu peur. L'idée de m'asseoir à une table mise pour treize ne me plaisait qu'à moitié, mais je ne pouvais pas demander à Jack de retirer les cinq couverts en trop. Je pense qu'il cherchait à provoquer Evan.

– Ne me dites pas que Sa Seigneurie s'abaisse à croire à des superstitions aussi plébéiennes.

– Oh, si ! Il n'y a pas plus superstitieux que lui. Jack n'a pas arrêté de le taquiner à ce sujet. C'est également ce dont parlaient les papiers.

– Quels papiers ?

Nancy eut un hoquet de surprise.

– Vous aviez raison, les choses sont en train de me revenir. J'avais oublié ces papiers. Jack les avait dans sa poche et il nous les a lus pendant que nous prenions le café. Un ami d'Angleterre lui avait recopié des extraits de livres anciens.

— De quoi s'agissait-il ?

— Je ne sais pas exactement. D'une sorte de scandale du côté de la famille paternelle d'Evan, je crois. C'était assez compliqué et rempli de longs mots que je n'avais jamais entendus auparavant.

— Vous rappelez-vous quelques détails ?

— Eh bien, il était question de quelqu'un qui avait été tué, il y a trois ou quatre cents ans. Et aussi d'un prêtre, de sorciers, de démons et d'eau.

— Quelle a été la réaction d'Evan ?

— Il était furieux. Finalement, il a arraché les papiers des mains de Jack et les a jetés dans la cheminée.

Rogan lança un regard vers les cendres humides.

— Hmm. Je me demande si c'est la raison pour laquelle on a éteint le feu.

— Pour récupérer les papiers ? Non, je ne crois pas, parce que, immédiatement après, nous nous sommes tous rendus dans le salon.

Kincaid prit les pincettes et se mit à remuer les cendres et les morceaux de bois calcinés dans la cheminée.

— Vous ne vous trompiez pas pour les souvenirs, poursuivit la jeune fille avec fébrilité. Tout est clair maintenant. Nous sommes passés dans le salon et... (Elle fit un bond.) C'est ça ! Écoutez ! Je sais comment je suis allée dans ma chambre... Personne ne m'y a transportée... Je suis montée toute seule – *après la mort de Jack !*

Rogan se retourna brusquement, mais Nancy fouillait toujours dans sa mémoire.

— Oui... C'est ce qui s'est produit. Jack est mort ! Il est mort à cause de ce qu'Evan a dit ! *C'est la vérité !* Je suis entrée dans sa chambre et...

Rogan eut juste le temps de la rattraper alors qu'elle basculait en avant, évanouie.

II

La malédiction à rebours

Kincaid souleva la jeune fille dans ses bras et la porta dans le salon où il la déposa sur le canapé, près du feu. Si l'évanouissement de Nancy était simulé, elle possédait un plus grand talent de comédienne qu'il n'aurait cru. D'un autre côté, en sombrant dans l'inconscience, elle s'était retrouvée dans une pose fort avantageuse qui paraissait plutôt suspecte. Ses cheveux dorés étaient répandus sur le canapé comme des éclaboussures de peinture, et une bretelle de son corsage avait craqué, dévoilant la naissance d'un sein rond et blanc.

La fine oreille de Rogan discerna le cliquetis d'une serrure et, en levant la tête, il aperçut un rai de lumière dans le couloir qui débouchait au fond de la pièce. Manifestement, la maison n'était pas aussi déserte que Nancy le lui avait laissé entendre. La lumière provenait d'une porte ouverte. Rogan vit un homme s'engager dans le couloir et s'avancer vers lui. En pénétrant dans le salon, le nouvel arrivant demanda :

— Est-ce vous, Stirling ?

— Désolé, je suis Rogan Kincaid.

— Mr. Kincaid ! s'exclama l'homme en s'approchant. Il était grand et maigre, et son long nez saillait entre des sourcils noirs qui dissimulaient à moitié de petits yeux perçants.

— Depuis combien de temps êtes-vous là ? reprit-il.

— Une minute ou deux.

— Ne me dites pas que vous avez quitté Bailey's Point par cette tempête !

— Non ! Nous sommes partis avant la nuit, mais le moteur est tombé en panne. Le vent s'est levé juste au moment où nous redémarrions.

27

— Dieu du ciel, mon ami, comment avez-vous fait pour accoster avec le ressac?

— Nous n'avons pas accosté. Le bateau est toujours au large. Je me suis pris les pieds dans des cordages et je suis passé par-dessus bord.

— Mais...

— C'est encore plus miraculeux qu'il n'y paraît. J'avais enfilé mon gilet de sauvetage sur mon ciré, et j'étais tellement empêtré dans cet harnachement que tout ce que je pouvais faire, c'était flotter. Naturellement, le vent poussait le bateau vers le sud et je pensais que les vagues m'entraîneraient dans la même direction. Mais non. Un courant sous-marin m'a emporté dans le sens contraire.

L'autre hocha la tête.

— C'est notre courant local. Il balaie cette côte jusqu'à un endroit baptisé « l'anse des Pendus ». Les cadavres des noyés y sont parfois rejetés par la mer.

Rogan se mit à rire.

— Je n'ai jamais douté que mon destin était de finir au bout d'une corde.

— Espérons que non, fit l'homme d'un ton suggérant que cet espoir risquait d'être vain. Je m'appelle Arnold Makepeace. (Il tendit la main.) Si le Kraken vous paraît primitif et lugubre, c'est la faute de la tempête. Le groupe électrogène n'a pas servi depuis longtemps et le premier éclair l'a mis hors d'usage.

— Il semblerait que le ciel nous soit tombé sur la tête, au sens littéral. Malheureusement... (Rogan désigna Nancy.)... pour miss Garwood, c'est aussi au sens figuré. Peut-être...

— Miss Garwood? s'étonna Makepeace en contournant le canapé et en contemplant la jeune fille. Qu'est-ce qui ne va pas?

— Elle était seule lorsque je suis arrivé, et je crains de l'avoir effrayée.

Arnold Makepeace regarda Rogan d'un œil soupçonneux.

— Êtes-vous sûr que ce soit l'unique raison?

— Pas vraiment. Peut-être la mort de Frant a-t-elle un rapport avec son état.

– Que savez-vous à propos de la mort de Frant ? demanda l'autre sèchement.

– Seulement qu'il est mort. Miss Garwood n'a eu le temps que de murmurer un ou deux mots avant de s'écrouler. Pourquoi ? Y a-t-il quelque chose d'étrange dans la manière dont il est décédé ?

– Non, sauf que ce fut très soudain, répondit Makepeace d'une voix trop forte pour être convaincante. Pour l'instant, le Dr. Braxton n'a pas encore établi de diagnostic définitif, mais je suis certain qu'il conclura, comme moi, à une attaque d'apoplexie.

Kincaid doutait que le Dr. Braxton fasse une chose pareille. Toujours est-il que Makepeace n'avait nullement l'intention de laisser Rogan poser d'autres questions. Il fit un geste en direction de Nancy.

– Il vaudrait mieux mettre cette jeune personne au lit. Sa chambre est en haut. Pourrez-vous la porter ?

– En tout cas, j'essayerai avec plaisir.

Rogan prit le joli corps de la jeune fille dans ses bras. Une bougie à la main, Makepeace le précéda dans l'escalier qui montait le long du mur du salon. Lorsqu'ils arrivèrent sur la galerie, au sommet, Rogan vit une femme sortir d'un couloir parallèle à celui du rez-de-chaussée. Elle se tourna vers eux et attendit qu'ils viennent vers elle.

À la clarté de la bougie qu'elle tenait à la main, Kincaid découvrit une femme maigre et d'un âge certain. Elle ressemblait tellement à Makepeace qu'il était inutile de faire les présentations pour deviner qu'elle était sa sœur. Derrière ses lunettes à monture dorée, ses yeux s'élargirent en voyant Nancy.

– Elle s'est évanouie, annonça Rogan. Nous allions la mettre dans son lit, mais vous vous occuperez de cela mieux que nous.

Julia Makepeace regarda son frère en battant les paupières.

– Es-tu certain que ce soit *seulement* un évanouissement ?

– Qu'est-ce que ce serait d'autre ? répliqua Arnold.

– Quoi qu'il en soit, elle respire toujours, dit miss Makepeace en touchant la joue glacée de la jeune fille. Il faut la mettre au lit immédiatement, mais cela m'ennuie de la laisser dans sa chambre. (Elle leva les yeux vers Rogan.) Elle est située à côté de celle de Mr. Frant.

Ce prétexte ne satisfaisait pas Kincaid.

— J'échangerai volontiers avec miss Garwood, si vous le souhaitez, proposa-t-il.

— C'est très aimable à vous. (Miss Makepeace s'adressa à son frère.) Vois si tu peux trouver Stirling, Arnold.

— Oui. A propos, Julia, Mr. Kincaid est déjà au courant de l'attaque d'apoplexie de Frant.

Miss Makepeace le dévisagea un instant, mais ne fit pas de commentaire. Puis elle pivota sur ses talons et le conduisit le long de la galerie jusqu'à une chambre située au-dessus du salon. Rogan la suivit et déposa son précieux fardeau sur le lit.

La vieille femme s'assit près de Nancy et lui saisit le poignet.

— Son pouls est très rapide. J'espère que mon frère n'aura pas trop de mal à trouver Stirling. Stirling, c'est le Dr. Braxton. Nous avons de la chance qu'il soit là.

Julia Makepeace se leva.

— Il n'y a rien que je puisse faire pour elle avant l'arrivée du docteur. Je vais aller chercher sa chemise de nuit pour la mettre au lit dès que Stirling l'aura examinée.

Lorsque la porte se referma sur miss Makepeace, Nancy ouvrit les yeux.

— Hello!

— Hello! Quand êtes-vous revenue à vous?

— Lorsque nous longions la galerie.

— Pourquoi cette comédie? Vous n'aimez pas miss Makepeace?

— Elle me fait peur, répondit Nancy, les doigts crispés sur le dessus de lit. Que s'est-il passé?

— Rien. Vous avez présumé de vos forces et vous vous êtes évanouie à nouveau. Je vous ai portée dans cette chambre.

La jeune fille regarda fixement Rogan pendant au moins une minute, puis demanda:

— Jack est mort, n'est-ce pas?

– Oui. Étiez-vous très attachée à lui ?

– Pas vraiment. Jack était un drôle de petit bonhomme, mais il me traitait avec beaucoup de gentillesse. J'aimerais me rappeler comment il est mort. Il s'est produit quelque chose de bizarre. Oh, je me souviens ! La salière renversée !

– La salière renversée ?

– Vous savez, ce que vous avez dit à propos d'Evan et de ses superstitions... Jack n'arrêtait pas de se moquer de lui. Dès l'instant où il est arrivé, il n'a fait que des plaisanteries de mauvais goût sur le comportement de son frère. Evan m'a arraché mon poudrier de la main et le miroir s'est brisé. Jack a été épouvantable ; il a dit à Sue qu'elle ne pourrait pas épouser Evan avant sept ans, à moins de partager la malchance qui s'abattrait sur lui, et ce genre de choses. Quelques minutes plus tard, Evan a renversé la salière. Vous auriez dû entendre Jack !

– Sa Seigneurie s'est rebiffée, j'imagine ?

– Pas avant... commença-t-elle, puis elle s'interrompit, les yeux remplis d'horreur, et continua : Qu'est-ce qui a tué Jack, à votre avis ?

– Une attaque d'apoplexie, prétend Makepeace.

– Alors, ce n'était pas la malédiction ? Je suppose que je n'ai jamais vraiment cru que... mais... la façon dont il est mort... (Nancy frissonna.) C'était horrible.

Elle marqua une pause et reprit :

– Rogan... avez-vous jamais entendu parler d'une malédiction qui s'est accomplie à rebours ?

– Je n'ai jamais entendu parler d'une malédiction qui s'est accomplie, point.

– Pourtant, il semble que ce soit le cas de celle-ci. J'aurais voulu que vous soyez là. Peut-être que...

La serrure grinça derrière Kincaid, et miss Makepeace entra dans la pièce.

– Stirling n'est pas encore arrivé ?

– Non.

– Je me demande où il a pu passer ? (Elle jeta un regard à la jeune fille, puis se tourna vers Rogan.) Je crains que votre premier contact avec le Kraken n'ait pas été très plaisant, Mr. Kincaid. Je suis née sur cette île et je l'aime, mais par un temps pareil, elle doit paraître sinistre pour un étranger.

— Je vous assure que je la considère comme un véritable havre, et la maison est magnifique.

— Elle a été bâtie par un de nos ancêtres, il y a plus de deux cents ans. Il s'était échoué sur l'île, ce qui explique pourquoi il l'a appelée le Kraken.

— Je regrette, mais ce nom n'évoque rien pour moi. De quelle origine est-il ? Indienne ?

— Norvégienne. D'après une vieille légende, jadis, un monstre grand comme une île avalait les bateaux entiers et les entraînait au fond de la mer, dans sa tanière, où il mâchonnait lentement les os des marins.

Nancy tressaillit, et miss Makepeace prit un air contrit.

— Je suis désolée. Je suis tellement habituée à cette légende que j'oublie à quel point elle est effrayante.

Rogan sourit à la jeune fille.

— Ce Kraken grogne plus qu'il ne mord. J'ai nagé droit dans sa gueule et il ne s'est même pas pourléché les babines.

— Nagé ? s'exclama la vieille femme en prononçant la seconde syllabe d'une voix aiguë.

Kincaid lui raconta comment il avait gagné l'île.

— Si la chance n'avait pas été avec moi, je ne serais jamais parvenu jusqu'au rivage, conclut-il.

— Il est certain que la chance était avec vous, acquiesça Julia Makepeace, mais vous pouvez aussi remercier le ciel que l'Acolyte vous ait aidé.

— L'Acolyte ?

— L'Acolyte du Bourreau, ou le Bras droit du Bourreau, comme on l'appelle aussi. Il...

La porte de la galerie s'ouvrit et un inconnu fit son apparition, suivi d'Arnold Makepeace. Rogan examina le nouveau venu avec intérêt. Ses cheveux étaient blancs et il avait les épaules voûtées d'un savant, mais les traits de son visage étaient fermes et il portait bien son âge. Miss Makepeace prit la parole.

– Mr. Kincaid a réussi à venir jusqu'ici malgré la tempête, Stirling. (Elle fit un geste vers le vieil homme.) Voici le Dr. Braxton.

Rogan s'avança vers lui, la main tendue.

– C'est un honneur de faire votre connaissance, docteur. J'ai entendu parler de vos travaux.

– Merci.

Tandis que l'autre le dévisageait d'un œil perplexe, Rogan attendit un signe indiquant qu'il le reconnaissait. Rien ne se passa. Le Dr. Braxton posa sa mallette noire au pied du lit et lui serra la main.

– Mr. Makepeace m'a dit que vous étiez là. Je vous ai apporté des vêtements secs.

Il donna à Rogan le ballot qu'il avait sous le bras, puis s'assit auprès de Nancy pour lui tâter le pouls. La respiration de la jeune fille était devenue plus régulière et ses joues commençaient à reprendre des couleurs sous son maquillage.

– Il n'y a aucun motif d'inquiétude, assura le Dr. Braxton sans lever la tête. Je vais lui administrer un sédatif et, demain matin, elle sera d'aplomb.

– Mais pas nous, si nous ne nous mettons rien sous la dent et si nous ne prenons pas de repos, intervint miss Makepeace. Arnold, voudrais-tu montrer sa chambre à Mr. Kincaid et ensuite nous préparer des sandwiches ? Je te rejoindrai à la cuisine dès que j'en aurai terminé avec miss Garwood.

En franchissant le seuil, Rogan vit briller une seringue dans les doigts du docteur.

Arnold Makepeace l'emmena le long de la galerie qui surplombait les ténèbres abyssales de la pièce en contrebas. Ils tournèrent dans le couloir, et Rogan, qui s'appliquait toujours à graver dans sa mémoire le plan des lieux dans lesquels il se trouvait, nota qu'il comportait deux portes de chaque côté et une cinquième au fond. Son guide désigna cette dernière et déclara :

– C'est la chambre de Frant.

La chambre de Kincaid était à gauche, à côté de celle de son hôte décédé. Makepeace attendit que Rogan ait commencé à ôter ses vêtements mouillés et dit :

– Je vous monterai à manger tout à l'heure. Puis-je faire autre chose pour vous avant de m'en aller?

– Me fournir quelques renseignements sur Frant. Était-il un de vos amis?

– Non. Je ne l'avais jamais rencontré auparavant.

Rogan eut un petit rire.

– Tous les protagonistes de cette histoire semblent être de parfaits étrangers les uns pour les autres.

Makepeace parut insulté.

– Pas du tout. Nous connaissons lord Tethryn, le demi-frère de Frant, depuis longtemps. C'est par son intermédiaire que nous avons été invités. Et naturellement, cela fait des années que le Dr. Braxton et Frant sont amis.

La voix cassante était teintée de désapprobation.

– Lord Tethryn est-il l'aîné des deux frères?

– Oh, non. C'est le plus jeune. La trentaine. Ils sont apparentés du côté maternel. Leur mère a épousé un Gallois, sir Humphrey Faulkland, après la mort du père de Frant. Sir Humphrey fabriquait des munitions durant la guerre. Sans doute avait-il aussi des appuis politiques. En tout cas, il a été fait comte. Il paraît que ce genre de pratique était courant au début des années vingt. Mais Evan est un brave garçon qui a de l'étoffe.

– Est-il fiancé à miss Braxton?

– Pas que je sache. Probablement des fiançailles sont-elles envisagées, mais je suis sûr qu'il n'y a encore rien d'officiel.

– La mort de Frant a dû être un choc pour son frère. Miss Garwood m'a dit qu'ils s'étaient disputés juste avant que Frant ne soit frappé d'apoplexie.

– Miss Garwood exagère. (Makepeace se dirigea vers la porte.) Eh bien, si je ne peux rien faire d'autre pour vous...

– Non, je vous remercie. Alors, vous ne pensez pas que cette querelle soit la cause de l'attaque dont notre hôte a été victime?

– Comment? Non. Certainement pas. Impossible. Je vais vous préparer une collation.

Et Makepeace disparut.

Kincaid se demanda ce que tout cela signifiait. Frant était-il mort d'une attaque provoquée par une dispute avec son frère?

Difficile à croire. D'ailleurs, Makepeace n'aurait pas insisté si lourdement sur l'apoplexie. D'autre part, que fallait-il penser de la phrase que Nancy avait prononcée avant de s'évanouir : « Il est mort à cause de ce qu'Evan a dit » et de sa remarque sibylline à propos de la « malédiction qui s'est accomplie à rebours » ?

Kincaid enfila les vêtements que le Dr. Braxton lui avait remis – un pyjama de soie bordeaux, une robe de chambre et des pantoufles de maroquin assorties – et fronça les sourcils en s'apercevant qu'ils étaient juste à sa taille. Puis il prit la bougie que Makepeace lui avait laissée et sortit dans le couloir.

Lorsqu'il déboucha sur la galerie, la pièce en dessous était vide. Dans son esprit, il récapitula brièvement les endroits où se trouvaient ses compagnons. Le docteur et Julia Makepeace devaient toujours être avec Nancy, et Arnold Makepeace dans la cuisine. Frant reposait dans sa chambre. Quant à son demi-frère et à la petite-fille du Dr. Braxton, il ne les avait pas encore rencontrés. Cela faisait sept personnes. Nancy avait mentionné treize places à table, y compris les cinq chaises inoccupées. Il y avait donc un autre invité sur l'île – quelqu'un dont personne n'avait parlé.

Ruminant ses pensées, Kincaid obliqua sur la droite et descendit l'escalier. En arrivant en bas, il avait décidé de mettre ces nouvelles questions de côté et de continuer à fouiller dans la cheminée de la salle à manger, opération qui avait été interrompue par l'évanouissement de Nancy. Ce que l'actrice, avec ses habitudes de théâtre, avait appelé « le papier » était probablement sans importance, mais s'il existait toujours, c'était là sa seule chance de le récupérer. Rogan ne négligeait jamais aucun détail, car le plus petit d'entre eux s'avérait souvent capital.

Il entra dans la bibliothèque et s'arrêta un moment pour laisser courir son regard sur les livres qui s'alignaient dans un ordre presque prussien sur les étagères. Si Makepeace avait été obligé de vendre sa collection personnelle avec la maison, s'en séparer avait dû être un déchirement pour lui. Les éditions des poèmes d'Edmund Spenser, d'*Euphuès ou l'Anatomie de l'esprit* de John Lyly, de *Divers Voyages entrepris pour découvrir l'Amérique* de

Richard Hakluyt et des pièces de Thomas Dekker, dans leurs reliures de vélin, étaient déjà anciennes quand la maison avait été construite. Les œuvres de Poe, Dickens et autres auteurs classiques voisinaient avec des volumes sur le spiritisme, souvent consultés, qui allaient de *Raymond* de sir Oliver Lodge à *Leaves from a Psychist's Casebook* de Harry Price. Plus loin, il découvrit *Histoire de la Magie* et *Le Dragon rouge* d'Eliphas Lévi, *Isis dévoilée* de Mme Blavatsky, *Opus Minus* de Roger Bacon et *Du ciel et de l'enfer d'après ce qui a été vu et entendu* d'Emmanuel Swedenborg. Poe, Price et Paracelse. Rogan se mit à rire. Un espace vide dans les œuvres complètes à reliure noire du Virginien attira son œil, et il se demanda qui avait choisi une lecture aussi macabre un jour où la mort avait frappé. Il regarda autour de lui dans la pièce, à la recherche de l'ouvrage manquant.

Il le trouva, abandonné sur le sol, face en dessous, près d'un fauteuil. Il était tombé, ouvert sur la dernière page de *La Vérité sur le cas de M. Valdemar*, et le titre éveilla en lui quelques vagues souvenirs de ce Français dont la vie avait été si étrangement prolongée par hypnotisme. Avant que Kincaid n'ait le temps d'en lire davantage, des pas résonnèrent dans la pièce adjacente. Il rangea le livre de Poe sur l'étagère et se tourna vers le nouvel arrivant.

III

Ce que le feu n'avait pas brûlé

Comme la jeune fille svelte et brune aux yeux marron franchissait le seuil, le jaune pâle de sa longue robe d'intérieur réchauffa et égaya la sinistre pièce. Par sa simple présence dans le même monde, elle faisait paraître apprêtée la beauté de Nancy Garwood.

– Je suis Sue Braxton.

Rogan se présenta. La jeune fille s'approcha de lui en l'examinant de la tête aux pieds, et ce qu'elle vit lui plut. Elle aimait ce regard à la fois sombre et honnête. Il faisait partie du personnage que le joueur s'était composé, mais Sue ne le savait pas, et la manière dont il la fixa droit dans les yeux la rassura. Elle était également sensible à la fermeté des contours de sa mâchoire et à sa bouche aux lèvres pleines semblant sur le point de rire des choses qui effrayaient les autres.

Sue Braxton abaissa le bougeoir qu'elle portait.

– C'est une chance pour nous que vous soyez venu, dit-elle. Nous avions besoin de quelqu'un d'extérieur. Avez-vous rencontré les autres ?

– La plupart d'entre eux.

– Lord Tethryn ?

Rogan secoua la tête et elle poursuivit :

– Je suis inquiète pour lui. On n'aurait pas dû le laisser seul après ce qui s'est passé, mais tante Julia m'a donné un tranquillisant et m'a mise au lit. Je n'arrivais pas à dormir, alors je suis descendue.

– J'ignorais que miss Makepeace était votre tante.

– Elle ne l'est pas vraiment, mais je la connais depuis que je suis née et j'ai vécu presque en permanence sur le Kraken jusqu'à ce que les Makepeace le vendent à Mr. Frant.

– Pourquoi diable un homme avec les goûts de Frant a-t-il tenu à acquérir un endroit aussi éloigné de la civilisation ?

– La ville la plus proche n'est qu'à treize kilomètres. Ce n'est rien si l'on possède le téléphone.

– L'île est reliée au continent par le téléphone ?

– Oui. C'est ainsi que Mr. Frant a reçu votre télégramme annonçant que vous aviez changé d'avis et que vous arriviez. Oncle Arnold avait fait poser un câble privé lorsqu'il était propriétaire.

– Cela explique peut-être pourquoi il a été ruiné et contraint de vendre l'île. Néanmoins, j'ai du mal à imaginer Frant dans ces lieux. J'ai passé la soirée de mardi au restaurant en sa compagnie, et quatre garçons ne cessaient de tourner autour de lui en disant : « Oui, Mr. Frant. Tout de suite, Mr. Frant. » Un homme comme lui n'est heureux que sur une seule île : Manhattan.

– Oh, il n'avait pas l'intention de vivre ici. Il n'avait jamais mis les pieds sur le Kraken avant hier, et personne, à l'exception de grand-père, ne le connaissait auparavant. Mr. Frant a acheté l'île à des fins spéculatives. Il espérait en tirer un gros bénéfice, seulement il y a eu la récession et il n'a pas réussi à s'en débarrasser. Cela faisait plusieurs années qu'elle lui appartenait.

– Frant était-il en mauvais termes avec son frère ?

– Evan n'était que son demi-frère, corrigea-t-elle. Le fond du problème était là, je crois... Le fait que Mr. Frant avait des liens avec la famille Faulkland sans en être un membre à part entière.

Sue s'interrompit brusquement et s'assit, posant le lourd bougeoir sur ses genoux.

– Lorsque Mr. Frant est arrivé cet après-midi, il avait peur, continua-t-elle. Dans sa conversation revenait toujours la même préoccupation : que nous gardions un œil sur lui. Par ailleurs, il se sentait obligé de montrer à quel point il était courageux, et personne n'agit de la sorte à moins d'être terrorisé, n'est-ce pas ?

Rogan laissa glisser sa grande carcasse dans un fauteuil en face de Sue. Les paroles de la jeune fille éclairaient d'un jour nouveau l'attitude de Frant et correspondaient à ce qu'il savait déjà de lui. Au début, l'idée que leur hôte avait délibérément cherché querelle à son demi-frère était difficile à avaler. Maintenant, elle commençait à s'expliquer. Tandis que Sue racontait les incidents du miroir brisé et de la salière renversée, les tentatives fébriles du petit homme pour masquer sa nervosité devenaient aussi éclatantes que la flamme de la bougie qui oscillait sous son souffle.

– Vous voulez dire que Frant avait peur de son demi-frère ? demanda Rogan.

– Non. Il avait peur de la malédiction. On la lui avait répétée durant toute son enfance. Mr. Frant a été élevé en Angleterre après la mort de son père et le remariage de sa mère. Je suppose que sa nurse l'a bercé avec cette histoire, et il devait y croire dur comme fer. Probablement a-t-il essayé de l'oublier en grandissant, mais c'était plus fort que lui.

– En quoi consiste-t-elle exactement ? Je n'ai rencontré Frant qu'à deux reprises, mais, chaque fois, il y a fait allusion. Malheureusement, je n'y ai pas prêté grande attention. Tout ce dont je me souviens, c'est qu'il ne s'agit pas de l'histoire habituelle de la vieille femme qui lance une malédiction sur une famille et du fils aîné qui meurt avant de pouvoir hériter du titre.

– Non, c'est l'inverse.

– Comment est-ce possible ? Miss Garwood a parlé d'une « malédiction à rebours », mais...

– En effet. Voyez-vous, les Faulkland n'ont jamais été victimes d'une malédiction. Ils ont reçu le pouvoir d'en appeler contre les autres.

Estimant avoir été claire, Sue reprit son récit :

– Mr. Frant a tourné autour du sujet tout au long du dîner, mais il ne l'a abordé qu'au moment du café. Jusqu'alors, Evan avait subi ses attaques sans trop se défendre, mais la coupe a débordé et il a marmonné que ces allégations n'étaient que des mensonges. Naturellement, Mr. Frant attendait le premier prétexte et il a sauté sur l'occasion.

– Pensez-vous que Frant était sur les nerfs parce qu'il était persuadé de la réalité de la malédiction et pas lord Tethryn ?

– Non. Evan en était convaincu, même alors. Ce n'est pas une simple légende. Nous sommes restés seuls pendant quelques minutes après le dîner et il m'a raconté une histoire... Evan avait l'habitude de garder ses pensées pour lui devant les autres tandis que Mr. Frant ne pouvait s'empêcher d'en faire profiter tout le monde. C'était la raison de notre réunion, me semble-t-il : confronter Evan à ses amis et lui faire admettre qu'il croyait à la malédiction.

Ce que Sue venait de déclarer jetait une autre lumière sur l'affaire, et Rogan demanda :

– Qu'est-ce qui vous fait dire cela ?

– Mr. Frant avait pris la peine de faire effectuer des recherches sur l'origine de l'histoire. Il en avait une copie dans sa poche. Ne le saviez-vous pas ?

Rogan agita la tête et elle continua :

– À mon avis, Mr. Frant avait soigneusement mijoté son coup. Lorsque Evan a affirmé que l'histoire était un mensonge, Mr. Frant a éclaté de rire et dit qu'il était prêt à produire des « documents ». Il a sorti une liasse de papiers de sa poche et nous a montré les cachets prouvant qu'il s'agissait de copies certifiées. Manifestement, il s'était attaché à ce que tout cela soit très officiel.

– Que contenaient ces papiers ?

– Je voudrais pouvoir me rappeler le libellé exact. C'était écrit dans un langage étrange et vieillot, et difficile à comprendre parce que Mr. Frant lisait très vite de crainte que quelqu'un ne l'interrompe avant qu'il n'ait fini. Il ne savait pas non plus comment prononcer certains mots, aussi était-il malaisé de déterminer ce dont il parlait.

– Est-ce ce document qu'Evan a brûlé ?

– Oui. Je ne l'en blâme pas, mais j'aurais préféré qu'il n'en fasse rien. Nous aurions pu éclaircir davantage les choses si nous avions eu la possibilité de mieux l'étudier.

– Attendez un instant ! s'exclama Rogan en se levant. Combien de temps êtes-vous restés dans la salle à manger après que les papiers ont été jetés dans la cheminée ?

– Pas plus d'une ou deux minutes. Pourquoi?

– Et les domestiques se sont-ils mis à ranger et à nettoyer aussitôt?

Les yeux de Sue s'illuminèrent.

– Oh, je vois ce que vous voulez dire. Jub a éteint le feu. Il était déjà au service des Makepeace, et il versait toujours de l'eau dans la cheminée avant de débarrasser la table. Croyez-vous qu'une partie des papiers aient échappé aux flammes?

– Tout dépend de la façon dont ils étaient pliés.

La jeune fille s'empara des deux bougeoirs et courut dans la salle à manger, Rogan sur ses talons. Le joueur prit les pincettes et écarta les plus gros morceaux de bûches à demi calcinées. La première fouille à laquelle il avait procédé avait été superficielle. À présent, il opérait avec précaution, ôtant chaque couche de cendres avec une pelle avant d'explorer la suivante.

– Pourrez-vous en tirer quelque chose même si les feuilles sont carbonisées?

– J'espère qu'elles n'ont pas toutes été brûlées. Vous avez dit qu'elles étaient pliées. Habituellement, lorsqu'on lit un document de ce genre, on tourne les pages et on les place au dos des autres une fois terminées. À l'endroit des pliures, les feuilles sont plus serrées les unes contre les autres, et le centre n'a peut-être pas... Attention, qu'est-ce que c'est que ça?

– Les papiers! Les papiers!

– À l'évidence; mais pas de précipitation. S'ils tombent en poussière dans nos mains, nous ne serons pas plus avancés.

Délicatement Rogan balaya les cendres et souleva du bout des doigts les feuilles noircies. Elles formaient toujours une masse compacte qui laissait présager une bonne lisibilité des pages intérieures.

Sue alla chercher sur le buffet un grand plateau d'argent et le posa sur la table.

– Tenez, prenez ceci pour ne pas salir.

– Merci. Pourriez-vous me donner deux couteaux de table? Les feuilles sont collées. J'ai besoin d'une lame pour les séparer.

Tandis que la jeune fille fourrageait dans un tiroir, Rogan examina sa découverte. Elle était en meilleur état qu'il n'avait osé l'espérer. Deux à trois centimètres de papier avaient brûlé sur le pourtour de chaque page, et les premières et dernières feuilles étaient irrécupérables avec les moyens dont ils disposaient. Quant au reste du texte, il était parfaitement lisible, même à la lueur de la bougie, et il suffisait d'un petit effort d'imagination pour compléter les mots qui composaient les extrémités des lignes.

– Pouvez-vous lire ? demanda Sue.

– Oui, mais le texte commence en plein milieu, alors je ne saurais dire qui l'a rédigé.

– Je me souviens. C'était un prêtre catholique appelé le père Zachary. Il vivait sur les terres des Faulkland, dans le pays de Galles, juste après que Jacques Ier a été chassé d'Angleterre. Les prêtres catholiques n'étaient pas très populaires à cette époque, mais personne ne semble s'en être pris à lui. Qu'êtes-vous arrivé à déchiffrer ?

Elle regarda par-dessus l'épaule de Rogan et lut quelques mots.

– Il ne manque pas grand-chose. Juste comment il a eu vent des rumeurs à propos d'un ancêtre d'Evan qui pratiquait l'alchimie.

Leurs têtes se touchant presque, ils se penchèrent sur le document calciné.

... personne non plus n'avait de raison de soupçonner ledit Humphrey Faulkland, puisque, en tant que magistrat de l'île de Penarn, il avait lui-même contribué à traquer et à éliminer pas moins de sept de ces misérables. Néanmoins, comme je l'ai appris postérieurement, il succomba à la tentation, car le malheur voulut que, lorsque ses hommes lui livrèrent le sorcier Ullworthy, ils apportèrent avec eux ses instruments ainsi que ses livres traitant de l'art magique, dans l'idée qu'ils pourraient servir de preuves contre lui.

Donc, la nuit après qu'Ullworthy fut brûlé, le magistrat emporta les papiers du sorcier dans son cabinet, dans l'intention de les détruire par le feu et de débarrasser le monde de ces écrits pestilentiels. Il se trouva que le premier volume qu'il prit entre les mains était l'un de ceux qu'il n'avait pas examinés auparavant, et, alors qu'il allait le jeter dans les flammes, celui-ci s'ouvrit à une certaine page révélant les secrets de cet art maudit nommé alchimie. Or, cet Humphrey Faulkland, ce magistrat, était un être cupide, et la pensée l'effleura qu'il tenait entre ses doigts le moyen grâce auquel il pourrait s'enrichir. Pas un instant, il ne songea au salut de son âme immortelle, et il se mit à lire le livre en question...

– Je ne pense pas que ce qui manque soit important ; probablement quelques détails sur les premières expériences, fit remarquer Sue tandis que Rogan détachait la page du dessus et la posait sur le côté.

... son sinistre et illicite dessein, de sorte qu'il s'enfonça davantage dans la fange, passant de l'alchimie à la sorcellerie, puis à des pratiques encore plus infâmes, jusqu'à ce qu'enfin il n'eût plus de scrupules à s'adonner aux horreurs de la nécromancie elle-même et à rappeler les âmes des morts, et pourtant, jamais sa soif d'or ne semblait vouloir s'apaiser.

Tous ces faits, je les ai appris de l'intendant Levan qui me les a racontés dans la pièce même où j'écris ces mots. Cependant, bien que, dans son récit, ledit Levan eût reconnu commercer avec les Puissances infernales, il ne se laissa pas convaincre de se confesser en bonne et due forme, étant un hérétique calviniste, et, dans sa terreur extrême, il consentit seulement à se confier à moi.

Voici en quoi consista ma participation. Peu avant l'aube du 30 juin, ce jour étant un samedi, je fus tiré de mon sommeil par le bruit formidable de quelqu'un qui hurlait et frappait à ma porte ; la pluie tombant à verse dehors, je fus énormément surpris de n'avoir pas été réveillé plus tôt par le fracas des trombes d'eau. Et alors que j'approchais de la porte, j'entendis la voix d'un homme en appelant à l'Amour de Dieu et m'exhortant à lui ouvrir, car il craignait pour son âme. J'ouvris donc, et à mon grand étonnement, se tenait devant moi Levan, l'intendant de sir Humphrey. Malgré la difficulté qui fut la mienne de le reconnaître, puisqu'il était venu à pied, que ses vêtements étaient ruisselants de pluie et crottés de boue, et que son visage était si déformé...

... parce que j'étais le seul prêtre, catholique ou hérétique, sur l'île. Bien qu'il ne m'eût pas été permis de pratiquer publiquement les rites de ma religion depuis que Sa Majesté le roi avait fui le pays, je n'avais eu à subir aucune violence dans cette contrée éloignée. Lorsque je demandai à l'intendant Levan pourquoi il n'avait pas cherché assistance auprès d'un pasteur du continent, il me répondit que jamais il ne franchirait une étendue d'eau, même s'il devait être damné pour avoir fréquenté un prêtre et papiste. Car telles sont les étranges idées que l'hérésie a implantées dans l'esprit de ces gens qu'ils croient qu'un prêtre de la véritable Église est pire que le diable lui-même. Ainsi...

Le début de la page suivante était si abîmé que Rogan dut déchiffrer les mots lettre par lettre.

... terrifié par un esprit de la catégorie des Unden qui habitent les eaux...

Il leva un œil interrogateur vers Sue.
— Savez-vous ce qu'est un « Unden » ?
— C'est une ancienne manière d'écrire « ondine ».
— Il n'avait tout de même pas peur d'une fée !
— Les ondines ne sont pas des fées mais des élémentaux. Et certains d'entre eux sont redoutables.
— Ne me dites pas que vous êtes une autorité en la matière ?
— Non, mais oncle Arnold l'est, et il possède des tas de livres sur le sujet. (Elle fit un geste en direction des étagères bien garnies.) Je m'y suis intéressée un été, quand j'avais quatorze ans. Je ne me souviens que de bribes. Poursuivez la lecture. Je crois que c'est là qu'il parle des élémentaux.

Ce que le feu n'avait pas brûlé

... et lorsque je le sermonnai en lui disant que les esprits n'existaient pas et n'étaient qu'affabulation, et qu'on n'en trouve aucune mention dans les Saintes Écritures, il me rétorqua qu'il avait vu de ses propres yeux, cinq nuits auparavant, non pas un, mais deux de ces esprits, un mâle et une femelle. Il ajouta que ces démons, car je suis persuadé qu'il s'agit de démons, n'étaient pas des ondines mais plutôt des sylphes, des esprits de l'air, et qu'il ne les redoutait guère, étant né près de Helvellyn et étant habitué aux escarpements de cette montagne, parce qu'il avait la conviction que celui qui supporte les grandes altitudes sans être pris de vertiges n'a rien à craindre des élémentaux de l'air, chose, affirmait-il, qu'il avait prouvée lui-même. Mais il vaudrait mieux que vous prissiez connaissance de son témoignage.

« Moi, Jonas Levan, intendant de sir Humphrey Faulkland... »

– Apparemment, le père Zachary n'a pas pris le risque que Levan revienne sur ses déclarations, fit observer Rogan.

– On ne peut pas le lui reprocher. Attendez d'avoir lu la suite.

« ... et lorsque mon maître m'a expliqué ces choses, j'ai acquiescé, mais je n'en étais pas moins terriblement effrayé et j'ai seulement consenti à ce qu'il évoquât les sylphes, car il me semblait qu'en tant qu'homme de la montagne, j'avais une chance face à eux, alors que je n'en avais aucune face aux autres. Donc, après avoir obtenu mon accord, bien que donné à contrecœur, mon maître m'a prié de l'accompagner dans son cabinet et m'a indiqué une trappe habilement dissimulée dans le sol et que, jusqu'alors, j'avais prise pour une simple dalle de pierre. Et en soulevant cette trappe, il m'a montré une chambre souterraine de cinq aunes de long sur cinq de large, sans préciser si celle-ci servait précédemment d'abri pour les prêtres catholiques ou de cachot. Ensuite, il m'a fait descendre et j'ai vu que les murs de la chambre étaient garnis d'étagères et de tablettes encombrées d'objets magiques et de récipients en verre aux formes étranges; il y avait aussi des fourneaux pour les chauffer, mais pas de fenêtre... »

« ... *et le trempant dans le sang, il a dessiné sur le sol deux carrés de trois mètres de côté, imbriqués l'un dans l'autre et décalés de quarante-cinq degrés, et dans chacune des huit pointes, des croix et divers signes sacrés. Puis, à l'intérieur des carrés, il a tracé deux cercles, et à l'intérieur de ceux-ci, deux autres carrés, et les a recouverts de croix et mots sacrés, après quoi, dans chacun des huit angles, il a écrit les noms de Dieu. Ensuite, il a allumé des chandelles dont le suif était fait (m'a-t-il dit) de graisse humaine et parfumé à l'encens, en a posé une dans chacune des pointes et m'a ordonné de me placer à son côté dans le carré central. Comme je répugnais à lui obéir, il m'y a exhorté en me disant que cette figure serait notre forteresse, car aucune créature non chrétienne ne pourrait franchir les lignes ni les croix ni les mots sacrés qu'il avait tracés. Et après que je l'eus rejoint, il a pris une sorte de petit fouet ou balai qu'il appelait « aspergès » et qui était constitué de brins de verveine, basilic et autres plantes, liés à une branche de noisetier par un fil arraché au linceul d'un pendu. Il a plongé cet objet dans... »*

Au lieu d'aller à la page suivante, Kincaid se tourna vers la jeune fille.

– Il me semble que nous attachons trop d'importance à ce récit. Je connaissais mal Frant, mais, le peu de temps que j'ai passé avec lui, il a montré un remarquable talent pour la mystification. Dans ma vie, j'ai croisé un grand nombre de Münchhausen, mais Jackson B. les battait tous d'une bonne longueur.

Sue désigna le manuscrit.

– Vous croyez qu'il l'a fabriqué ?

– Ce serait tout à fait dans son esprit. Je l'ai rencontré à bord d'un bateau, et il régalait ses compagnons de voyage avec une série d'histoires que je n'avais jamais entendues si bien racontées. L'une d'entre elles était une vague description de la malédiction des Faulkland. Il m'avait alors tout l'air de l'avoir inventée. Peut-être était-ce le cas, et ce document n'en est-il qu'une version plus élaborée.

La jeune fille secoua la tête.

– Je ne pense pas que Mr. Frant en aurait été capable, même sans les cachets d'authentification et le reste. Celui qui a rédigé ce texte savait ce dont il parlait, et Mr. Frant n'était pas très... instruit. Il y a là des tas de choses dont il n'avait pas la moindre idée, comme, par exemple, la manière de dessiner le diagramme avec les carrés et les cercles.

– C'est orthodoxe, n'est-ce pas ?

– Je crois. Je suis certaine d'avoir déjà vu cela quelque part. Par ailleurs, un peu plus loin, le père Zachary décrit des instruments utilisés en alchimie dont, pour la plupart, je n'avais jamais entendu le nom.

– Peut-être Frant les a-t-il aussi inventés.

– Pas ce genre de mots. Ils n'auraient pas sonné juste. Reprenez la lecture. Vous verrez.

« ... *et lorsqu'il eut répété cette invocation pour la troisième fois et utilisé le sel consacré de la façon condamnable dont j'ai déjà parlé, j'ai entendu un bruit semblable à celui d'une forte rafale de vent, ce qui était un prodige puisque nous étions sous la terre et qu'il n'y avait pas de fenêtre dans la chambre. Et en même temps que le vent, s'est élevée une voix pareille au tintement de clochettes d'argent, et, devant nous, est apparue une femme de la plus grande beauté que mes yeux eussent jamais contemplée, portant sur son poignet gauche une colombe ou un autre oiseau blanc, mais elle était entièrement nue.*

» *Malgré la splendeur de cette vision, j'étais épouvanté, sachant qu'il s'agissait d'un être surnaturel et maudit, et dans ma terreur, j'ai reculé jusqu'à sortir presque complètement de la figure que mon maître avait dessinée sur le sol, et j'aurais continué s'il ne m'avait retenu et montré quelque chose dans mon dos. En me retournant pour regarder, j'ai senti les paumes de mes mains devenir moites et ma langue se glacer dans ma bouche, car, derrière moi, à une aune de distance, se dressait un autre de ces démons, sauf qu'il était de sexe masculin et aussi horrible que la femme était belle, et qu'il avait la taille d'un attelage de bœufs. Lorsque je me suis rendu compte que mes pas m'avaient conduit au bord de la figure qui constituait notre protection et que d'en avoir fait un de plus m'aurait mis à la portée du démon mâle, je me suis évanoui d'effroi et écroulé, et mon maître a eu le plus grand mal à me tirer au centre du carré. En me réveillant... »*

« ... se reprochant de ne pas l'avoir fait lorsque je me suis évanoui. Par la suite, il m'a confié qu'il avait contrôlé ces esprits, mais qu'il n'avait pas pu obtenir d'eux de l'or, leur pouvoir ne s'étendant que sur l'éther et les choses de l'air. Il en était de même, a-t-il dit, avec les esprits du feu, que certains appelaient salamandres ou aetneans, *qui sont ignés et insubstantiels dans leur nature. Il n'y avait aucun espoir non plus qu'il pût exercer une influence sur les gnomes (qui sont les esprits de la terre) en raison de ce qu'ils détestaient en l'homme tout ce qui touchait à la cupidité et à la convoitise, ces défauts étant déjà très communément répandus parmi eux. Il restait les ondines ou démons des eaux, qui possédaient d'immenses trésors récoltés sur les navires ayant sombré. Quoi qu'il en soit, les sylphes qu'il avait évoqués l'avaient averti que s'il affrontait les eaux avec crainte ou hésitation, jamais il ne dominerait les ondines, ce qui était d'une importance capitale puisque ces créatures aquatiques étaient les plus dangereuses de leur espèce... »*

« ... refusé net de l'aider, car j'ai eu, toute ma vie, une grande terreur de l'eau, de sorte que je ne puis pas me résoudre à en traverser la plus petite étendue, si courte soit la distance, sans être malade et mort de peur. Qui plus est, je lui ai rappelé l'avertissement qu'il avait reçu, comme quoi, au moindre signe d'hésitation, ces êtres l'engloutiraient.

» Et pendant quatre jours, mon maître a semblé avoir abandonné ses pratiques diaboliques; pourtant, hier soir, lorsqu'il a vu les pluies diluviennes qui tombaient (car le gros temps est propice pour ces choses), sa cupidité a eu raison de lui, et il est descendu, seul, dans son cabinet, pensant que le danger était léger comparé à la quantité de trésor qu'il espérait récolter.

Ce que le feu n'avait pas brûlé

» *Cela s'est passé à onze heures et, peu après, j'ai discerné un bruit, comme si de l'eau clapotait contre les piliers d'un quai, et ce, bien que le manoir fût à plus de deux cents mètres du rivage. Le bruit n'a cessé de s'amplifier, et toute la maison s'est mise à trembler jusqu'à ce qu'elle tanguât comme un navire sur une mer en furie. Puis, tout à coup, j'ai entendu sir Humphrey pousser un cri, un seul, mais la terreur contenue dans ce cri était telle que mon corps s'est couvert d'une sueur froide et que mes vêtements ont été trempés, bien que je fusse resté constamment à l'abri de la pluie et...* »

« ... *une puanteur de charogne et de poisson pourri, que je n'ai pas osé aller dans le cabinet.* »

Et lorsque l'intendant Levan eut terminé son récit, il me supplia à genoux de retourner avec lui dans le manoir afin d'exorciser les démons, de crainte que, après s'être repus de sir Humphrey (ce qui ne faisait pas de doute), ils ne ravageassent la contrée.

J'ai donc décidé de céder à ses prières, malgré la loi royale qui m'interdit de propager la Vraie Foi, car il me paraît préférable d'avoir à en supporter moi-même les conséquences plutôt que de laisser les habitants de cette île à la merci de ces monstres affreux.

J'écris ces lignes dans ma chambre avant d'accompagner l'intendant au manoir, l'entreprise dans laquelle je m'engage étant périlleuse. Car, bien que je porte sur moi la Sainte Croix et les Saintes Reliques, je ne connais, pas plus que les autres hommes, la fin qui m'est réservée, et si le malheur veut que...

Rogan souleva la page et la posa avec celles qu'il avait déjà lues.

— En tout cas, le père Zachary ne manquait pas de courage. A-t-il écrit la suite après son retour ?

— Oui. Continuez.

... après cela. Nous ne pouvions pas non plus, en aucune façon, nous résoudre à ce que la trappe fût ouverte, et nous fûmes contraints de renoncer ce jour-là. Mais le lendemain, jour de la Passion du Christ, nous ouvrîmes la trappe et je descendis par une petite échelle si raide que j'eus de la peine à conserver l'équilibre et à tenir le Saint Cierge ainsi que le matériel qui m'était nécessaire.

Je vis alors, à la lueur du Saint Cierge, l'état dans lequel était la chambre. Elle était remplie d'objets interdits tels qu'alambics, matras, athanors et autres, tous détruits par la visite des démons, car ils avaient été renversés, brisés et recouverts par une épaisse couche de bave argentée, comme si des limaces de mer occupaient les lieux. Et il y avait aussi sur le sol les traces d'un diagramme ou pentacle si brouillé et piétiné que l'on n'en distinguait plus la forme ni les signes dessinés dans les pointes. Tout d'abord, je n'aperçus pas non plus, à la maigre clarté du cierge, le corps de celui qui avait appelé sur lui-même toute cette horreur, puis enfin, je le découvris dans un coin, à moitié caché sous un banc retourné, grosse masse visqueuse d'os et de glaires, pareille à des déjections de hibou. Mais lorsque je voulus m'approcher, une araignée sauta vers moi, ayant déjà fait son nid dans le crâne. Pourtant, je...

... l'exorcisme fut terminé et que je m'apprêtai à escalader l'échelle pour sortir, mon pied glissa sur quelque chose de si mou que je tombai, ayant le plus grand mal à garder le Saint Cierge allumé. C'est ainsi que je parvins à voir ce qui était écrit sur le sol de la chambre, incrusté dans la pierre comme si les vers l'avaient rongée :

« Od prend le père et exaucera le fils
Et le fils du fils jusqu'à l'extinction de la race. »

Et bien que j'eusse longuement regardé dans l'espoir de trouver la trace de la lettre G devant le premier mot de l'inscription, pour former « God », c'est-à-dire « Dieu », je suis maintenant

*convaincu qu'il ne s'agissait pas de « God », mais bien de « Od »,
le nom de ce démon qui...*

Rogan poussa un profond soupir.

– Apparemment, c'est tout ce qui reste du récit du père
Zachary, dit-il. La page suivante est la copie d'une lettre d'une
autre personne, et je ne vois toujours pas quel est le rapport avec la
malédiction.

– Ne comprenez-vous pas ? C'est ce qu'expliquent les deux
vers. Od est une sorte de démon des eaux. Il a tué sir Humphrey et
a promis d'exaucer ses descendants. Je crois que la lettre apporte
des précisions.

Rogan se remit à lire.

*... retranscription d'une lettre écrite en 1798 par un certain
Samuel Ilverston, de Ruthin qui est situé à une trentaine de kilomètres de l'île de Penarn où les Faulkland avaient leur manoir.
Ilverston, après une longue dissertation sur la malédiction, considère son caractère héréditaire comme étant abondamment prouvé
et cite les exemples suivants :*

*« Il est notoire et confirmé par de nombreux témoins alors
vivants qu'Evan, le fils né dudit Humphrey après qu'il fut décédé,
a prononcé une malédiction contre Wat Venning, un tanneur, qui
s'est immédiatement écroulé, mort. Sur ce, Evan, seul magistrat et
représentant de la loi à Penarn, l'a fait mettre dans un cercueil et
enterrer le jour même, par peur (a-t-il prétendu) de la peste.
Pourtant, malgré cette hâte indécente, les porteurs des cordons
du poêle eurent les plus grandes peines à accomplir leur devoir,
pris de nausées en raison de... »*

*« ... également, et l'événement attesté par divers et respec-
tables témoins que j'ai moi-même connus et auxquels j'ai parlé
personnellement, il ne peut y avoir le moindre doute que Humphrey, le petit-fils dudit Evan et l'arrière-petit-fils du premier
Humphrey, a appelé, en des termes blasphématoires et impies, la
malédiction sur Horne Tarver, un charretier, en citant : " Par Od,
putréfie-toi ", sur quoi... »*

Le bas de la page était si endommagé par le feu et l'eau que Rogan ne put rien en tirer et, des deux dernières feuilles, il ne restait rien que des fragments calcinés.

Kincaid se renversa sur sa chaise. Voilà donc en quoi consistait la malédiction des Faulkland. Il était facile de deviner pourquoi elle avait enflammé l'imagination de Frant, et visiblement celle des autres habitants de la maison, puisque tous semblaient enclins à aborder le sujet. Dans leur cas, l'histoire avait dû gagner en force du fait que le petit homme la leur avait lue peu avant sa mort. L'atmosphère surnaturelle du vieux bâtiment de pierre les avait peut-être même convaincus qu'il existait une lointaine corrélation entre la malédiction et cette mort. Ce qui expliquait l'étrange attitude de la jeune fille et la réticence avec laquelle les autres parlaient de leur hôte défunt, et même l'évanouissement de Nancy. Par conséquent, plus vite cette affaire serait éclaircie, mieux ce serait. Il y avait aussi d'autres motifs d'inquiétude. Il regarda Sue.

– Je pense que vous avez tort de chercher un lien entre cette légende et la mort de Frant. Il n'était pas un descendant du vieux Humphrey Faulkland, aussi ne pouvait-il pas avoir hérité de ce don. En fait... (Rogan se rappela plus tard qu'un petit rire lui avait échappé en disant cela.)... même si l'histoire est vraie, elle n'aurait pas concerné Frant, à moins que son demi-frère ne l'ait maudit et qu'il ne soit tombé raide mort.

Les dernières émanations de chaleur du feu depuis longtemps éteint s'étaient dissipées et la pièce était froide. Dehors, la tempête continuait de faire rage en direction du sud. Une voix retentit sur le pas de la porte.

– Alors, vous l'ignoriez, n'est-ce pas ? C'est exactement ce qui s'est passé.

IV

La conjuration des quatre

– Evan !

Sue courut vers l'homme debout sur le seuil.

– Merci, dit-il en lui tenant la main un moment. Ne vous inquiétez pas pour moi. J'ai besoin de prendre l'air – je ne peux pas rester enfermé dans ma chambre plus longtemps.

– Je vous accompagne.

– Si vous voulez. La pluie a cessé.

Il parut soudain se rendre compte de la présence de Rogan et s'avança vers lui.

– Vous êtes Kincaid, n'est-ce pas ?

Evan avait ôté la tenue de soirée qu'il devait porter pour le dîner et était vêtu d'un complet de flanelle grise. À la lueur des bougies, son visage ressemblait à un vilain masque de cire.

– Je suis heureux que vous ayez vaincu la tempête. Espérons que vous trouverez le Kraken aussi inoffensif.

Rogan haussa les épaules.

– « De tous les fantômes, monstres et démons qui hantent la nuit, Seigneur délivre-nous », récita-t-il.

– Oui, soupira Evan. Je ne vous reproche pas d'être sceptique. Vous n'avez pas vu mourir mon frère.

– J'ignore même *comment* il est mort. Tout le monde ici ne parle que de ça, mais dès qu'il est question d'aborder le vif du sujet, chacun s'esquive.

– C'est parce que la chose est tellement impossible que personne n'y croit, même après l'avoir constaté de ses propres yeux. Néanmoins, vous avez le droit de savoir. (Evan se tourna vers la jeune fille.) Dites-lui, Sue.

– Mais vous...

– Ne vous faites pas de souci pour moi. Je veux entendre votre récit moi aussi. Pensez-vous qu'il soit agréable pour moi de me demander sans arrêt si je suis devenu fou, parce que ce que j'ai vu n'a pas pu se produire ?

– Je vous ai raconté comment Mr. Frant s'était comporté durant le dîner, commença Sue d'un ton hésitant en s'adressant à Rogan. Ensuite, nous sommes passés au salon. J'ai entraîné Evan avec moi vers le piano, tandis que Julia essayait de tenir Mr. Frant éloigné de nous en lui proposant une partie de bridge. La manœuvre a échoué. Très rapidement, Mr. Frant a quitté la table de jeu pour venir nous rejoindre et il s'est mis aussitôt à reparler de la malédiction. Je l'ai supplié de cesser de faire tant d'histoires pour une légende stupide. Il m'a répondu qu'il espérait qu'il s'agissait *seulement* d'une légende, car, dans le cas contraire, Evan était porteur d'une tare héréditaire et ne pouvait pas se marier.

Les joues de Sue s'empourprèrent et elle jeta un coup d'œil à Tethryn qui s'était emparé du manuscrit calciné et s'était mis à le lire. Il ne montra aucun signe qu'il avait entendu la jeune fille, et elle continua :

– Evan s'est emporté et a demandé à son frère s'il voulait que l'on teste la malédiction sur lui. Je voyais bien que Mr. Frant n'était pas tellement d'accord, mais il était allé trop loin pour reculer. Il a fait semblant de rire et a déclaré qu'il serait ravi d'offrir sa personne à la science. Je ne me rappelle pas ce qu'Evan a répliqué – quelque chose avec le mot « satané » – parce que Mr. Frant a éclaté de rire à nouveau et s'est exclamé : « La véritable malédiction, mon garçon, pas juste quelques jurons anglais ! »

La jeune fille se tut et regarda Evan. Cette fois, il prit la parole.

– Ne cachez rien à Kincaid.

– Alors, Evan a dit... (La gorge de Sue se noua.) Mon Dieu, c'est vous qui l'aurez voulu ! *Par Od, putréfie-toi, Jack ! Par Od, putréfie-toi !*

Elle respira profondément et frissonna ; ensuite elle garda si longtemps le silence que Rogan demanda :

– Que s'est-il passé ?

– Mr. Frant est mort.

Kincaid ouvrit de grands yeux.

– Il a certainement dû se produire autre chose.

– Non, rien, intervint Evan d'une voix rauque avant d'ajouter en baissant le nez vers le manuscrit : Dès que j'ai prononcé ces mots, mon frère s'est écroulé, mort.

Rogan n'avait pas de réponse à cela. Car il n'en existait pas.

Un flamboiement attira son attention, et il vit qu'Evan avait froissé l'une des pages du manuscrit et l'avait approchée de la flamme de sa bougie.

– Ne faites pas ça !

– Pourquoi ? Tout le monde sur cette île est au courant de ce document, et personne d'autre n'a besoin de savoir. Croyez-vous que cela me plaise de voir traîner ces papiers ?

Evan lança la feuille enflammée dans la cheminée et se mit à jeter les autres dans le feu, une à une. Il se tourna vers Sue.

– Si nous devons sortir, vous feriez mieux de prendre un manteau.

– J'en ai pour une minute.

Elle lui sourit en guise d'encouragement et disparut.

Evan resta à fixer les flammes qui grossissaient chaque fois qu'une feuille tombait dans la cheminée. Il se décida enfin à parler.

– Il est difficile pour nous de nous rendre compte de ce qu'est vraiment une malédiction. Nous avons tellement l'habitude de proférer des jurons ou simplement des gros mots que nous avons oublié le sens originel de tels propos qui sont un appel ou un ordre aux forces supérieures du mal.

– Je comprends ce que vous voulez dire, acquiesça Rogan, mais ce chapitre est clos. Pourtant, vous semblez craindre un danger. Pourquoi ?

– Une fois qu'une force est libérée, elle peut devenir impossible à contrôler.

– Voyons ! Je peux imaginer pourquoi la mort de votre frère vous conduit à croire à l'efficacité de la malédiction, mais pour quelle raison attribuer son accomplissement à la puissance de quelque esprit malin appelé Od ?

Evan frémit.

– Je ne prononcerais pas ce nom si j'étais vous.

Son accent gallois avait resurgi. Il donna les dernières pages du manuscrit en pâture aux flammes et se redressa en s'essuyant les doigts avec son mouchoir.

– Vous ne croyez pas aux élémentaux ?

– Dehors, la tempête fait rage, répondit Rogan. Nous sommes coupés du reste du monde et les bougies peuplent la maison d'ombres menaçantes. Dans ces conditions, il est facile de croire à n'importe quoi.

– Il ne s'agit pas que de cela. Venez, je vais vous montrer.

Evan pivota sur ses talons et se dirigea vers la bibliothèque. Rogan le suivit. Tethryn s'arrêta devant une section du mur couvert de livres et leva son bougeoir.

– Regardez. Il doit y avoir là environ deux cents volumes sur le transcendantalisme. Ils ont été écrits sur une période de trois siècles, et les ouvrages récents sont aussi nombreux que les anciens. Les auteurs sont français, anglais, allemands, russes et américains, pourtant tous considèrent les élémentaux comme un fait établi. Ces phénomènes ne se *limitent* pas à la tempête, aux ombres et aux maisons isolées.

Evan tendit le bougeoir à Rogan, puis il choisit un mince volume bleu et en feuilleta les pages.

– Voici *The Occult Sciences*, d'Arthur Edward Waite.

Il se mit à lire.

Au cœur de la superstition, de la stupidité, de la malignité et de la perversité des expériences de magie incantatoire, nous pouvons reconnaître l'existence d'une vérité centrale qui est d'une grande importance dans le mysticisme rationnel, l'existence d'une classe d'intelligences dans les sphères du monde de l'au-delà, dont la nature est grossière, informe et non développée ou a été développée selon les lignes de cette intense malice spirituelle qui est communément assimilée à la nature essentielle des démons.

Rogan haussa les épaules.
– Vous souvenez-vous de votre Shakespeare ?

Je puis appeler les esprits des grandes profondeurs,
Moi aussi, et n'importe quel homme ; mais viendront-ils ?

– La question est : repartiront-ils ?
– Sûrement, mon ami. Même si les élémentaux existent, même si l'on en invoque un, il doit être possible de l'exorciser.
– Possible, oui, dit Evan en rangeant le livre de Waite à sa place et en sortant une traduction de *Dogme et Rituel de la haute magie* d'Eliphas Lévi. Mais le rituel est long et compliqué. Écoutez.

Lorsqu'un esprit élémentaire vient tourmenter ou du moins inquiéter les habitants de ce monde, il faut le conjurer par l'air, par l'eau, par le feu et par la terre, en soufflant, en aspergeant, en brûlant des parfums, et en traçant sur la terre l'étoile de Salomon et le pentagramme sacré. Ces figures doivent être parfaitement régulières et faites soit avec les charbons du feu consacré, soit avec un roseau trempé dans diverses couleurs qu'on mélangera d'aimant pulvérisé. Puis, en tenant à la main le pentacle de Salomon, et en prenant tour à tour l'épée, la baguette et la coupe, on prononcera en ces termes et à voix haute la conjuration des quatre :

Caput mortuum, imperet tibi Dominus per vivum et devotum serpentem.
Cherub, imperet tibi Dominus per Adam Jotchavah !
Aquila errans, imperet tibi Dominus per alas Tauri.
Serpens, imperet tibi Dominus tetragrammaton per angelum et feonem !

Michael, Gabriel, Raphael, Anael !
Fluat udor per spiritum Eloïm.

MANEAT TERRA per Adam IOT-CHAVAH.
FIAT FIRMAMENTUM per IAHUVEHU-ZEBAOTH.
FIAT JUDICIUM per ignem in virtute MICHAEL.

Ange aux yeux morts, obéis, ou écoule-toi avec cette eau sainte.
Taureau ailé, travaille, ou retourne à la terre si tu ne veux pas que je t'aiguillonne avec cette épée.
Aigle enchaîné, obéis à ce signe, ou retire-toi devant ce souffle...

Le bruit des pas de Sue interrompit la lecture. Evan remit le livre sur l'étagère et se tourna vers la jeune fille. Elle avait changé sa robe d'intérieur pour une tenue de sport bleu clair et jeté un manteau léger sur ses épaules. Ses vêtements avaient cette simplicité trompeuse caractéristique des coupes parfaites et des tissus précieux. Kincaid se dit en lui-même que les Braxton avaient échappé aux revers de fortune qui avaient frappé les Makepeace.

Il attendit que le son de la lourde porte d'entrée lui confirme que Sue et Evan avaient quitté la maison, puis se rendit dans le salon. Alors qu'il franchissait le seuil, une porte située à proximité de la cheminée et conduisant manifestement à la cuisine s'ouvrit. Miss Makepeace apparut, portant un plateau garni de tasses et d'un pot de café fumant.

— Je suis heureux de vous voir seule, déclara Rogan. Peut-être me direz-vous pourquoi vous m'avez fait des cachotteries.

Elle lui présenta le plateau.

— Je ne vous ai rien caché. Vous en voulez ?

— Oui, merci. Od prend-il son café noir ?

Julia Makepeace le regarda fixement et demanda :

— Qui vous a raconté ? Sue ?

— Et lord Tethryn.

— Tant mieux. L'idée de garder le silence venait de mon frère. Il est avocat, et parfois cela lui monte à la tête. La situation est... délicate, et je pense qu'il souhaitait mettre les choses au clair avant de parler à un inconnu.

– Et qu'étais-je supposé croire dans l'intervalle ?

– Rien d'autre que la réalité, je vous assure. Ce qui s'est passé ici ce soir laisse peu de place à l'exagération.

Miss Makepeace posa le plateau sur une table basse devant le canapé et servit le café.

– Je suis contente que vous sachiez, reprit-elle. Nous étions tous trop bouleversés pour réfléchir sainement, et je suis ravie de la chance qui m'est offerte de bavarder avec quelqu'un d'extérieur.

– En effet, il ne se présentera jamais de plus belle occasion, affirma Rogan. Je suis exactement le « quelqu'un d'extérieur » qu'il vous faut. Quelle est votre explication de la mort de Frant ?

– Je n'en ai pas. Je ne cesse de me répéter que cette histoire n'est qu'une horrible coïncidence, et j'essaie d'éviter les ombres. (Un frisson la parcourut.) D'habitude, je ne suis guère douée d'imagination, croyez-moi, mais aucun de nous n'est dans son état normal ce soir. Tenez, mon frère, par exemple. Il s'intéresse au spiritisme. Il nomme ça des « recherches psychiques », mais le résultat est le même. Je m'attendais à ce qu'il proclame que ce qui s'est produit est la preuve définitive d'un monde surnaturel. Je regrette presque qu'il ne l'ait pas dit. Les fantômes d'Arnold exhalent une sorte de parfum d'arrière-salle qui rend le scepticisme aisé, mais ce Od est terrifiant que l'on y croie ou non. Son nom même glace les os.

Rogan prit une tasse de café.

– Quelle est l'explication de Mr. Makepeace ?

– Il semble pencher pour une mort naturelle. Pourquoi ? Je ne sais pas. Je me figurais au début qu'il essayait de nous réconforter, mais il est tout à fait sérieux.

Makepeace entra, venant de la cuisine. Il se raidit légèrement en apercevant Rogan.

– Je pensais que vous voudriez vous coucher après votre bain involontaire, Mr. Kincaid, commença-t-il en baissant les yeux vers l'assiette de sandwiches qu'il avait à la main. J'allais vous monter votre souper dans votre chambre.

– Inutile de jouer la comédie, Arnold, intervint sèchement sa sœur. Evan lui a tout raconté.

L'avocat fronça les sourcils.

– Lord Tethryn est à demi gallois, Mr. Kincaid. La mort de son frère a fait remonter à la surface ses tendances au mysticisme, alors il ne faut pas trop prendre ses théories à la lettre.

– Je suis surpris que vous disiez cela. À entendre votre sœur, vous êtes un adepte du surnaturel.

– Je suis convaincu de la survivance de l'esprit. Le fait est démontré scientifiquement. Mais ces bêtises à propos des élémentaux, c'est une autre paire de manches.

– Peut-être. Mais si ce Od n'est pas venu de quelque part pour le faire taire, comment Frant est-il mort ?

Makepeace se tourna vers sa sœur.

– Tu vois ? C'est toujours la même histoire ! Tout le monde semble vouloir transformer cet accident navrant en mystère. (Il s'adressa de nouveau à Rogan.) Mon cher monsieur, comme je vous l'ai dit, Frant est mort d'une attaque d'apoplexie – ou peut-être d'une crise cardiaque – due à un choc. Ce genre de cas est fréquent. Un décès entouré des mêmes circonstances dramatiques a déjà eu lieu à New York, il y a quelques années.

– Je me souviens, acquiesça Rogan. C'était dans le *Times*. Un illuminé qui se prenait pour Dieu a choisi un homme au hasard et a prononcé contre lui une malédiction. Malheureusement, le pauvre homme avait le cœur fragile et il est mort sur le coup.

– Exactement. L'affaire est absolument identique à ce qui s'est produit ici, continua l'avocat. S'il n'y avait pas eu la tempête, personne ne se serait posé de question. Mais la tempête a perturbé l'atmosphère. Elle a mis hors service le système électrique et nous a forcés à nous servir de bougies. D'ordinaire, le Kraken est un endroit très agréable. Mais cette nuit, il ressemble au château d'Otrante, simplement à cause du mauvais temps. Et tout cela a transformé une mort banale en un mauvais mélodrame et nous a amenés à nous comporter comme des fous. Il n'y a rien de mystérieux dans la manière dont Frant est mort. Son cœur a lâché. Vous pouvez me croire sur parole.

– Merci bien, répliqua sa sœur. Je préfère la parole de Stirling. D'ailleurs le voilà qui arrive.

Makepeace leva la tête et vit le vieux docteur descendre l'escalier de la galerie.

– Ah, Stirling, nous vous attendions. Voudriez-vous dire à Julia que la mort de Frant était parfaitement naturelle.

Le Dr. Braxton scruta les visages de ses compagnons réunis autour de la cheminée – Makepeace, droit comme un *i* et sûr de lui, sa sœur, tendue malgré un calme apparent, Rogan, sombre et énigmatique.

– Je ne peux pas.

Makepeace perdit son assurance.

– Allons, Stirling, protesta-t-il. Je ne vais tout de même pas être obligé de vous convaincre, vous aussi ?

– Ce n'est pas moi qu'il vous faudra convaincre, mais les autres.

Il se fit un silence de mort. C'était comme si un film s'était arrêté sur une image, figeant chaque acteur dans son attitude.

De quelque part dans le dos de Rogan, une voix proposa :

– Peut-être a-t-il été empoisonné ?

Tous sursautèrent. Le film avait soudain redémarré. Kincaid se tourna plus lentement que les autres et découvrit derrière lui l'élément manquant du groupe.

Il aurait été impossible d'imaginer quelque chose de plus en contradiction avec une ambiance de magie noire que le personnage qui s'offrait à sa vue. Le nouvel arrivant était un jeune homme qui avait peut-être plus de vingt ans mais ne les paraissait pas. Il était vêtu d'un spencer blanc dont la coupe était un hommage aux mathématiques pures, et une houppe de cheveux couleur caramel surmontait son visage de chérubin. Il arborait sur la lèvre supérieure ce qui se voulait une moustache.

Makepeace paraissait extrêmement contrarié.

– Veuillez excuser mon neveu, Mr. Kincaid. Son nom est Bobby Chatterton, et il a la détestable habitude d'effrayer les gens.

Le garçon était rouge de confusion.

– Je... je suis désolé, bégaya-t-il. Je... je ne pensais pas...

– Que cela ne t'empêche pas de faire des suggestions, l'encouragea sa tante. Nous sommes tout ouïe...

– Parle pour toi, rétorqua Makepeace. Te rends-tu compte que, si l'on suit le raisonnement de Bobby, cela revient à dire que Frant a été assassiné ?

– Naturellement, riposta-t-elle. Et en ce qui me concerne, j'avoue préférer avoir affaire à un gentil petit meurtre qu'à ces histoires de fantômes. Quel est votre diagnostic, Stirling ?

Le docteur mit un certain temps pour répondre.

– J'aimerais pouvoir partager la conviction d'Arnold que la mort de Frant était naturelle. Mais je crains qu'elle ne le fût pas.

Makepeace leva les bras au ciel.

– Vous êtes le dernier homme sur Terre de la bouche de qui je m'attendais à entendre cela ! Dieu du ciel, Stirling, vous pourriez tout aussi bien faire fi de votre science et vous mettre à l'exorcisme.

Le Dr. Braxton posa un regard anxieux sur son ami.

– J'ai peur, dit-il, qu'aucun exorcisme ne puisse nous aider désormais.

À ces mots, un ange passa. Les flammes vacillantes des bougies emplissaient la pièce d'ombres mouvantes qui semblaient plus vivantes que les silhouettes pelotonnées devant la cheminée. Le vieux docteur fut le premier à rompre le silence.

– Je vous en prie, ne croyez pas que je sois parvenu à une quelconque conclusion, sauf à celle qu'il ne s'agit pas d'une mort naturelle.

– Mais, Stirling, un homme ne meurt pas d'une malédiction ! protesta l'avocat.

– Vous oubliez la suggestion de Bobby, lui rappela le docteur. Je ne suis pas un expert, et il y a des années que je n'ai pas vu un tel cas, mais les symptômes que présentait notre hôte ressemblaient assez à ceux d'un empoisonnement au cyanure.

– Voilà donc où vous voulez en venir ! s'écria Makepeace. Un meurtre ! C'est aussi insensé que cette malédiction. Je vous accorde que personne ici n'éprouvait de réelle sympathie pour Frant, mais de là à l'empoisonner ! Nous n'avions aucun mobile pour le faire. La plupart d'entre nous ne l'avaient jamais rencontré avant aujourd'hui ! Vous avez dû vous tromper dans votre diagnostic.

– Je l'espère. Malheureusement, ce n'est pas moi qu'il vous faudra convaincre. Murchinson, le médecin du coroner, est peut-être un ivrogne, mais pas un imbécile. Je redoute fort que lorsque je lui décrirai les symptômes, il n'attribue la mort au cyanure.

– Absurde !

– Je ne suis pas toxicologue, fit le docteur en haussant les épaules, mais il existe d'autres poisons presque aussi rapides que le cyanure – l'acide oxalique, par exemple... ou la nicotine. je crois que la nicotine pure est connue pour tuer en moins d'une minute.

– Mon raisonnement ne repose pas sur la nature du poison, insista Makepeace. Matériellement, Frant n'a pas pu être empoisonné. Un poison lent aurait fait apparaître des symptômes préliminaires, et un poison rapide est hors de question. Il n'y a aucun moyen possible que Frant ait absorbé quelque sorte de substance étrangère que ce soit dans les cinq ou dix minutes qui ont précédé sa mort. Il n'a ni bu ni mangé durant ce temps et il n'a pas fumé. Il n'a touché à rien. Il ne s'est pas éloigné de plus de deux mètres d'aucun de nous. L'idée du poison est simplement indéfendable.

Comme l'avocat se perdait dans les méandres d'une argumentation détaillée, l'attention de Kincaid se porta sur Bobby. Le jeune homme avait rempli une tasse de café et semblait absorbé par la tâche de déposer sur le liquide une pièce d'un demi-dollar.

Rogan se pencha vers lui et lui demanda à voix basse ce qu'il faisait. Bobby paraissait heureux que quelqu'un l'ait remarqué. Il tenait la pièce d'argent horizontalement entre le pouce et l'index et la baissait avec précaution vers la surface du café.

– Je... euh..., murmura-t-il, c'est-à-dire que j'essaie de la faire flotter.

Désormais, plus rien ne pouvait surprendre Kincaid.

– Vous croyez que vous réussirez ?

– Si le café est assez chaud.

Rogan ignorait de quelle manière la température pouvait influer sur la flottabilité de la pièce de monnaie, mais il continua à regarder.

– C'est assez chaud, annonça Bobby.

Il retira lentement sa main. La pièce d'argent resta à la surface du liquide.

– Elle flottera tant que le café sera plus chaud que le métal, expliqua-t-il. (Le demi-dollar commença à couler lentement, et il ajouta :) Mais l'argent ne demeure pas longtemps froid, et alors...

Il montra du doigt la pièce qui s'inclina sur le côté comme un navire en train de sombrer avant de disparaître.

Le jeune homme leva la tête et constata que Makepeace s'était interrompu et que les yeux de tous les membres du groupe étaient fixés sur lui.

L'avocat, contrarié de ce que son auditoire avait été distrait, excusa à nouveau son neveu.

– Ne faites pas attention à Bobby, Mr. Kincaid. Il vous ennuiera à mourir avec ses tours de passe-passe si vous le laissez vous accaparer.

– Désolé, déclara le garçon en repêchant le demi-dollar avec une petite cuiller et en l'essuyant avec son mouchoir. J'essayais de résoudre un mystère.

Cette dernière phrase intrigua Rogan. Puis il eut une idée de ce qu'elle pouvait signifier et lança :

– Beaucoup d'entre nous ont besoin de ce genre de dérivatif pour faire fonctionner leur cerveau. Je connais quelqu'un qui jongle avec des quilles lorsqu'il doit réfléchir.

Bobby se caressa la moustache du doigt.

– Ce n'est pas exactement ça, répondit-il, puis il se rendit compte que son oncle avait repris la parole et poursuivit en chuchotant : C'est plutôt un... une sorte de... de symbole. (Il replongea la cuiller dans le café, remonta des miettes de sucre et se mit à rougir.) Voyez-vous, l'histoire de la température, c'est du baratin. J'ai jeté un morceau de sucre au fond de la tasse quand vous ne regardiez pas. La seule chose que j'avais à faire, c'était de poser le demi-dollar en équilibre sur le morceau de sucre...

Il se tut, tout étonné d'avoir fait un si long discours. Rogan le termina pour lui.

– ... Et lorsque le sucre a fondu, la pièce a coulé. De quoi cette expérience est-elle symbolique ? Des fantômes rôdant autour de nous ?

– Non... Je songeais au fait que la pièce a flotté. Je... eh bien... l'important, c'est qu'elle a coulé. Je veux dire que le sucre ne l'a pas fait flotter, il l'a juste empêchée de couler à pic. Comme le poison dont parlait oncle Arnold.

Les propos de Bobby étaient confus, mais Rogan crut en saisir le sens. Il attendit que Makepeace, qui était toujours en train de démontrer l'impossibilité d'un empoisonnement, s'arrête pour juger de son effet, et posa une question.

– Qu'est-il arrivé à Frant après sa mort ?

– Comment cela ?

– La malédiction s'est-elle accomplie à la lettre ? On ne m'a pas fourni d'informations complètes à ce sujet, mais il m'a semblé comprendre que sa formulation invoquait moins la mort que la corruption des chairs.

Julia Makepeace eut un hoquet, mais seul Rogan s'en aperçut parce qu'Arnold poussa immédiatement un cri de triomphe.

– Merci, Mr. Kincaid. Car ce point dément la théorie de la malédiction. Le corps était en parfait état lorsque Evan l'a transporté au premier étage... (Soudain sa mâchoire s'affaissa et il se tourna vers le docteur.) Mon Dieu, Stirling ! Il *était* en parfait état, n'est-ce pas ?

V

Le cas de M. Valdemar

Pendant un instant, le Dr. Braxton contempla les visages étonnés de ses amis, puis il sourit.

– Ne vous inquiétez pas, Arnold. Il n'y a pas de problème avec le corps.

– Après tout, une malédiction ne s'accomplit pas toujours à la lettre, déclara miss Makepeace. En général, lorsqu'un homme est mort, il se...

– Pour l'amour du Ciel, Julia, l'interrompit son frère, ce ne sont pas des choses à dire !

– Tu as raison, Arnold. Je suis désolée. J'ai les nerfs à fleur de peau.

Rogan prit la parole en désignant Bobby.

– Mr. Chatterton a fait une suggestion intéressante...

– Balivernes ! s'exclama l'avocat qui s'efforçait de s'accrocher à la normalité. Ce garçon n'a jamais eu une idée de sa vie !

– Il a simplement fait remarquer que Mr. Frant avait pu être empoisonné, continua Kincaid d'un ton égal.

– Qu'est-ce que c'est encore que cette histoire ? lança Makepeace, méprisant.

– Vous dites que dans les dix minutes qui ont précédé sa mort, Frant n'a pas pu absorber de poison suffisamment violent pour expliquer la rapidité de son décès.

– Bobby serait d'un avis contraire ?

– Non, mais il suggère que l'action du poison a pu être retardée par quelque moyen. Supposons que le poison était dissimulé dans un médicament – dans une capsule de gélatine, par exemple. Si Frant l'a avalée dix minutes avant sa mort, le poison n'a pas eu d'effet avant que la gélatine ne soit dissoute dans son estomac. Ensuite, il aurait agi de manière foudroyante.

– Mr. Frant est monté dans sa chambre immédiatement après le dîner, précisa Bobby d'un air timide. Je veux dire... euh... il a pu prendre un médicament à ce moment-là. Il... il arrive que les gens prennent un médicament après manger.

– C'était le cas de Frant, confirma Rogan. J'ai dîné avec lui à New York, il y a trois jours. Il avait une boîte à pilules dans sa poche et il a avalé une capsule à la fin de son repas.

Miss Makepeace se tourna vers le docteur.

– Cette hypothèse est-elle plausible, Stirling? Le système fonctionnerait-il?

– Pas avec une capsule de gélatine ordinaire. La gélatine se dissout presque instantanément dans l'estomac, c'est pourquoi de nombreux médecins préfèrent les capsules aux cachets que les pharmaciens s'obstinent à nous vendre aujourd'hui.

– Mais n'existe-t-il pas un produit pour empêcher la gélatine de se dissoudre trop vite?

– J'allais y venir. Il y en a plusieurs, parmi lesquels le salol est le plus connu. En enrober une capsule ne fait aucune différence au goût.

– Voyons, Stirling, intervint Arnold Makepeace, ne vous rendez-vous pas compte que vous donnez à Mr. Kincaid une fausse impression en discutant les détails d'une théorie impossible en soi. (Il regarda Rogan en plissant le front.) Vous semblez avoir formé l'idée qu'une malédiction a été appelée sur Frant et qu'il est mort un peu plus tard. Même ainsi, la coïncidence aurait été remarquable; mais, en réalité, il s'est écroulé immédiatement. Il ne s'est pas écoulé plus d'une seconde entre le moment où les lèvres de Tethryn ont prononcé les mots fatidiques et le début de l'agonie de son frère. On aurait cru que les paroles étaient des balles.

Makepeace sirota une gorgée de café et poursuivit:

– Comprenez-vous, l'improbabilité qu'une mort par empoisonnement coïncide avec une malédiction augmente de façon énorme au fur et à mesure que le facteur temps se réduit. Si Frant avait succombé une heure après, la chose aurait déjà été stupéfiante. Si l'intervalle avait été de cinq minutes seulement, elle aurait presque tenu du prodige. Mais qu'une capsule empoisonnée fasse effet à la seconde précise où la malédiction est proférée dépasse l'entendement.

– Je doute que ce raisonnement s'applique ici, objecta le Dr. Braxton. Dieu sait que je ne veux pas, plus que le reste d'entre vous, que ce drame se transforme en une sordide histoire de meurtre, mais il n'est jamais bon de ruser avec les faits. L'hypothèse que Frant a été victime d'une attaque juste au moment où la malédiction a été lancée n'est pas plus défendable que celle du poison, avec le désavantage supplémentaire que les symptômes indiquent le poison plutôt que la crise cardiaque.

Makepeace décela un point faible dans l'argumentation du vieux docteur.

– Je présume que si Frant est mort sous le choc, il est abusif de parler de coïncidence. La malédiction elle-même aurait eu un effet psychologique et provoqué une attaque. Mr. Kincaid a cité un cas similaire tout à l'heure.

– Si vous cherchez une explication plausible, pourquoi pas le suicide ? proposa Julia Makepeace.

– Stupide ! Personne ne se suiciderait de cette manière !

– Stupide toi-même ! répliqua sa sœur. Les candidats au suicide s'infligent parfois les sévices les plus épouvantables. Regarde Portia.

– Qu'a-t-elle fait ? demanda Bobby. C'est-à-dire, j'ignorais que Portia s'était suicidée.

– Elle ne s'est pas suicidée – pas celle à qui tu penses, répondit sa tante d'un ton cassant. Je faisais allusion à la Portia qui a épousé Brutus.

– Celui de : « *Et tu, Brute ?* »

– Oui. Elle est morte en avalant des braises l'une après l'autre.

– Je sais comment on fait, déclara le jeune homme.

– Comment on fait quoi ?

– Avaler des braises, comme au cirque.

– La théorie du suicide résout le problème du temps, s'empressa de dire Rogan. Il n'est pas difficile d'imaginer une méthode qui lui aurait permis de contrôler l'heure exacte de sa mort. Par exemple, il aurait pu s'enduire les lèvres de poison et les lécher au moment où son frère a prononcé la malédiction. Mais vous aurez du mal à trouver un mobile. Frant était riche...

— Riche ?... ricana miss Makepeace. Il était ruiné.

Kincaid ne cacha pas sa surprise.

— Mais il possédait cette maison...

— ... qui rapportera à peine de quoi rembourser l'hypothèque, l'interrompit-elle sèchement.

— Julia a raison, acquiesça son frère. Inutile de vous dire que la nouvelle de la banqueroute de Frant nous a autant stupéfiés que vous.

— Comment l'avez-vous apprise ? fit Rogan.

— Il nous l'a annoncée au dîner. Il s'est montré particulièrement odieux et s'est vanté de ce que cette réunion ne lui coûtait pas un sou. Tous les frais en incomberaient à ses créanciers.

— À mon avis, la nervosité et la mauvaise humeur occasionnées par ses problèmes financiers expliquent la façon dont il a traité Evan ce soir, fit observer le Dr. Braxton. Je me souvenais de lui comme de quelqu'un de plutôt jovial. Ses soucis ont pu le conduire au suicide.

— C'est possible, concéda l'avocat, mais même en acceptant le mobile de la faillite et la remarque de Julia à propos de l'indifférence à la douleur des candidats au suicide, je ne vois pas pourquoi il se serait donné autant de mal pour que son frère se croit responsable de sa mort. Si nous n'arrivons pas à prouver qu'il a succombé à une maladie ou qu'il s'est suicidé, les circonstances de son décès poursuivront le pauvre garçon jusqu'à la fin de ses jours.

— J'ai une réponse à cela, dit miss Makepeace. Il était jaloux d'Evan.

— Sornettes ! Frant n'avait jamais vu Sue avant hier.

Sa sœur eut un sourire amer.

— Il y a d'autres motifs de jalousie que le sexe.

— Vous voulez dire qu'il était irrité du fait que son jeune demi-frère fût lord ?

– Je ne pense pas que le titre lui-même était à l'origine de son
ressentiment, mais Mr. Frant devait savoir au fond de son cœur
qu'Evan avait eu la meilleure part. Ils étaient nés tous deux de la
même mère, pourtant, alors qu'Evan avait hérité du caractère de
son père et était devenu un gentleman, Mr. Frant, lui, avait hérité
de celui de *son* père et était devenu un rustre fort en gueule. Tant
qu'il était riche et plein de réussite, il pouvait faire semblant de
s'en moquer, mais, après avoir perdu les avantages que procure
la fortune, il ne lui restait d'autre solution que de mettre fin à ses
jours. Une coutume chinoise veut que, si vous vous suicidez
devant la porte de votre ennemi, votre fantôme le hantera jusqu'à
sa mort. Le même genre de raisonnement a pu pousser Mr. Frant
a élaborer avec soin sa mise en scène, dans l'espoir de vider sa
rancœur contre son frère.

Le Dr. Braxton contempla le café dans sa tasse d'un air
morose.

– C'est une idée effroyable, Julia, mais pourquoi pas. Si Frant
voulait détruire la vie de son frère, il n'aurait pas pu trouver de
moyen plus efficace. Ce garçon croit en la malédiction familiale,
et il nous faudra des preuves très solides pour le persuader du
contraire.

Miss Makepeace donna un coup de coude au docteur. Tournant la tête, Rogan vit Sue et Evan entrer dans la pièce. La pro-
menade au grand air avait coloré les joues de la jeune fille, et
Tethryn avait perdu son teint cireux.

Avant qu'ils ne s'asseyent, miss Makepeace se leva et
déclara :

– Je pense qu'une nuit de repos nous ferait à tous le plus
grand bien.

– Miss Makepeace a raison, dit Evan en se penchant vers Sue.
Vous devriez aller vous coucher. Vous aurez besoin de toutes
vos forces demain.

Sue lui prit la main et sourit.

– Et vous ?

– Je monterai dans un instant. Auparavant, j'aimerais boire un
verre.

Ils se souhaitèrent une bonne nuit. Tandis qu'Evan se dirigeait vers la salle à manger, le Dr. Braxton parla à Sue à voix basse.

— Miss Garwood ne se sent pas bien, et Mr. Kincaid lui a offert sa chambre. Il dormira dans celle qu'elle occupait précédemment. Pourriez-vous déménager les affaires de miss Garwood ?

— Je vais vous aider, proposa Rogan.

— Merci. Vous pourrez porter les sacs. Je vous appellerai dès que j'aurais terminé.

Miss Makepeace la regarda grimper l'escalier, puis s'adressa aux autres :

— Je vous dis bonne nuit à mon tour. (Elle fit un large geste de la main.) Ne jugez pas le Kraken avant de l'avoir vu à la lumière du jour, Mr. Kincaid, et dans l'intervalle, j'espère que vous ne serez pas importuné par les fantômes.

— En fait, il ne me déplairait pas d'ajouter un ectoplasme à ma collection, répondit Rogan avec un sourire. Je possède déjà un joli assortiment d'éléphants roses conservés dans l'alcool.

Après que miss Makepeace fut partie, les quatre hommes attendirent devant la cheminée le retour d'Evan. Il arriva avec un plateau garni de bouteilles.

— Je me suis dit que vous auriez peut-être envie de m'accompagner.

Le Dr. Braxton secoua la tête.

— Finissez le vôtre et allons au lit. Vous ne vous trompiez pas en disant que nous aurions besoin de toutes nos forces demain.

— Je n'ai pas l'intention de me coucher. Le vent a faibli et, dans une heure, la mer sera suffisamment calme pour tenter une traversée jusqu'au continent. Je vais me rendre en ville et avertir la police.

— J'avais peur qu'une idée de cette sorte ne vous vienne à l'esprit. À votre place, j'agirais de même. Cependant, vous ne pourriez pas faire de plus grosse erreur que de donner à la police votre version de ce qui s'est passé ici. L'agent de service ne vous croira pas, mais il vous enfermera et lâchera sur vous une meute de journalistes.

Evan se mordit les lèvres.

– Je ne m'attends pas à ce que ce soit agréable.

– Ce ne sera pas agréable non plus pour Sue, souligna Make-peace.

– Sue doit rester en dehors de cette affaire.

– Mon cher garçon, rien au monde ne peut la garder en dehors de cette affaire. Vous ne courez pas le risque d'être accusé du meurtre de votre demi-frère, mais tout le monde sur cette île est à la merci de la presse. Les journaux imprimeront des histoires sur chacun de nous. Ils fouilleront nos placards à la recherche de squelettes, et ceux qu'ils ne trouveront pas, ils les inventeront.

– Je ne veux pas vous entraîner dans l'aventure, Sue et vous autres, répondit Evan, mais que puis-je faire ? Les autorités doivent être mises au courant, et, tôt au tard, tout jaillira à la sur-face. Si je vais au poste de police, j'ai une chance d'éteindre le feu avant qu'il ne se propage.

– Ce serait peine perdue. Notre seul espoir, c'est que la nou-velle se répande entourée d'un minimum de détails sensation-nels. Si vous allez à la police maintenant, ce fait même constituera un événement.

– Avez-vous une suggestion, Arnold ? intervint le Dr. Brax-ton.

L'avocat hocha la tête.

– Heureusement pour nous, McArdle, le procureur, est en voyage pour sa campagne électorale et ne rentrera pas avant demain après-midi. C'est son assistant, Wade Yeager, qui le remplace. Wade travaillait avec moi et il me doit une faveur. Je crois que je vais téléphoner chez lui et juste lui dire que Frant est mort dans des circonstances qui rendent impossible la délivrance d'un certificat de décès. Je lui demanderai de se mettre en contact dès cette nuit avec les autorités compétentes et de les faire venir directement ici demain matin. Quelle que soit la solu-tion qu'elles choisiront, nous pouvons être sûrs que celle-ci n'inclura pas la magie noire. En tout cas, le médecin du coroner est habilité à délivrer un certificat et nous pourrons éviter que les détails les plus spectaculaires ne parviennent aux oreilles des journalistes.

— C'est un excellent plan, acquiesça le docteur. Seulement, je crains que le téléphone ne soit coupé. Je n'ai pas la tonalité dans ma chambre.

— Les appareils dans les chambres ne fonctionnent pas, dit Bobby, mais celui du standard, dans l'office, est en état de marche.

— Ainsi que celui de la bibliothèque, ajouta Makepeace. Je vais appeler Wade de là-bas. (Il se tourna vers Evan.) Venez avec moi au cas où il souhaiterait vous parler. Vous aussi, Stirling.

Lorsqu'ils eurent quitté la pièce, Rogan se laissa aller contre le dossier du canapé et regarda Bobby.

— Connaissez-vous le Bras droit du Bourreau ?

— Qui est-ce ?

— C'est ce que j'aimerais savoir. Il semble être l'un des éléments de la faune de votre charmante île – un protégé de miss Makepeace, je suppose.

— De tante Julia ?

— Du moins y a-t-elle fait allusion en des termes favorables. Elle a été chiche de détails, mais le surnom est suggestif. Je l'imagine comme un gros pataud, avec un sourire idiot qui s'épanouit sur un visage plein de taches verdâtres, et des pierres tombales moussues en guise de dents.

Bobby agita la tête.

— Je n'ai jamais entendu parler de lui.

Makepeace fit sa réapparition, l'air très content de lui.

— Tout est arrangé, annonça-t-il en se frottant les mains. Yeager a demandé à la police de partir de Bailey's Point à l'aube sans en référer au quartier général. Elle arrivera donc vers sept heures et cela nous donnera un jour d'avance sur la presse.

Rogan se leva.

— Où sont les autres ?

— Lord Tethryn a voulu prévenir le seul autre parent de Frant ; un cousin, je crois. En tout cas son nom est également Frant.

Evan revint avec le vieux docteur, et Makepeace demanda :

— Avez-vous réussi à le joindre ?

– Oui. John n'assistera pas à l'enterrement. On lui a offert un poste en Amérique du Sud. Il avait l'habitude de voyager pour la compagnie de mon frère, mais à cause de la faillite, il s'est retrouvé au chômage. Naturellement, il ne peut pas refuser ce nouveau travail et il est obligé d'embarquer sur le premier navire en partance.

Kincaid était contrarié. Il y avait de nombreuses questions qu'il n'osait pas poser à lord Tethryn et auxquelles un employé de Jackson Frant aurait pu répondre.

Sue s'avança sur la galerie et appela doucement.

– Mr. Kincaid, votre chambre est prête.

– Merci. Je viens.

Il monta l'escalier et la jeune fille le précéda dans le couloir. Les sacs de Nancy étaient posés sur le lit. Rogan les ferma et déclara :

– Vous et vos amis avez constitué une réelle surprise pour moi. Je n'ai pas cru Frant lorsqu'il m'a parlé de vous tous. Il fanfaronnait à propos de sa maison, de son argent, de son frère qui était lord. Je le considérais comme le champion du monde des menteurs et ne prêtais guère attention à ce qu'il disait. Mais maintenant que je suis ici, je découvre que tout est vrai.

– Sauf pour l'argent.

– Apparemment, c'était vrai il y a encore peu de temps. D'ailleurs, ce que nous avons devant les yeux l'atteste.

Sue hocha la tête.

– Pour la malédiction aussi c'était vrai.

– Pas la malédiction.

Il lui expliqua la théorie selon laquelle Frant aurait pu se suicider, en mettant sa mort en scène de sorte que lord Tethryn soit accusé de meurtre. La jeune fille frissonna.

– Ce n'est pas possible. Mr. Frant n'était pas comme ça, même s'il a eu une attitude révoltante ce soir. Il a beaucoup fait pour Evan. Voyez-vous, le père d'Evan avait consacré une si grande part de sa fortune à l'Angleterre durant la guerre qu'il ne lui restait plus rien pour surmonter la dépression de 1922. Il n'a survécu que quelques années à la crise et il est mort criblé de dettes. À cette époque, Mr. Frant avait regagné son pays et commencé à s'enrichir en fabriquant des produits chimiques. Il a pris soin d'Evan après la disparition du vieux comte et lui a donné un emploi lorsqu'il a été en âge de travailler.

– Lord Tethryn est-il chimiste ?

– Ce n'était pas ce genre de travail. Mr. Frant avait des tas d'activités annexes – yachting, entraînement de chevaux de course, etc. Grand-Père a mentionné cette maison dans une de ses lettres, et Mr. Frant a envoyé Evan pour l'acheter.

– Lord Tethryn était-il au courant de ses problèmes financiers ?

– Oh, non. Mr. Frant n'en a pas soufflé mot lorsqu'il a chargé Evan de rouvrir la maison et d'inviter quelques amis pour un week-end. En fait, nous étions plutôt excités, parce qu'Evan pensait que son frère avait l'intention de se retirer des affaires et de jouer les gentlemen-farmers.

– J'ai du mal à l'imaginer en gentleman-farmer, fit remarquer Rogan. Frant n'était pas né pour vivre dans un château.

– Vous avez certainement raison, répondit-elle, mais je ne crois pas qu'Evan ait jamais considéré son frère sous ce jour. Il est difficile de voir sa famille avec le même regard que les autres gens.

– Je ne saurais dire, fit Rogan. Je n'en ai jamais eu.

Sue pensa que c'était triste, mais n'osa pas l'avouer à un inconnu.

Kincaid prit les deux sacs de Nancy. Sue l'accompagna dans le couloir et s'arrêta devant la porte de la chambre voisine.

– C'est la mienne, dit-elle. Si vous n'avez plus besoin de moi, je vais aller me coucher. Je suis très fatiguée.

Rogan entra dans la chambre de Nancy sans frapper. Elle ouvrit les yeux et lui sourit.

– Hello !

– Hello ! N'êtes-vous pas supposée dormir ?

– Oui, mais je ne parviens pas à retrouver le sommeil. Les choses sont quelque peu confuses dans ma tête. Comment suis-je arrivée ici ?

– Je vous ai portée.

– Ah, oui. Je me souviens. Est-ce vous aussi qui m'avez déshabillée ?

– Miss Makepeace s'est occupée de ça. Mais si vous avez besoin d'une femme de chambre...

Elle sourit à nouveau.

– Je vais y réfléchir. En tout cas, je suis heureuse que vous soyez venu. Je songeais à Jack...

Sa voix se perdit.

Rogan s'assit sur le bord du lit.

– Vous inquiéter pour Frant est inutile.

– Je sais. Surtout que j'ai largement de quoi me faire du souci pour moi-même. Je suis descendue de New York dans la voiture de Jack et je n'ai pas assez d'argent pour me payer le voyage de retour.

Kincaid se trouvait dans la même situation, mais il se doutait que de lui apprendre la nouvelle ne lui remonterait pas le moral. Il demanda :

– Comment vous sentez-vous ?

– Mieux, merci. Mais la question est : comment suis-je ?

– À croquer.

– Je suppose que je dois être toute pâle. Le Dr. Braxton a insisté pour que miss Makepeace me démaquille.

Rogan la dévisagea d'un air critique.

– Personnellement, répondit-il, je préfère les femmes sans rien sur la peau.

Nancy roula les yeux vers lui.

– Si seulement je savais pourquoi je me suis évanouie – je veux dire, la première fois. Ce n'était pas à cause de la façon dont Jack est mort, parce que je me rappelle les circonstances maintenant. Je me rappelle aussi être montée ensuite au premier, alors ce doit être quelque chose qui s'est produit par la suite.

– Peut-être la mémoire vous reviendra-t-elle demain matin.

– Pas que la mémoire, j'espère. Il faudrait qu'il y ait des consuls de New York sur ces îles, afin de vous rapatrier chez vous lorsque vous vous retrouvez sans un sou. Croyez-vous que le docteur acceptera de m'aider ? Jack disait qu'il était une sorte de commanditaire dans la branche de ses affaires concernant les spécialités pharmaceutiques.

— Comme il n'y a plus d'affaires, le Dr. Braxton ne voudra probablement plus rien commanditer. Cependant, je lui parlerai si vous le désirez, et je verrai ce qu'il sera possible de faire.

— Vraiment ? Ce serait épatant. Je crains de ne pas être à mon aise avec les gens qui sont ici. À côté d'eux, je me sens ordinaire. Et c'est curieux, parce qu'ils ne sont pas du tout comme Jack avait dit, ni snobs, ni prétentieux, ni rien de cela.

— « À bon vin point d'enseigne », lança Rogan.

Il la quitta en la laissant ruminer ce proverbe. Lorsqu'il revint avec le reste de ses bagages, elle dormait. Il referma doucement la porte et descendit au rez-de-chaussée.

À part les ombres qui l'envahissaient, l'immense pièce était vide. Il entendit des voix sur sa droite et pénétra dans la bibliothèque. Il n'y avait personne, mais le bruit d'une conversation filtrait à travers la porte de la salle à manger.

Rogan écouta pendant quelques instants et se rendit compte que Makepeace exposait la théorie du suicide à Evan.

Puis, ne voyant pas de raison de se presser, il prit le livre de Poe sur l'étagère. Dans son esprit, un vague lien s'était établi entre le manuscrit calciné et *La Vérité sur le cas de M. Valdemar*. Pourtant, tandis qu'il lisait l'histoire de ce Français moribond qui, grâce à l'hypnose, avait réussi à survivre à sa propre mort, ce lien continuait de lui échapper – jusqu'à ce qu'il atteigne la dernière page.

... et à la longue la même horrible voix que j'ai décrite fit irruption :
— Pour l'amour de Dieu ! – vite ! – vite ! – faites-moi dormir,
– ou bien, vite ! éveillez-moi ! – vite ! – Je vous dis que je suis mort !
J'étais totalement énervé, et... je m'efforçai aussi vivement que possible de le réveiller. Je me figurai bientôt que mon succès serait complet, – et je suis sûr que chacun dans la chambre s'attendait au réveil du somnambule.

Quant à ce qui arriva, en réalité, aucun être humain n'aurait jamais pu s'y attendre ; c'est au-delà de toute possibilité.

Comme je faisais rapidement les passes magnétiques à travers les cris de « Mort ! Mort ! » qui faisaient littéralement explosion sur la langue et non sur les lèvres du sujet, – tout son corps, – d'un seul coup, – dans l'espace d'une minute, et même moins, – se déroba, – s'émietta, – se pourrit *absolument sous mes mains. Sur le lit, devant tous les témoins, gisait une masse dégoûtante et quasi liquide, – une abominable putréfaction.*

Rogan remit le livre à sa place et se dirigea vers la salle à manger.

Les hommes installés à l'extrémité de la longue table d'acajou levèrent la tête lorsqu'il entra, mais ils étaient trop absorbés par leur discussion pour s'intéresser à lui. Rogan s'assit sur une chaise d'où il pouvait observer le visage du Dr. Braxton.

– C'est inutile, disait Evan. Je comprends que vous essayiez de me réconforter, et je préférerais croire que Jackson s'est suicidé plutôt que de penser que je l'ai tué. Mais il ne s'est pas suicidé. Je l'ai assassiné. (Soudain, il explosa.) Je ne veux plus en parler !

Le Dr. Braxton se leva et posa la main sur le bras du jeune homme.

– Nous ne pouvons pas vous laisser avec cette idée dans la tête. Croyez-moi, le seul moyen d'exorciser les démons, c'est d'en parler.

Il y eut un moment de silence. Rogan jeta un coup d'œil à Bobby. Le garçon blond était occupé à faire des tortues avec des raisins secs et des clous de girofle.

Evan bondit sur la chaise que le docteur venait de quitter et s'y laissa tomber.

– D'accord, s'exclama-t-il. Parlons !

Makepeace prit la parole.

– Si nous voulons connaître la vérité, nous devons la rechercher en employant la logique. Toute véritable connaissance est fondée là-dessus. Ce que nous appelons « penser » n'est rien d'autre qu'agencer le témoignage de nos sens selon un modèle logique. La même logique s'applique que l'on débatte de Dieu ou des mathématiques, parce que le surnaturel n'est pas le refus du naturel. Il en est la continuation.

Il s'empara d'une noix et la broya entre ses doigts tout en poursuivant :

— Quoi que vous en pensiez, votre croyance repose sur la légende. Mais la légende elle-même implique l'existence des élémentaux, des êtres dont la réalité ne s'appuie sur aucune preuve.

Evan haussa les épaules.

— Les élémentaux ne sont pas importants. D'ailleurs, le père Zachary n'en a entendu parler que par ouï-dire.

— Il affirme avoir vu le pentacle sur le sol...

— ... qui a pu servir pour de la nécromancie. C'est une *chose* à laquelle vous croyez, même si vous l'appelez spiritisme.

— Mon cher ami, rétorqua Makepeace, je ne nie pas le paranormal. Je suis persuadé que l'autre monde n'est pas plus soumis au hasard que le nôtre. Ses lois ne peuvent pas davantage être transgressées que cette table peut échapper à la gravitation et flotter au plafond.

Tethryn leva les bras au ciel.

— Quelle différence cela fait-il ? J'ai tué Jackson. J'ai proféré contre lui une malédiction et il est mort. Ne comprenez-vous pas que c'est une évidence à laquelle je ne peux pas me soustraire ? Le fait est là. Peut-être les deux vers que j'ai prononcés n'ont-ils aucun rapport avec la malédiction. Peut-être le premier mot n'est-il pas « Od », mais « God ». Peut-être cette histoire n'est-elle qu'une pure légende. Je ne sais pas. Je ne suis certain de rien, sauf que la malédiction est efficace.

Le Dr. Braxton posa à nouveau la main sur le bras de Tethryn.

— Mais, mon garçon, c'est justement la seule chose dont vous n'êtes pas certain. Il est impossible de réunir des preuves sur ce sujet.

— Au contraire, insista Evan. Il y a des quantités de preuves. Allez voir le cadavre de Jackson si vous en doutez.

– Même si rien n'indique la présence de poison, s'obstina le docteur, ce n'est pas une preuve qu'il est mort à cause de la malédiction.

– Non... mais... Oh, mon Dieu ! Laissez-moi tranquille ! (Il se remit debout.) Croyez-vous que c'est la première fois que je tue un être vivant avec la malédiction ? Eh bien, non ! M'entendez-vous ? Ce n'est pas la première fois !

Un verre se renversa. Puis un silence total s'installa jusqu'à ce que le whisky répandu sur la table se mette à goutter lentement sur le sol. Bobby, qui avait fabriqué une douzaine de tortues en raisin, prit une orange dans la coupe et la lança en l'air, attrapant en même temps les petites tortues, comme s'il jouait aux osselets.

– Bobby a raison, soupira Tethryn en se rasseyant. Ne faites pas attention à moi. Je suis un idiot. Je n'aurais rien dû dire.

– Absolument ! répondit Makepeace d'une voix aussi sèche qu'un coup de trique. Mais vous en avez trop dit pour vous arrêter là.

Le vieux docteur hocha la tête.

– C'est vrai, Evan. Vous feriez mieux de vous expliquer.

Il s'écoula un long moment avant que le jeune lord ne lève les yeux, et, lorsqu'il le fit, sa rage et le calme impressionnant qui l'avait précédée avaient disparu.

– C'est... c'est tellement terre à terre comparé à... ce qui est arrivé à Jackson. Je n'ai pas tué un homme auparavant, mais un animal. Une petite chatte. On dirait une plaisanterie, n'est-ce pas ? Pourtant, ce fut la plus terrible épreuve qu'il m'ait jamais été donné de vivre... jusqu'à ce soir. Je n'étais alors qu'un gamin... huit ans à peine, et j'adorais cette petite chatte. C'était une bête très câline, toute grise avec une oreille noire. Je n'en ai jamais revu de pareille. Vous savez à quel point les enfants peuvent être cruels. Un jour, je lui ai tiré la queue et elle m'a griffé. Puis, après que je l'ai lâchée, elle s'est plantée devant moi en faisant le gros dos et a craché sur moi. J'étais furieux, mais j'avais surtout peur, et je n'ai pas osé la corriger. J'ignore comment l'idée de la malédiction m'est venue à l'esprit. J'étais tellement en colère que j'ai prononcé les mots tout en me rendant compte que c'était mal. Qu'espérais-je qu'il se produise ? Je ne sais pas. En tout cas, il ne s'est rien passé d'extraordinaire. Midge s'est mise à miauler et elle a couru se cacher dans les buissons. Je me rappelle m'être dit que cette redoutable malédiction n'était que de la blague.

Il se tut, et à nouveau le silence se fit, troublé seulement par le lent goutte-à-goutte du whisky qui s'écoulait de la table. Evan prit un profonde inspiration, comme un nageur qui va plonger dans de l'eau glacée.

— Je l'ai retrouvée le lendemain. Il n'y avait pas de doute sur la cause de sa mort. Ce n'était pas seulement les mouches, je le jure. On aurait dit qu'elle était morte depuis une semaine.

Le Dr. Braxton s'éclaircit la gorge.

— Je comprends ce que vous avez dû ressentir, dit-il. C'était une expérience terrifiante pour un enfant. Mais vous vous êtes certainement trompé. Le chat que vous avez découvert n'était pas le vôtre. Vous n'avez pas pu le reconnaître parce qu'il était putréfié. Tous les chats se ressemblent.

Evan lui sourit, mais il n'y avait pas la moindre gaieté dans ce sourire.

— Midge était toute grise avec une oreille noire, répéta-t-il. Avez-vous jamais vu un chat avec un tel pelage ? Pour ma part – une seule fois, chez Midge. (Il se tourna vers Makepeace.) Je ne sais pas pourquoi je discute avec vous. C'est clair comme le jour. Si vous ne me croyez pas, montez dans la chambre du pauvre Jackson et regardez son cadavre. Cela fait maintenant un peu plus d'une heure qu'il est mort.

Il se leva et fit mine de se diriger vers la porte principale. Le Dr. Braxton brandit la main pour l'arrêter.

— Ne sortez pas, Evan, supplia-t-il. Restez avec nous.

— Je veux voir si la tempête s'est calmée. Je reviens dans une minute. N'ayez pas peur. J'ai déjà tué un homme ce soir ; je ne vais pas en tuer un second.

Le docteur baissa le bras pour le laisser passer.

Rogan attendit que lord Tethryn fut parti, puis il prit une bougie et se leva à son tour.

– Je pense que vous devriez aller jeter un coup d'œil à Frant, dit-il.

Le docteur les précéda dans l'escalier, Makepeace sur ses talons. Bobby suivait son oncle, abandonnant à Rogan, prudent lorsqu'il n'y avait aucun bénéfice à se montrer audacieux, la charge de fermer la marche.

Personne ne parla. Si la chambre au fond du couloir obscur abritait une charogne, comme l'avait laissé entendre Evan, il était grand temps de trouver une explication à l'impossible.

Le Dr. Braxton tourna la poignée et ouvrit la porte. Les flammes des bougies, masquées par les écrans protecteurs que formaient les paumes des mains, ne diffusaient qu'une pâle lueur, mais aucune lumière n'était nécessaire pour voir ce qui s'étalait sur la courtepointe blanche telle une limace sur une dalle de marbre.

VI

Un rôdeur nocturne

Les quatre hommes demeurèrent figés d'horreur en contemplant ce qui avait été Jackson Frant. Dans l'obscurité, le blanc de ses vêtements – toujours impeccablement repassés – se confondait presque avec le dessus de lit, de sorte que ses mains et son visage ressemblaient à de grosses taches sombres. Il y eut un long silence.

– Je refuse de croire ce qu'Evan a raconté, souffla l'avocat d'une voix qui était à peine un murmure. Il doit y avoir une autre explication. Laquelle, Stirling ? Le poison ? Une maladie ?

– Peut-être, mais je ne suis pas qualifié pour vous répondre. Je suis un vieux bonhomme, Arnold, et j'ai assisté à des tas de prodiges. J'ai vu des personnes déclarées décédées se lever et se mettre à marcher. J'ai vu un jour, en Afrique, un lépreux être guéri par un sorcier. Au cours de ma carrière, j'ai même connu le cas d'un homme tué par combustion spontanée. Sa chair s'est enflammée et il est mort dans des souffrances encore plus atroces que ce pauvre diable. Vous pouvez retrouver tous ces comptes rendus dans vos livres de jurisprudence médicale si vous le souhaitez ; cependant, je n'ai jamais observé de phénomène comme celui-ci. La mort remonte à deux heures à peine, le corps a reposé dans une pièce fraîche et aérée, et il est tellement décomposé qu'il est devenu méconnaissable.

– Méconnaissable ! s'exclama Makepeace en se raccrochant à cette idée. Méconnaissable... Ce n'est pas le cadavre de Frant. C'est impossible.

– Alors, de qui ?

– Quelle importance ? Certainement vaut-il mieux croire...

— Il ne faut croire que la vérité.

Bobby intervint.

— C'est *sa* bague.

Le Dr. Braxton resta penché sur le lit pendant près d'une minute et la cire de sa bougie coulait sur la main du mort.

— Bobby a raison, dit-il en montrant les initiales « JBF » gravées sur la chevalière en or. Cela fait des années qu'il la portait et il l'avait à son doigt lorsque Evan l'a transporté dans sa chambre. Je m'en souviens parfaitement. Son bras pendait et la bague cognait contre la rampe de l'escalier.

— Il est facile de glisser une bague au doigt d'un mort, protesta Makepeace.

— Sans laisser de traces ? Vérifiez par vous-même.

Makepeace se pencha à son tour.

— En effet, il ne semble pas que la chevalière ait été mise tout récemment, admit-il. Pourtant, si l'on considère l'effroyable alternative...

Ils prenaient garde à ne pas croiser leurs regards.

— Il n'y a pas de gradation dans l'impossible, riposta le docteur.

Il pivota sur ses talons et sortit dans le couloir. En le suivant, Rogan aperçut la porte de la chambre qui avait été celle de Nancy, et il se rappela le début de la phrase qu'elle avait prononcée avant de s'interrompre : « Je suis entrée dans la chambre de Frant... » La raison de son évanouissement n'était plus un mystère.

Makepeace referma la porte.

— Qu'allons-nous dire à Evan ? demanda-t-il.

— Que pouvons-nous lui dire ? Il est déjà au courant.

Le Dr. Braxton les conduisit dans le salon. Les ombres se ressoudaient derrière eux au fur et à mesure qu'ils avançaient.

Evan attendait devant la cheminée éteinte. Le spectacle qui s'était offert à ses compagnons avait marqué leurs traits, et le jeune lord comprit immédiatement.

— C'est donc vrai ! Oh, mon Dieu, et moi qui en doutais encore ! Au fond de mon cœur, j'étais persuadé que ce ne pouvait pas être vrai... et voilà !

Il s'effondra sur une chaise et regarda les cendres comme si le miracle des flammes qui parvenaient à réduire de solides morceaux de bois en une poudre grise et impalpable pouvait expliquer ce qui se trouvait dans cette chambre au premier étage.

Le Dr. Braxton ouvrit sa mallette et en sortit un flacon de verre qu'il tendit à Evan.

– Deux ou trois de ces comprimés vous aideront à dormir.

– Je l'espère. Je sais maintenant ce que ressentait Macbeth. « Faulkland a tué le sommeil, donc Tethryn ne dormira plus. »

– Calmez-vous, mon garçon! dit le docteur en lui posant la main sur l'épaule.

Evan se leva.

– Vous avez raison, acquiesça-t-il. C'est mauvais d'avoir peur, n'est-ce pas? De quoi que ce soit.

Il se dirigea vers l'escalier, suivi par Rogan et Bobby. Après avoir atteint la galerie, les trois hommes s'engagèrent dans le couloir. Evan fit halte devant la porte en face de la chambre de Sue.

– Je suis arrivé, annonça-t-il. (Il surprit le coup d'œil que Bobby avait jeté aux comprimés de somnifère et ajouta :) Ne vous inquiétez pas. Je ne prendrai que la dose prescrite. Bien que je ne courre pas le moindre risque si j'avalais tout le flacon. Sinon le docteur ne me l'aurait pas donné.

– Ma chambre est en face de la vôtre, dit Bobby à Rogan.

Ils continuèrent jusqu'au bout du couloir puis s'arrêtèrent, les yeux fixés sur la porte de la chambre de Frant.

– Avez-vous une explication à proposer pour ce tour-là? demanda Rogan.

Bobby secoua la tête.

– Je connais Sue depuis longtemps.

– Quel rapport entre elle et cette histoire?

– Aucun, répondit Bobby en ouvrant sa porte. Je vais aller me coucher. Bonne nuit.

Une fois dans sa chambre, Rogan explora les poches de son veston. L'eau de mer avait rendu son tabac infumable, mais sa pipe n'avait pas été abîmée. Il la coinça entre ses dents et s'allongea sur le lit. Il avait au minimum une heure à tuer avant de pouvoir entreprendre ce qu'il avait l'intention de faire.

Cet incroyable cadavre dans la pièce voisine n'était que l'un des nombreux problèmes non résolus. Ni Kincaid ni Nancy ne cadraient avec l'atmosphère qui régnait sur le Kraken, pas plus d'ailleurs que leur hôte, pourtant il avait dû avoir une bonne raison pour les inviter. Pourquoi ses mensonges qui paraissaient si grossiers à New York s'étaient-ils avérés être l'exacte vérité ? Ou inversement, pourquoi la vérité sonnait-elle faux auparavant ? Qui avait lu la nouvelle de Poe ? Et qu'avait voulu dire Bobby en parlant de Sue ?

Toutes ces questions resteraient sans réponse tant que Rogan ne posséderait pas davantage d'informations. Il chassa ces pensées de son esprit et le laissa jouer au gré de sa fantaisie avec Od et le fantôme plus vague mais plus menaçant du Bras droit du Bourreau. Ce personnage fascinait Kincaid. Les allusions de Julia Makepeace suggéraient une figure d'une légende locale, et cette vieille maison paraissait l'endroit idéal à hanter pour un tel spectre. Le grand salon avec son plafond garni de poutres constituait en lui-même une sorte de gibet. Il était facile d'imaginer une douzaine de silhouettes noires en train de s'y balancer tandis que le Bras droit du Bourreau – un être simplet – se rôtissait les tibias devant le feu en attendant que...

Kincaid choisit mal son moment pour remarquer l'anneau de fer planté au plafond de sa propre chambre. Il était évident qu'à l'origine il servait à accrocher une lampe à huile, mais il avait aussi pu remplir un usage plus sinistre.

Rogan haussa les épaules et se leva. Autour de lui, la vieille bâtisse gémissait dans son sommeil, et des ombres pernicieuses essayaient de s'insinuer dans le pentacle de lumière projeté par sa bougie.

La chambre de Sue Braxton était voisine de celle de Rogan. La jeune fille s'était couchée, mais une succession de petits bruits lui hérissait les nerfs – grincements du plancher, frottements de pas, légers claquements de portes. Elle s'efforçait d'identifier ces sons, malheureusement son cerveau fatigué ne lui apportait aucune réponse – rien que la peur.

Même les longs intervalles de silence la remplissaient d'inquiétude à propos d'Evan. Elle avait essayé de lui parler après la mort de son frère, pour le rassurer et lui dire que, contrairement à l'évidence, il n'était en rien responsable. Elle savait qu'elle avait échoué.

La jeune fille sauta de son lit et alla à la fenêtre. La tempête s'était essoufflée et un petit bout de croissant de lune brillait à travers les nuages qui s'effilochaient.

Sue s'appuya contre le rebord de la fenêtre et passa en revue tous les événements de la soirée. Elle n'était pas au courant de l'accomplissement, au sens littéral, de la malédiction, aussi pouvait-elle encore espérer qu'elle avait laissé échapper un détail, un fait qui convaincrait Evan de son innocence.

Elle se concentra sur le moment où Evan avait prononcé la phrase fatidique. Elle se trouvait à son côté et regardait la même chose que lui. Elle avait senti les muscles du jeune homme se contracter et vu le sourire sardonique de Frant s'effacer, la surprise puis la terreur se peindre sur son visage tandis que chaque mot retentissait comme un coup de marteau.

À ce souvenir, elle frissonna et courut se réfugier dans son lit.

C'est alors qu'elle perçut un bruit dans le couloir. Il n'était pas fort, mais tellement furtif qu'il chassa toute autre pensée de son esprit et la tira de son lit. Le bruit se reproduisit à nouveau. La jeune fille enfila sa robe de chambre et marcha sur la pointe des pieds jusqu'à la porte. Prudemment, elle risqua un œil dans le couloir.

Se découpant sur le clair de lune qui filtrait à travers l'immense salon, se dressait une forme noire.

Sue réussit à ne pas crier, mais elle ne put s'empêcher de laisser échapper un hoquet. La forme se retourna et remonta lentement le couloir. Paralysée par la peur, la jeune fille fut incapable de bouger. Dans la pénombre, elle n'avait aucune idée de qui il s'agissait, même lorsque la silhouette s'arrêta. Celle-ci était si proche qu'elle aurait pu la toucher en avançant la main, si elle en avait eu le courage.

Pendant un long moment, la forme resta immobile, puis, soudain, parla.

– Sue ?

Une vague de soulagement la submergea.

– Bobby, espèce d'idiot !

– Chut ! fit le garçon. Quelqu'un vient de descendre.

– Oui, et alors ? C'est probablement l'un des messieurs qui avait envie d'un remontant. Retourne te coucher.

Un léger tintement se fit entendre en bas. Sue se raidit.

– Quelqu'un est en train de voler les petites cuillers.

– Non. C'était le téléphone. Il fait parfois ce bruit lorsque l'on raccroche. Je descends.

– Donne-moi le temps de mettre mes pantoufles et je t'accompagne.

La jeune fille rentra dans sa chambre.

– Sue.

– Que se passe-t-il ?

– Il vaudrait mieux que tu ne viennes pas.

– Pourquoi, au nom du ciel ?

– Eh bien, la personne en bas est peut-être dangereuse et je ne serai certainement pas capable de te protéger.

– Poule mouillée !

Le garçon tendit la main dans le noir et trouva celle de Sue.

– Allons-y, dit-il.

Tandis qu'ils descendaient les marches, Sue se demanda quelle mouche l'avait piquée de se lancer dans cette chasse insensée au rôdeur. Au mieux, ils se rendraient ridicules en découvrant que leur proie n'était autre qu'un inoffensif habitant de la maison ; au pire... Soudain, elle se rendit compte que son impression de s'embarquer dans une aventure puérile provenait de Bobby. C'est une opinion partagée par toutes les femmes que de considérer les hommes comme de grands enfants, mais dans le cas de Bobby, elle était presque à prendre à la lettre. Il vivait dans un univers où tout le monde était plus fort et plus sérieux que lui – mieux encore, dans un univers où rien de vraiment grave ne pouvait arriver. D'une certaine manière, son sentiment de sécurité était contagieux.

Après une conférence à voix basse au pied de l'escalier, ils décidèrent que le téléphone de l'office était la source la plus probable du cliquetis qu'ils avaient entendu. Doucement, ils poussèrent la porte de la cuisine et se glissèrent à l'intérieur de la pièce. La lune avait disparu et la cuisine était aussi sombre qu'une grotte de voleurs. Sue se tenait sur la pointe des pieds, prête à s'enfuir au premier bruit. Il n'y en eut pas un seul. Puis, tout à coup, ils s'aperçurent qu'ils couraient après le vent. Bobby serra la main de Sue et, rassuré par la pression des doigts de la jeune fille, chercha à tâtons la table sur laquelle il trouva une bougie et des allumettes.

Avant d'entendre le frottement de l'extrémité de l'allumette sur une surface rugueuse, Sue sentit que quelque chose clochait. Alors que la flamme grossissait, elle regarda derrière Bobby et vit un homme – un homme armé d'un revolver.

De quelque part sur leur gauche, une voix calme ordonna :

– Allumez la bougie, Chatterton. Il tirera si l'allumette s'éteint.

À ces mots, Sue tourna la tête et reconnut Rogan dont la longue silhouette remplissait l'encadrement de la porte de l'office. Pendant un instant, l'expression de son visage l'intrigua. Puis la bougie s'enflamma, et elle se rendit compte qu'il souriait ! À nouveau, elle fut envahie par une sensation d'irréalité. C'était comme dans cette pièce de théâtre qu'elle avait vue un jour, une farce dans laquelle tous les personnages se trompaient de rôle.

Une coupe remplie de biscuits secs trônait au centre de la table. Kincaid avança et en prit une poignée. Il mit un biscuit dans sa bouche et le mâchonna lentement. Les yeux de Sue allaient de lui à Bobby. Les battements de son cœur commençaient à ralentir. Quelle fine équipe ils formaient ! Rogan vous mettait en confiance quand il y avait du danger, et Bobby quand il n'y en avait pas.

L'homme au revolver cria :

– Haut les mains !

– Faites ce qu'il vous dit, conseilla Rogan.

Il leva les mains, puis, en même temps, lança une jambe par-dessus le coin de la table et s'y assit.

Tandis que Sue levait les mains à son tour, l'inconnu entra dans le halo de lumière où elle put l'observer à son aise. Il était de taille moyenne, mais donnait l'impression d'être plus petit. Ses yeux bleus étaient injectés de sang comme s'il avait bu ou pleuré.

– Où est-il ? demanda-t-il.

– Qui ?

Sue était placée derrière Rogan, mais elle pouvait presque voir ses sourcils se hausser en même temps qu'il posait cette question. Elle se dit, non sans en éprouver un certain choc, qu'il avait l'air de se régaler. L'espace d'une seconde, elle suspecta un canular. Puis l'inconnu répondit, et elle comprit qu'il était on ne peut plus sérieux.

– Où est Frant ?

– Quel Frant ?

Les yeux rougis s'étrécirent.

– Y en a-t-il deux ?

– Il y en avait deux.

– C'est Jackson Frant que je veux voir, le président de la Swave Company ! Que le diable l'emporte !

– Jackson B. ?

– Ouais.

– Vous arrivez trop tard. Le diable l'a déjà emporté.

Kincaid regarda sa main droite dans laquelle il tenait un biscuit sec. Il le mit dans sa bouche et mastiqua. Ensuite, il ajouta, la bouche pleine :

– Du travail de professionnel.

Le canon du revolver tremblota, puis se stabilisa, pointé sur l'estomac de Rogan.

– Si vous ne me dites pas où il est avant que j'aie compté jusqu'à trois, je tire.

Rogan termina son biscuit.

– Mon nom est Kincaid, déclara-t-il. Quel est le vôtre ?

– Qu'est-ce que ça peut vous faire ?

– La conversation serait plus amicale, répondit-il avant de poursuivre d'un ton désolé : Voyez-vous, vous vous y prenez très mal. Pourquoi ne pas nous dire ce que vous voulez à Frant. Peut-être pourrons-nous vous aider.

– Comme si ses amis allaient m'aider !

– Qu'est-ce qui vous fait croire que nous sommes ses amis ?

– Vous êtes dans sa maison, pas vrai ?

– Vous aussi. Nous sommes donc tous ses amis. Un verre ?

L'inconnu fit un pas en avant, puis recula à nouveau.

– Je ne veux pas prendre de risque, dit-il à Rogan. Je n'y connais pas grand-chose en armes à feu, mais je sais qu'il ne faut jamais s'approcher trop près de l'adversaire.

– Alors, pourquoi cherchez-vous à approcher de Frant ?

– Il a tué ma femme !

– Tué votre femme ?

La surprise de Sue était si grande qu'elle se rendit à peine compte qu'elle avait parlé.

– Il l'a empoisonnée, je vous dis ! Empoisonnée avec son traitement amaigrissant. Il est plus redoutable qu'un tueur à gages. Tuer une femme pour vendre un de ses fichus flacons à un dollar !

– Mais... mais..., bégaya Sue, Mr. Frant n'a jamais vendu de produits amaigrissants.

– Ah, non ? Et le dinitrophénol ? C'est avec ça qu'il l'a empoisonnée. Pareil que s'il le lui avait enfourné lui-même dans la gorge.

– Je ne vous crois pas !

– Et pourquoi ? Parce qu'il a des tas d'argent, je suppose ? Vous, les gens riches, vous vous serrez toujours les coudes.

Rogan lui rit au nez.

– Frant n'a pas un sou.

– Ah, ouais ? Ne vous laissez pas berner par cette faillite. Frant s'est mis au frais un joli magot que le tribunal ne trouvera jamais. C'est le genre de type à faire ça.

– Comment savez-vous qu'il a fait faillite ?

– C'était dans tous les journaux, il y a quinze jours.

– Quelle importance ? intervint Sue. Je ne comprends rien à cette histoire. Ce n'est pas possible. (Elle tourna un regard inquiet vers Kincaid.) C'est mon grand-père qui a parlé du dinitrophénol à Mr. Frant. Il voulait – je veux dire, Mr. Frant – qu'il procède à des expérimentations. Il pensait que ce pouvait devenir un médicament pratique.

– Pratique pour les empoisonneurs ! rugit l'inconnu en crachant ses mots.

La voix de Bobby s'éleva de nulle part, comme d'habitude.

– Mais si le Dr. Braxton estimait que ce produit était bon... enfin... euh... Comment pourrait-il être un poison ?

– C'est du poison, je vous dis ! (L'homme était hors de lui.) Avez-vous jamais vu quelqu'un mourir de fièvre ? Pas d'une poussée de température comme en ont les enfants, mais d'une vraie fièvre – quarante et un ou quarante-deux degrés sans un instant de répit. C'est ce que le poison de Frant a fait à Mary. Ça l'a tuée, je vous dis, et je vais le tuer à son tour !

– Oh, non, certainement pas. (La voix de Rogan cingla dans la cuisine comme un coup de fouet.) Vous arrivez trop tard. Il est mort !

– Mort ?

Kincaid hocha la tête.

– Aussi mort qu'un poisson resté trop longtemps au soleil.

– Vous mentez, hurla l'inconnu.

Un sourire flegmatique apparut sur les lèvres de Kincaid.

– Si vous ne me croyez pas, Mr. Chatterton ici présent peut vous conduire au premier étage et vous faire voir le cadavre.

– Peut-être bien. (Les yeux de l'homme lançaient des éclairs.) Mais si vous m'avez raconté des bobards...

– Ne craignez rien, le rassura Bobby. Il est mort. Je vais vous montrer.

L'inconnu au revolver fit un pas en avant. Le pied droit de Rogan décrivit alors un arc de cercle et détourna l'arme. Simultanément, le joueur bascula sur la table et frappa l'homme au visage avec son talon gauche. L'inconnu traversa la pièce en chancelant, alla percuter le mur et s'écroula sur le sol – sans lâcher son revolver. Rogan plongea sur son adversaire et l'écrasa de tout son poids. Puis il lui arracha l'arme des mains en lui tordant le bras et roula sur les genoux.

— Bravo ! s'exclama Bobby.

— Merci, dit Rogan en glissant le revolver dans sa poche et en saisissant les poignets de l'homme. Trouvez-moi un morceau de corde.

— De quoi avez-vous peur ? lança Sue d'un ton méprisant. Vous faites deux fois sa taille.

— Une vieille habitude du vieux Kincaid. Je préfère mettre toutes les chances de mon côté.

— Ce n'est pas grâce à vous s'il est encore de ce monde. Êtes-vous obligé d'être aussi brutal ?

Rogan haussa les épaules.

— Ce type était terrorisé et ne savait pas manier son arme. Il aurait tiré d'abord et réfléchi ensuite. C'est pourquoi j'ai demandé à Chatterton d'allumer la bougie.

La colère de la jeune fille ne s'était pas apaisée.

— Et je suppose que vous avez découvert tout cela dans la seconde après que Bobby a gratté l'allumette.

— Je l'avais découvert bien avant. Je le suivais lorsque vous avez surgi.

— Dans le noir, alors que vous saviez qu'il avait un revolver ? Vous aurez du mal à me convaincre que vous êtes un héros, Mr. Kincaid. (Elle s'emporta.) N'oubliez pas, je vous ai vu le frapper au visage. Il ne nous aurait pas fait de mal. C'est à Mr. Frant qu'il en voulait. Il aurait été facile de le raisonner après lui avoir montré le cadavre.

— Mais, objecta Bobby, nous n'aurions pas pu lui montrer le cadavre !

— Je l'aurais parié ! s'écria le prisonnier en se débattant. Vous ne m'avez pas trompé un seul instant. Frant n'est pas mort.

— Oh, si, répondit Bobby. Tout à fait mort. Seulement... c'est-à-dire... il est tellement mort que vous ne l'auriez pas reconnu.

— Je le reconnaîtrais partout – mort ou vif.

Sue saisit le bras du garçon.

— De quoi parles-tu ? Pourquoi ne reconnaîtrait-il pas Mr. Frant ?

— Si j'étais vous, suggéra Rogan, je laisserais cette question en suspens jusqu'au matin.

— Je n'en ferai rien. Je veux savoir de quoi vous parlez, Bobby et vous.

— Très bien, mais rappelez-vous que c'est vous qui l'avez demandé. Plus personne n'est capable d'identifier le cadavre de Frant parce que la malédiction semble s'être accomplie jusqu'au bout.

— Vous voulez dire... ?

Rogan opina de la tête.

— « Par Od, putréfie-toi ! » On dirait qu'il est mort depuis un mois.

— Alors... Evan avait raison. (Sue prit une chaise et s'assit lentement.) C'est donc vrai.

Le prisonnier de Rogan n'était pas si aisément convaincu.

— Ne le croyez pas, madame. J'ai vu Frant de mes propres yeux cet après-midi !

— Il a changé entre-temps, répliqua Kincaid en donnant l'explication.

— Vous êtes fou. Comment est-ce possible de faire ça à quelqu'un ?

— On l'ignore. Mais quelque chose rôdait autour du Kraken qui ne voulait pas que du bien à Frant.

— Comment ça, « quelque chose » ? demanda l'inconnu d'un air moqueur.

Soudain ses yeux s'agrandirent et il répéta la question d'une voix étranglée et affolée.

— Comment ça, « quelque chose » ?

Rogan inclina la tête sur le côté et dévisagea l'homme.

— Que savez-vous ?

— J'ai touché une sorte de « chose » sur le sentier en venant ici. C'était gluant mais plutôt inconsistant – comme une méduse. Mon Dieu, laissez-moi partir !

VII

Un nouvel usage du vinaigre

Avec une surprenante agilité, le prisonnier réussit à se libérer, puis s'élança vers la porte. Rogan allongea la jambe et lui fit un croche-pied. L'homme tomba sur le côté, se cogna la tête à l'évier et s'effondra sur le carrelage comme une masse. Sue se précipita vers lui.

— Mon Dieu, vous l'avez tué !

— J'espère que non. Ce serait une catastrophe.

Kincaid promena la main sur le buste de l'inconnu, cherchant ostensiblement des signes qu'il était toujours vivant. Sans que l'autre s'en rende compte, il le fouilla et en apprit long sur le contenu de ses poches : des lettres, une montre, un portefeuille, des pièces de monnaie, un canif et, dans la poche de poitrine du veston, une capsule.

— Il va revenir à lui dans un instant, déclara Rogan en se remettant debout. Avez-vous trouvé une corde, Chatterton ?

Bobby lui tendit un rouleau de corde à linge. Le joueur assit le corps flasque de l'homme sur une chaise et se mit à le ligoter d'une main experte.

Lorsqu'il eut terminé, Sue demanda :

— Pensez-vous qu'il l'a vraiment touché ?

— Od, vous voulez dire ?

Elle hocha la tête.

— Après avoir vu le cadavre de Frant, j'ai cessé de penser, répondit Rogan. Peut-être était-ce Od, ou le Bras droit du Bourreau, ou...

— Ne soyez pas stupide. Comment aurait-il pu toucher le Bras droit du Bourreau ?

97

– Ou Od, d'ailleurs.

Kincaid dévisagea la jeune fille dont les joues étaient pâles. Lorsqu'il reprit la parole, sa voix avait retrouvé sa douceur.

– Si je me souviens bien, vous n'avez pas dîné. Installez-vous pendant que Chatterton et moi dévalisons le garde-manger.

Sue empoigna les bords de sa chaise et tenta de se vider l'esprit tandis que les deux hommes pillaient le réfrigérateur. Rogan parlait de choses et d'autres tout en transférant une partie du contenu sur la table, mais Sue n'écoutait pas. Elle observait leurs mains – celles bronzées et musclées du joueur et celles fines et blanches de Bobby. Pourtant, malgré leurs différences, elles avaient la même agilité et la même efficacité. Auparavant, elle n'avait jamais prêté attention aux mains de Bobby. Il était difficile d'imaginer, en voyant la précision et la dextérité de leurs gestes, qu'elles appartenaient à ce jeune homme timide à l'élocution hésitante.

Sue entendit la voix de Rogan claironner :

– ... et pour terminer, une tarte aux pommes !

Elle revint sur Terre et s'aperçut que Kincaid, penché sur la table garnie de victuailles, la regardait d'un air moqueur. Lorsqu'elle lui rendit son sourire, il pointa le doigt vers une assiette de sandwiches.

– De quoi vous remplir l'estomac, annonça-t-il en lui versant un verre de lait.

La jeune fille constata non sans surprise qu'elle avait très faim et accepta la nourriture avec reconnaissance. Le joueur ne la quitta pas des yeux avant qu'elle ait mordu dans son sandwich. Puis il s'assit à califourchon sur une chaise et étendit ses longues jambes devant lui.

– La mort de Frant est déjà une sale histoire, fit-il, et ces fantômes et êtres surnaturels n'arrangent rien. Tant que nous n'aurons pas trouvé de solution rationnelle, nous nous sentirons tous mal à l'aise dans le noir.

– Mais comment peut-il y avoir une « solution rationnelle » si ce que vous dites à propos du cadavre est vrai, protesta Sue. Chercher systématiquement une explication scientifique est aussi absurde que de tout gober.

– Peut-être, mais que notre « solution rationnelle » soit valable ou non, nous devons néanmoins la découvrir ; si ce n'est que pour lord Tethryn. La police...

– La police !

– Elle sera là demain matin, répondit Rogan. Si elle a besoin de redorer son blason, l'occasion lui sera offerte sur un plateau – aux dépens de lord Tethryn. À cause de la malédiction, elle peut l'inculper de meurtre au premier degré.

– C'est fantastique !

– Mais, malheureusement, tout à fait légal. Vous avez dit que lord Tethryn vous avait raconté une histoire avant que Frant ne soit tué. Était-ce celle de la petite chatte ?

– Oui, mais...

– La police peut s'en servir comme preuve qu'il savait que la malédiction était mortelle. Elle peut aussi invoquer la préméditation.

– C'est insensé ; nous avons tous vu comment la querelle a commencé !

Rogan secoua la tête.

– Pour autant que l'on sache, elle a pu commencer il y a des années. Je veux dire que la faillite de Frant remonte à deux semaines. La police prétendra que lord Tethryn était au courant, même si, ce soir, lorsque son frère a parlé de ses problèmes financiers, il a eu l'air surpris. Elle rétorquera qu'il mentait et ourdissait un sombre projet, et, étant donné les circonstances, en déduira que ce projet n'était autre qu'un meurtre.

– Mais je vous ai dit tout ce que Mr. Frant avait fait pour Evan. Pourquoi l'aurait-il tué ?

– Si leurs relations étaient ce que je pense qu'elles étaient, lord Tethryn avait davantage de raisons d'éprouver de la rancœur que de la gratitude. Et n'oubliez pas que Frant venait de commettre un nouveau crime en faisant faillite et en laissant Tethryn sans ressources – juste au moment où il voulait se marier ! Peut-être la riche miss Braxton va-t-elle y réfléchir à deux fois avant d'épouser un lord ruiné.

– Comme si cela changeait quelque chose qu'Evan ait de l'argent ou non !

— Était-il de cet avis ? Par ailleurs, la faillite ne constituait pas une bonne publicité pour la compagnie et, à en croire notre ami ici présent, les produits qu'elle fabriquait n'étaient pas de la meilleure qualité.

La jeune fille fronça les sourcils.

— Je ne comprends pas, dit-elle en jetant un coup d'œil vers le prisonnier toujours inconscient. Il a dû se tromper. Grand-Père n'aurait jamais travaillé avec Mr. Frant si celui-ci avait vendu des remèdes de charlatan. Et puis, comment Evan escomptait-il redresser la barre en commettant un meurtre ? À n'en pas douter, tous les journaux ne parleraient que de ça.

— Oui, mais quelle histoire romantique ! Une vieille malédiction familiale ! Dans la plus pure tradition britannique ! Au milieu de tant de prestige, des détails aussi vulgaires que la fabrication de produits pharmaceutiques seraient passés sous silence.

— Je ne pense pas qu'il y avait de quoi avoir honte des affaires de Mr. Frant. Mais même dans le cas contraire, Evan n'était en rien impliqué. Il n'est pas chimiste et n'entretenait aucun lien direct avec la firme de son frère.

— Peut-être pas, cependant il devait savoir ce qu'il s'y fabriquait.

— Pas nécessairement. Même Grand-Père croyait que Mr. Frant était un éminent chimiste. Si Mr. Frant était un escroc assez habile pour l'abuser sur ce terrain, alors vous ne pouvez pas accuser Evan simplement parce que lui aussi s'est laissé berner. Tant que vous y êtes, pourquoi ne pas soupçonner Grand-Père ?

Rogan désigna l'homme ligoté.

— Notre ami ne s'en prive pas.

— C'est là le problème ! s'écria Sue. Si vous trouvez votre « solution rationnelle », où cela nous mène-t-il ? À un *véritable* meurtre, pas à un tas de théories tirées par les cheveux. Et qui est le coupable ? Certainement pas Evan ni Grand-Père. Quant au reste d'entre nous, nous n'avions jamais vu Mr. Frant auparavant.

Soudain, une lueur de suspicion s'alluma dans les yeux de la jeune fille.

– À moins que *vous* ne l'ayez tué.

Rogan éclata de rire.

– Frant était mort lorsque je suis arrivé sur l'île.

– Ou alors Nancy Garwood. Elle le connaissait bien.

– Intimement peut-être, mais pas « bien ». En outre, tuer Frant nécessitait une bonne dose d'imagination et d'ingéniosité. Je doute qu'elle possède beaucoup de l'une ou de l'autre.

– Evan n'a guère l'imagination pratique, et Dieu sait qu'il n'est pas ingénieux !

Bobby, qui s'était engagé dans une attaque solitaire contre la tarte aux pommes, se leva et alla fouiller dans les placards. Le jeune homme blond avait des réactions inattendues qui éveillaient la méfiance de Kincaid. Il lui demanda l'objet de ses recherches et l'autre lui répondit : « Un morceau de sucre. »

Sue reprit la parole.

– Si le cadavre de Mr. Frant est... est... comme vous dites, qu'est-ce qui a pu provoquer ça, à part la malédiction ?

– Je l'ignore, avoua Rogan. Toutes les hypothèses sont envisageables si Od reste le seul autre choix.

Une allumette craqua sur la droite du joueur et, tournant la tête, il vit que Bobby en promenait la flamme sous le morceau de sucre. Il plissa le front d'un air interrogateur, et le garçon, embarrassé comme chaque fois que quelqu'un l'observait, bredouilla une explication.

– Voyez-vous... enfin... le sucre ne s'enflammera pas, mais...

Il fit tomber la cendre de sa cigarette sur le morceau de sucre et l'étala avec le pouce.

– Mais..., continua-t-il, si on y met de la cendre, il brûle.

Sur ce, il gratta une autre allumette et la plaça sous le sucre. Les fins cristaux blancs enduits de cendre s'embrasèrent, enveloppés d'une flamme bleue et molle. Bobby souffla sur le sucre et l'allumette, puis leva les yeux comme un chien qui vient d'exécuter un tour et guette l'approbation de son maître.

Sue le regarda, effarée.

– Qu'est-ce que tu cherches à prouver ?

– Eh bien, tu voulais savoir ce qui avait pu tuer Mr. Frant... et je me suis dit que le poison...

101

— Mais aucun poison au monde... !

Rogan lui posa la main sur le bras.

— Attendez une minute ! Je comprends où il veut en venir. Si quelqu'un vous avait demandé d'enflammer un morceau de sucre avec une allumette, vous auriez répondu que c'était impossible, n'est-ce pas ? Et si vous aviez dû deviner quel additif pouvait le rendre inflammable, jamais vous n'auriez pensé à de la cendre.

Le visage de Sue s'éclaira. Elle s'adressa à Bobby.

— Tu veux dire que l'on se serait servi d'une sorte de... — quel est le mot ? — catalyseur ? D'un agent catalyseur ?

Bobby opina.

— Il ne s'agissait pas forcément d'un produit rare. Peut-être personne n'avait-il jamais songé auparavant à associer ce poison et ce... comme tu dis.

La jeune fille prit un air catastrophé.

— Mais comment réussirons-nous à découvrir de quel produit il s'agit, et à prouver qu'on l'a utilisé ?

— Ce ne sera pas à nous de le faire, mais à la police, déclara Rogan. Je suppose que cette histoire ne sera pas du tout du goût des inspecteurs. À cause de lord Tethryn, leurs noms apparaîtront dans les journaux, mais ils ne parviendront jamais à obtenir d'inculpation — ce qui, après tout, est leur boulot.

— Vous croyez que la police acceptera l'idée de Bobby ?

— Ou une idée similaire. Par exemple, il a pu y avoir deux poisons, le premier étant quelque chose comme de l'acide prussique. Une très petite quantité suffit à tuer rapidement, et on a pu l'administrer au moyen d'une capsule ainsi que l'a fait remarquer Chatterton tout à l'heure. Plus tard, l'assassin de Frant a pu s'introduire dans sa chambre et lui injecter dans les veines une dose massive — jusqu'à un ou deux litres — d'un second poison.

— Comme du liquide pour embaumement ? suggéra Bobby.

— Quoi que ce fût, ce n'était pas du liquide pour embaumement ; plutôt l'inverse, répliqua Rogan avec un sourire.

— Mais de quoi s'agissait-il ? insista Sue.

— Je ne saurais dire. En tout cas, c'est une piste à suivre, et la police s'en contentera probablement tant qu'elle n'aura pas à avaler la théorie de la malédiction. Dans une affaire aussi étrange que celle-ci, il ne faut pas espérer de réponse simple.

L'homme ligoté s'agita sur sa chaise.

– Regardez ses doigts ! s'exclama Bobby.

Kincaid se baissa et examina les mains de l'inconnu.

– Que se passe-t-il ? demanda Sue.

– Il a des taches sur les doigts.

– Desquelles le grand détective va déduire qu'il fume trop, ironisa-t-elle.

– Déduction fausse, riposta Rogan.

– Elles ont été faites par un produit chimique, précisa Bobby.

Sue sauta sur l'occasion.

– Du poison ! Peut-être est-ce lui qui a tué Mr. Frant !

– Mais... bafouilla Bobby, s'il l'a tué... c'est-à-dire... pourquoi voulait-il l'abattre à coups de revolver ?

– Il n'en avait nullement l'intention, gros bêta ! C'est du bluff, parce qu'il s'est retrouvé bloqué sur l'île !

– Si la police le découvre ici, il fera un suspect idéal, acquiesça Rogan. Il se peut qu'il porte sur lui des documents intéressants. Fouillons-le !

Ils se mirent tous les trois à explorer ses poches. Rogan s'empara des deux lettres et les lut. Elles étaient adressées à Mr. Alfred V. Hoyt, 617 Mulberry Street, Des Moines, Iowa, et glissées dans des enveloppes portant le nom d'un cabinet d'avocats de Hartford. La première était une simple note.

Cher monsieur,
J'ai le regret de vous informer que nous n'avons aucune information concernant l'endroit où habite actuellement notre client.
Je vous prie de croire à mes sentiments distingués,
                              J. C. Jeffries, Jr.
              pour Jeffries, O'Brien & Jeffries.

– Junior ne s'est pas perdu en longs discours, dit Rogan en tendant la lettre à Sue et en ajoutant : Elle est datée du 10 août. Notre ami est sur la trace de Frant depuis presque un mois.

– Ce qui prouve la préméditation, s'écria Sue de plus en plus excitée.

La seconde lettre était plus substantielle et signée par Jeffries Senior. La Swave Company, qui, apparemment, n'était pas une société mais une entreprise privée, appartenait entièrement à Jackson B. Frant. La commercialisation des produits avait conduit à une vingtaine de poursuites en dommages-intérêts d'un montant de près d'un demi-million de dollars. Jeffries, O'Brien & Jeffries avaient le regret d'informer leurs correspondants que, désormais, ils avaient cessé de représenter les intérêts de Mr. Frant, puisque la compagnie n'avait presque plus aucune valeur matérielle. Mr. Frant avait subi récemment de grosses pertes à la suite de diverses spéculations, et ses biens immobiliers étaient déjà hypothéqués au-delà de ce que rapporterait une vente forcée. En conclusion, la lettre avertissait les créanciers que, bien qu'une action judiciaire ait peu de chances d'aboutir, ils étaient néanmoins libres de l'engager.

Le reste du butin s'avéra moins intéressant. Le portefeuille contenait six billets de un dollar, un permis de conduire et une carte de membre du Loyal Order of Moose, tous deux au nom d'Alfred V. Hoyt. La montre était en plaqué or et toute cabossée. Rogan en fit sauter le couvercle avec la lame du canif de Hoyt ; l'intérieur abritait une photographie jaunie d'une jeune femme en maillot de bain. Une dauphine de Miss Des Moines 1929, se dit-il, puis il se tourna vers ses compagnons, attendant que l'un d'eux tombe sur la capsule.

C'est Sue qui la trouva. Elle fit part de sa découverte en réprimant avec peine un hurlement de triomphe.

– Regardez ! Il a encore du poison sur lui !

Elle commença à défaire la capsule, mais les doigts puissants de Rogan lui immobilisèrent le poignet.

– Il y a des tas de choses que l'on n'a l'occasion de goûter qu'une fois, dit-il. Si vous avez dans la main ce qui a tué Frant, vous ne serez plus guère fréquentable après l'avoir avalé.

– Je n'allais pas l'avaler, juste le sentir.

– Même le sentir est dangereux. Franchement, je préférerais tester ce produit sur quelqu'un de moins bien tourné que vous.

– Mais ne comprenez-vous pas ? C'est du dinitrophénol ! Tout concorde.

– Peut-être, concéda Rogan. Bien qu'à mon avis, mourir après avoir absorbé du dinitrophénol prend un certain temps.

– Il a pu y mélanger un autre produit. Vous disiez qu'il devait y avoir deux poisons. Ceci n'est pas un médicament ni rien de ce genre. (Elle déposa la capsule dans la paume de Kincaid.) Voyez vous-même !

Il était certain que la capsule ne ressemblait pas à celles que l'on achetait dans les drugstores. Elle était assez grosse et remplie de cristaux d'une substance blanc sale au lieu de l'habituelle poudre un peu compacte.

Bobby les interrompit à nouveau.

– Il revient à lui !

Rogan poussa les assiettes et s'assit sur la table en face du prisonnier. Son attitude n'avait rien de menaçant. Il tenait un sandwich dans une main et un verre de lait dans l'autre, et balançait ses longues jambes en cadence, le sourire aux lèvres.

Hoyt mit un moment à reprendre conscience et parut tout d'abord ne pas se rappeler où il se trouvait ni pourquoi il était ligoté.

– Qui êtes-vous ? Pourquoi m'avez-vous ficelé sur cette chaise ? Vous n'avez pas le droit ! Détachez-moi !

Rogan continua de sourire.

– Il vous faudra d'abord répondre à quelques questions. Depuis combien de temps êtes-vous sur l'île ?

– Je ne sais pas. J'ai débarqué après que la tempête s'est calmée.

– Réfléchissez bien. Vous êtes arrivé cet après-midi, n'est-ce pas ?

– Non, je vous dis ! Je devais m'assurer au préalable que Frant viendrait. Je ne voulais pas prendre de risque. Je le pourchassais depuis un mois... depuis la mort de Mary. Je suis allé chez lui, à Hartford, mais on m'a annoncé qu'il n'était pas là. Ce qui était vrai, d'ailleurs. Je suis resté une semaine à l'attendre. Puis j'ai écrit à ses avocats. Ils ont prétendu qu'ils ignoraient son adresse. Ils mentaient, mais j'ai découvert grâce à eux que Frant possédait plusieurs maisons dans différents États du pays. Celle-ci est la troisième où j'ai tenté ma chance. Cela fait quatre jours que je me promène dans le coin. À Bailey's Point, on m'a appris qu'il rouvrait cette maison et qu'il comptait y séjourner en personne. Je les ai vus descendre de sa voiture et monter dans le canot à moteur – lui et cette blonde.

– Comment êtes-vous arrivé jusqu'ici ?

– J'ai trouvé un bateau. Il n'appartenait à personne. Il était abandonné dans un marais salant. Son nom était tout écaillé... (Il fit une grimace.)... mais j'ai cru lire *Empty*, c'est-à-dire vide, à ma disposition, alors je l'ai pris. Quant à cette histoire – vous savez, que j'aurais frôlé un fantôme –, je plaisantais. Je vous ai bien fait marcher, hein ! Ce devait être cette mousse qui pend aux arbres par ici. Elle laisse une sensation désagréable lorsqu'elle est mouillée.

– Sans aucun doute. Comment êtes-vous entré dans la maison ?

– La porte de service était ouverte.

Bobby lâcha une exclamation qui fit se retourner Rogan.

– Que se passe-t-il ?

– Euh... voyez-vous... j'ai vu oncle Arnold fermer la maison, la nuit dernière.

– A-t-il fermé la porte de service ?

– Il les a toutes fermées, et les fenêtres aussi. Plus tard, naturellement, Evan a ouvert la porte principale, mais... euh... celle-ci était la plupart du temps dans notre champ de vision.

Sans quitter son sourire, le joueur bascula à nouveau son grand corps vers Hoyt.

– Effaçons tout et recommençons ! Vous n'avez pas pu entrer après la tempête parce que la porte était fermée à clé. Par conséquent, vous vous êtes introduit dans la maison *avant* la tempête et vous vous êtes caché. Pendant que tout le monde dînait, vous avez empoisonné le médicament de Frant.

– Vous êtes fou !

– Vous haïssiez suffisamment Frant pour l'empoisonner.

– Pourquoi l'aurais-je empoisonné ? J'avais mon revolver.

– Pas pour Frant. Il a empoisonné votre femme et vous l'avez empoisonné à votre tour – avec ceci.

D'un geste vif de prestidigitateur, Rogan balaya la capsule de la table et la fit réapparaître entre son pouce et son index. Les yeux de l'homme s'emplirent d'une terreur nouvelle.

– Je vous répète que je n'avais pas l'intention d'empoisonner Frant. Je voulais l'abattre d'un coup de revolver. (Son regard se posa sur la capsule.) Ça, je l'aurais avalé après... une fois ma mission accomplie.

Rogan avança la main en direction de la bouche de Hoyt.

– Je vous en prie.

Le vengeur recula sur sa chaise.

– Je n'en veux pas. Je ne l'ai pas tué. Il n'est plus nécessaire que je l'avale.

Les lèvres de Kincaid se fendirent en un sourire de carnassier.

– Vous comptiez vous venger ! Cette capsule était destinée à Frant ! Avec le même produit que celles qu'il a vendues à votre femme.

– C'est ce que j'aurais dû faire – le bourrer de ses médicaments et le regarder mourir à petit feu, comme Mary. (Ses épaules s'affaissèrent.) Mais je n'avais pas la patience. Cette capsule contient du cyanure. D'ailleurs, où aurais-je trouvé du dinitrophénol ? Le produit a été retiré du marché après la mort de ma femme.

– Vous êtes chimiste, n'est-ce pas ?

– Absolument pas !

– Alors, avec quoi vous êtes-vous fait ces taches sur les doigts ? Comment vous êtes-vous procuré du cyanure ?

– Je suis retoucheur photographe. J'en utilise pour mon travail.

– En capsule ? s'étonna Kincaid, incrédule.

– Non. Je l'ai remplie moi-même... pour l'avaler après avoir tué Frant.

Sue s'approcha de Hoyt et le dévisagea.

– Dites-moi la vérité, déclara-t-elle. Votre femme est-elle vraiment morte d'avoir absorbé du dinitrophénol ?

– Évidemment ! Son médecin n'a rien pu faire pour elle. Il m'a tout expliqué sur cette substance et pourquoi les véritables docteurs ne s'en servent pas, parce ce qu'une dose sans danger pour une personne peut se révéler mortelle pour une autre.

– C'est exact, confirma Sue, et chez certaines personnes, même une très petite dose peut provoquer la cécité. Mais les chimistes arrivent à surmonter ces inconvénients. Mr. Frant a promis à mon grand-père que ses laboratoires étudieraient...

– Il n'a jamais eu de laboratoires, juste un bureau et une sorte d'atelier où des filles fabriquaient les capsules et les conditionnaient pour la vente.

– Mais il a juré qu'il ferait des recherches. Grand-Père l'a averti que ce produit était dangereux.

– Votre grand-père aussi est mêlé à cette histoire ! explosa Hoyt. S'il était un véritable docteur, il ne prescrirait pas des traitements de beauté !

– Il ne s'agit pas uniquement d'un traitement de beauté, répliqua Sue dont les yeux s'étaient enflammés. Lorsque les gens obèses sont trop malades pour suivre un régime ou faire de l'exercice...

– Oh ! l'interrompit Bobby. Le bateau !

– Pardon ?

– Il a dit qu'il portait comme nom *Empty*. Ne comprends-tu pas ?... Ce doit être l'un de ceux d'oncle Arnold.

– Je crois que tu as raison.

– Auriez-vous la gentillesse de me mettre dans la confidence ? demanda Rogan.

– Oncle Arnold possédait deux bateaux, répondit Sue. En plus du canot automobile, je veux dire. Il pensait avoir fait une bonne affaire, mais les moteurs étaient à bout de souffle, alors il les a baptisés, le premier *Caveat*, et le second, *Emptor*. Ce qui, en latin, signifie : « Aux risques et périls de l'acheteur » !

– Oncle Arnold a un curieux sens de l'humour. Je suppose que le bateau sur lequel notre ami a cru lire *Empty* n'est autre que ce cher vieux *Emptor*.

– En effet. Et cela prouve que cet homme a dû arriver avant la tempête, sinon où aurait-il trouvé le bateau ? Celui-ci était enfermé dans le hangar.

Rogan regarda longuement Hoyt.

– Vous vous êtes démasqué, dit-il. Allez-vous avouer ou faudra-t-il que j'exerce sur vous mes talents de persuasion ?

L'homme ligoté gigota sur sa chaise.

– J'ignore ce dont vous parlez. Je n'ai pas volé le bateau, je l'ai trouvé. Et je n'ai pas mis les pieds sur l'île avant que la tempête ne se soit calmée.

– Et, bien entendu, vous n'avez pas empoisonné Frant.

– Non !

– D'accord, fit Rogan en se laissant glisser de la table. Ceci va vous faire plus mal à vous qu'à moi – beaucoup plus.

Au cours de sa razzia dans l'office, il avait découvert une bouteille de vinaigre. Il alla la chercher.

– Que voulez-vous faire ? demanda Sue.

– Connaissez-vous le supplice de l'eau ?

– De l'eau qu'on laisse tomber goutte à goutte sur le front, très lentement, comme en Chine ? intervint Bobby.

Kincaid secoua la tête.

– Non, du supplice pratiqué pendant l'Inquisition. On vous attachait sur le dos, on vous pinçait le nez et on vous versait des litres d'eau dans la bouche. Très amusant, vraiment.

Il posa la bouteille par terre, puis, sans effort apparent, souleva Hoyt avec sa chaise et le coucha sur la table. Bobby le regarda faire avec intérêt.

– Quel est le rôle du vinaigre ?

– C'est une de mes inventions. Je l'utilise à la place de l'eau. Le résultat est beaucoup plus rapide bien que, j'en conviens, les récalcitrants soient terriblement malades après coup.

Sue se dressa devant Rogan.

– Vous n'allez pas le torturer !

– Il n'existe pas d'autre moyen pour découvrir la vérité.

Kincaid fit sauter le bouchon de la bouteille de vinaigre avec le pouce et se pencha sur Hoyt.

– Votre dernière chance ! Avez-vous empoisonné Frant ou préférez-vous goûter au vinaigre ?

La jeune fille saisit le poignet de Rogan.

– Il est inutile de le brutaliser. Nous savons qu'il se trouvait ici avant la tempête. Nous savons qu'il avait du poison et qu'il voulait tuer Mr. Frant.

– Nous savons aussi qu'il vaut mieux obtenir des aveux le plus vite possible. Si nous le laissons raconter des mensonges maintenant, il en aura inventé d'autres au matin et nous ne pourrons plus rien tirer de lui.

– Je refuse qu'on lui fasse du mal !

– Le vinaigre ne lui fera pas de mal, il le ramènera simplement à la raison.

La jeune fille sourit.

– Pardonnez-moi. J'aurais dû deviner que vous n'aviez pas l'intention de le torturer.

– Comme vous me connaissez bien, commenta Rogan qui repoussa doucement Sue et agrippa le nez de Hoyt avec la main gauche en ordonnant : Dites « A-a-ah ! »

L'autre ouvrit la bouche pour respirer et Kincaid lui versa du vinaigre dans la gorge.

– C'est étrange, fit observer Rogan. On peut conserver un homme dans du vinaigre, mais on ne peut pas conserver du vinaigre dans un...

Sue lui arracha la bouteille des mains.

– Je vous l'ai déjà dit ! Je refuse qu'on lui fasse du mal !

– Ceci n'était qu'une amusette. Vous devriez voir quelques-uns des raffinements que j'ai appris au Japon.

– Je vous interdis !

La lueur narquoise dans les yeux de Kincaid s'était éteinte.

– Vous tenez à sortir lord Tethryn du pétrin, n'est-ce pas ?

– Oui, mais pas au prix de la torture. Vous avez déclaré vous-même que la police ne croirait pas à cette histoire de malédiction si elle disposait d'une autre théorie. Eh bien, nous avons une théorie à leur proposer. Enfermons cet homme dans la resserre et livrons-le à la police demain matin.

— Comme vous voudrez, dit Rogan en haussant les épaules. Allez chercher les coussins de l'un des canapés du salon pendant que je le détache.

Sue lui lança un regard suspicieux.

— Pourquoi des coussins ?

— Le sol de la resserre est en pierre. Hoyt m'a plutôt l'air d'être du genre à dormir sur des coussins.

— Vous êtes sérieux ?

— Croix de bois, croix de fer !

— Je ne vous comprends pas. D'abord, vous voulez le torturer, puis vous vous inquiétez de son confort. Cela n'a pas de sens.

— Au contraire, rétorqua Kincaid. Tant que nous avions un quelconque espoir de soutirer une information à Hoyt le Vengeur en le faisant mariner dans le vinaigre, j'étais prêt à le torturer jusqu'à la mort, mais il n'y a aucune raison de le faire dormir à même un sol de pierre.

— C'est logique, admit Sue, mais cela n'a toujours pas de sens. Néanmoins, je suis d'accord pour les coussins. Viens, Bobby.

— Qu'allons-nous faire de tout ceci ? demanda Bobby en montrant sur la table les objets appartenant à Hoyt.

En guise de réponse, Kincaid disparut dans l'office et revint avec une boîte à gâteaux en fer blanc. Il la vida de son contenu sur le bord de l'évier, souffla pour ôter les miettes et plaça la boîte sur la table. Tandis que Sue et Bobby mettaient dedans les affaires du retoucheur photographe, Rogan, la main enveloppée dans un pan de sa robe de chambre, sortit le revolver de sa poche.

— Les empreintes, expliqua-t-il en voyant le regard intrigué de Sue. Les miennes y sont déjà, alors qu'il y en ait quelques-unes de plus n'a sans doute aucune importance, mais il vaut mieux ne pas prendre de risques.

Il ouvrit l'arme et fit tomber les cartouches sur la table. Ensuite, il déposa le revolver dans la boîte.

— Je garderai les cartouches sur moi, annonça-t-il. Il est préférable de ne pas les laisser avec le revolver. C'est tout ?

— Où est le poison ? s'exclama Bobby avant de le trouver et de le lancer dans la boîte que Rogan referma.

— Et voilà ! dit-il.

Il redressa la chaise de Hoyt et la remit par terre.

— Je le détacherai pendant que vous chercherez les coussins.

— D'accord, acquiesça Bobby. Viens, Sue.

De ses doigts habiles, le joueur défit les liens de Hoyt.

— Vous êtes en mauvaise posture, mon ami, déclara-t-il. Vous souhaitiez la mort de Frant et vous avez été exaucé, que vous l'ayez tué vous-même ou non. Alors, écoutez mon conseil et ne démordez pas de ce que vous nous avez raconté, c'est-à-dire que vous n'êtes pas arrivé sur l'île avant deux heures et demie. *Et ne vous lancez pas dans des accusations.* Il y a ici des gens très influents qui ont la police dans leur poche. Fermez-la à propos de Frant et du docteur, sinon vous vous retrouverez sur une table d'autopsie sans avoir le temps de dire ouf.

Bobby poussa la porte, les bras chargés de coussins et une bouteille de whisky dans une main. Il la tendit à Rogan.

— Evan l'a oubliée dans le salon. Je me suis dit...

— Que notre ami aimerait peut-être boire un verre ? Bonne idée.

Rogan passa la bouteille à Hoyt et l'aida à se lever. Le retoucheur photographe avait les membres ankylosés d'être resté longtemps ligoté, mais, s'appuyant sur Kincaid, il réussit à marcher jusqu'à la resserre. Le joueur jeta un coup d'œil aux coussins que Bobby avait étalés sur le sol.

— Ça ira, fit-il remarquer. Où est miss Braxton ?

— Sapristi ! s'écria Bobby. Elle était avec moi.

Il se dirigea vers le salon. Rogan le suivit après avoir fermé la porte de la resserre à clé. La main de Bobby se posait sur la poignée de la porte du salon lorsqu'ils entendirent Sue hurler.

VIII

L'histoire du mouton noir

Ils découvrirent la jeune fille plantée au centre de la pièce, des coussins amoncelés à ses pieds. Son visage était livide dans la lumière de la bougie dont Rogan s'était emparé en traversant la cuisine. Lorsqu'ils arrivèrent près d'elle, elle murmura :

– Il y a quelqu'un d'autre dans le salon !

– Où cela ?

– Derrière moi, m'a-t-il semblé. J'ai entendu une respiration !

– Pas exactement derrière vous, dit Rogan en levant sa bougie.

– Mais... protesta-t-elle, une lueur de panique encore dans les yeux, c'était si proche que je n'ai pas osé me retourner. J'ai même senti un souffle sur ma nuque.

– Mon Dieu, je suis désolé, s'excusa Bobby. Je n'aurais pas dû te laisser seule dans le noir.

– Ce n'était pas de ta faute. (Sue s'adressa à Rogan.) Bobby a tisonné le feu lorsque nous sommes entrés afin que nous voyions clair pour rassembler les coussins. De toute manière, je n'ai pas peur dans le noir. Mais... il y avait quelqu'un. J'en suis sûre. (Soudain, elle se laissa choir dans un fauteuil.) Je me suis rendue ridicule ; pardonnez-moi.

– Ces grandes maisons obscures ont de quoi ébranler les nerfs les plus solides.

Le joueur sortit une bougie de la poche de sa robe de chambre et l'alluma.

– Je l'ai éteinte lorsque je me suis mis à filer Hoyt l'Assassin, expliqua-t-il à Bobby. Prenez-la et raccompagnez miss Braxton dans sa chambre. Je vais mettre de l'ordre dans la cuisine.

Sue lui fit un sourire.

– Merci, dit-elle.

Elle se leva et lissa sa robe d'intérieur. Bobby ne la quitta pas des yeux, même en saisissant la bougie.

Rogan les regarda monter l'escalier, main dans la main. C'est seulement lorsqu'ils eurent atteint la galerie qu'il baissa enfin les yeux vers le sol où il avait aperçu des taches brillantes dans le halo de la bougie de Bobby.

Il ne s'accroupit pas pour les examiner. Au lieu de cela, il traversa rapidement la pièce en direction de la cuisine et y pénétra après s'être retourné pour répondre au bonsoir de Sue.

Une fois à l'intérieur de la cuisine, Rogan ne perdit pas de temps à débarrasser les restes du repas, mais alla directement vers la boîte rangée dans le placard. Il en ôta le couvercle et promena son doigt parmi les objets. La capsule le fascinait et il la prit dans sa main. Il n'avait pas d'opinion définitive quant à son contenu ni d'idée particulière sur l'usage qu'il pourrait en faire. Quoi qu'il en soit, l'avenir en déciderait. Il glissa la capsule dans sa poche et reposa la boîte sur l'étagère, songeant qu'il possédait là un atout. Silencieusement, il alla vers la porte du salon et l'ouvrit.

Au centre de la pièce, une bougie à la main, Julia Makepeace était penchée sur les taches brillantes qu'il avait remarquées auparavant sur le sol. Il toussota, à la manière d'un maître d'hôtel.

La vieille dame se redressa et se retourna, puis plaqua sa main décharnée sur sa gorge.

– Vous m'avez fait peur.

– La peur paraît être une maladie endémique dans cette maison. Quelque chose a effrayé miss Braxton, il y a un instant. (Il inclina la tête sur le côté.) Auriez-vous été ce « quelque chose », par hasard ?

– Sue... où est-elle ? demanda miss Makepeace qui semblait ne pas avoir entendu la question.

– Elle va bien. Elle est montée se coucher. Ne le saviez-vous pas ?

Miss Makepeace secoua la tête.

— J'étais allongée sur mon lit, tout éveillée. J'ai entendu un cri, puis des bruits de pas, et j'ai décidé de venir voir ce qui se passait.

— Croyez-vous que c'était prudent ?

— Non. Toutefois, je ne suis pas sûre que de rester dans mon lit le soit davantage.

Rogan sourit.

— Des tas de filles ont des doutes à cet égard. (Brusquement, son visage redevint sérieux.) Je vous conseille de regagner votre chambre avant que vous ne soyez vraiment terrorisée.

— Je le suis déjà.

Elle désigna le sol. Rogan regarda. Les taches brillantes qu'il avait aperçues étaient des gouttes d'eau, comme si quelqu'un vêtu d'un maillot de bain mouillé avait marché entre les deux tapis.

— Goûtez ! ordonna miss Makepeace.

Kincaid trempa le bout du doigt dans la plus grosse des gouttes et le porta ensuite à la langue.

— C'est salé !

— De l'eau de mer, précisa-t-elle.

— Comment cela se peut-il ? Mon manteau dégoulinait lorsque je suis arrivé, effectivement, mais les gouttes ont dû sécher depuis longtemps.

— Voudriez-vous vérifier ?

Rogan prit sa bougie et alla jusqu'à la cheminée. En se baissant, il réussit à distinguer des taches de sel sur les dalles, mais il n'y avait plus aucune trace d'humidité.

— C'est sec, lança-t-il. (Il revint vers la tache au centre du salon.) Celle-ci est fraîche. Cependant, après tous les événements étranges qui se sont produits ce soir, qu'est-ce qu'un peu d'eau salée ?

— Rien, si nous pouvons expliquer comment elle est parvenue jusqu'ici. Tout, dans le cas contraire.

— Insinuez-vous que ce qui a effrayé miss Braxton a laissé ces gouttes sur le sol ?

Julia Makepeace parut ne pas l'entendre... comme si son esprit vagabondait sur des chemins qu'elle seule connaissait, puis elle dit :

– Mr. Frant les décrivait comme des monstres, des masses translucides et boursouflées, pareilles à d'énormes crapauds de mer.

– Oui, il existait peut-être des choses visqueuses à pattes qui rampaient au fond de la mer, mais j'en doute. (Il se courba et saisit les longues mains marbrées de veines bleues de Julia Makepeace dans les siennes.) En tout cas, il n'y a pas de meilleur exorciste qu'un ventre plein. Venez dans la cuisine prendre un sandwich.

Elle sourit d'un air triste.

– Merci.

Dans la cuisine, Rogan trouva une boîte de bougies et, après en avoir allumé une dizaine, réussit presque à créer une ambiance de fête. Puis, tandis que la vieille dame mangeait, il remit de l'ordre dans la pièce. Alors qu'elle avait à moitié fini son sandwich, elle pencha soudain la tête sur le côté et déclara :

– D'une certaine façon, je suis contente que Sue m'ait réveillée, Mr. Kincaid, parce que cela me donne enfin la possibilité de vous parler seul à seul. Me permettez-vous de vous raconter une histoire ?

– Est-ce une histoire de fantôme ?

– En un sens. C'est celle d'un homme qui est mort et qui est revenu à la vie.

– Vous avez ma plus grande attention ; néanmoins, je vous avertis que ma capacité à frémir est quelque peu émoussée.

– Un soir, le Dr. Braxton s'est rendu à une réunion religieuse en plein air. Il est arrivé juste au moment où les fidèles commençaient à entrer en transe et à se rouler dans de la paille qui avait été disposée sur le sol de sorte que cet exercice soit un plaisir et non une contrainte. Le prédicateur l'a vu et lui a crié : « Mon ami, viens vers Jésus ! » Le Dr. Braxton lui a répondu : « Pas ce soir. » Ce à quoi l'homme a répliqué : « C'est l'heure ou jamais, mon frère ! C'est l'heure ou jamais ! Il ne se présentera jamais de plus belle occasion ! »

Miss Makepeace se tut.

– J'ai eu une dure journée, fit remarquer Rogan, et je ne suis pas au meilleur de ma forme, ce qui explique peut-être pourquoi je ne vois pas très bien où vous voulez en venir.

– Je suis en train de vous relater l'une des aventures les plus drôles qui soient arrivées au Dr. Braxton.

– Le cher homme a dû mener une existence singulièrement monotone.

– Pas du tout. L'incident était du plus grand comique lorsqu'il s'est produit, mais c'est la bouteille à l'encre lorsqu'on la raconte.

– Ne m'en veuillez pas si je suis d'accord avec vous.

La vieille dame rougit.

– La chute de l'histoire n'est pas le plus important de l'anecdote. « Il ne se présentera jamais de plus belle occasion » est le genre de tournure qui rappelle une expérience amusante. En d'autres termes, c'est une de ces phrases que personne ne comprend en dehors du cercle familial. Elle ne dépasse pas non plus le cercle familial, mais y est parfois employée pendant longtemps. Même Sue utilise cette phrase bien que l'incident ait eu lieu de nombreuses années avant sa naissance. Je l'ai souvent entendue dans la bouche du docteur. (Miss Makepeace marqua une pause.) Et vous l'avez prononcée ce soir.

– Désolé, mais je ne vous suis toujours pas, répondit Rogan. Les Braxton et les Kincaid ont une tournure de phrase commune. Qu'est-ce que cela fait de nous ? Des cousins ?

Julia Makepeace s'empara d'une bougie et la leva devant le visage de Kincaid. Désormais, elle était sûre. Les yeux de cet homme étaient surmontés de sourcils sombres et réguliers, ceux du Dr. Braxton, de sourcils blancs et broussailleux, pourtant c'étaient les mêmes yeux. Et les rides qui les soulignaient – peu profondes, mais faisant ressortir la partie supérieure du visage comme s'il s'agissait d'un masque –, le docteur avait les mêmes lorsqu'il était fatigué.

– Vous êtes le fils du Dr. Braxton et l'oncle de Sue, annonça-t-elle. Vous êtes Mike Braxton.

Rogan prit un air perplexe.

– J'avoue que d'être accueilli en fils prodigue ne serait pas pour me déplaire actuellement, mais quel avantage espérez-vous en tirer ?

– De quoi ?

– De me faire passer pour le fils disparu du vieux docteur.

– Jeune homme..., reprit miss Makepeace avant de s'interrompre et d'éclater de rire. Parfait. Excellent. Si quelque chose au monde pouvait me faire hésiter sur votre identité, ce serait cela. Toutefois, je n'hésite pas – je sais. Ce n'est pas uniquement cette phrase : « Il ne se présentera jamais de plus belle occasion. » Elle m'a mis la puce à l'oreille, mais, après avoir bien réfléchi... Enfin, tout votre corps vous trahit. Regardez vos mains. Elles sont exactement pareilles à celles de Stirling. Et cette manie de ne toujours sourire qu'avec la moitié de la bouche. J'ai vu votre grand-père Dundas le faire des milliers de fois. Vous êtes Michael Dundas Braxton. Aucun doute n'est permis.

– Et le Dr. Braxton, croyez-vous qu'il ne s'interrogera pas ?

– Certainement pas... Son propre fils ?

– Il ne m'a pas reconnu ce soir.

– Sa mémoire des visages est un autre sujet de plaisanterie dans la famille. Je suppose que vous comptiez là-dessus. Superficiellement, il n'y a aucune ressemblance. Après tout, vous n'aviez que neuf ans lorsque vous avez été kidnappé.

Il soutint son regard pendant un moment, puis répondit :

– Je n'ai pas été kidnappé. Je me suis enfui.

– Enfin ! Doux Jésus, pourquoi ?

– Ne me connaissiez-vous pas quand j'étais enfant ?

La vieille dame hocha la tête.

– Vous étiez un vrai petit diable.

– Pire que cela. J'étais asocial. Je ne veux pas dire que j'étais malheureux. Je voyais les choses d'un point de vue différent des autres. Les enfants blancs élevés en Chine sont tous ainsi, seulement ils peuvent se raccrocher à leur famille. Moi, j'étais tout seul.

– Vous ne m'avez jamais paru être un enfant solitaire. Je me souviens de vous comme d'un meneur doué d'une imagination sans bornes lorsqu'il s'agissait d'inventer des espiègleries.

– Seul n'est pas synonyme de solitaire. Je n'ai jamais été solitaire de ma vie. Il y a des quantités de gens comme moi dans le monde. Et les gens comme vous croisent rarement notre route.

– Et vous avez découvert tout cela alors que vous aviez neuf ans ?

– Non. Mais je le pressentais. Puis un jour, j'ai lancé une pierre sur un garçon nommé Elmer. Je l'ai raté, mais j'ai cassé la vitrine du drugstore ainsi que l'un des gros bocaux colorés qui se trouvaient à l'intérieur. Je me suis vu en prison et cette idée ne m'a pas plu. Je savais qu'elle ne plairait pas davantage à mes parents. Il semblait n'y avoir qu'une solution pour résoudre nos problèmes à eux et à moi. J'ai pris la poudre d'escampette.

– Mais votre père vous a fait chercher partout. Où étiez-vous caché ?

– J'ai sauté dans un train et voyagé avec des trimardeurs pendant deux jours. Ensuite, j'ai rencontré un vieux Suisse du nom d'Anton Schwartz. Il m'a pris avec lui pour que je lui serve d'appeau. Un métier que je n'ai pas cessé d'exercer depuis en quelque sorte.

– Qu'est-ce qu'un appeau ?

– Un compère, quelqu'un qui ne perd jamais. Schwartz gagnait sa vie au bonneteau. Je m'avançais vers lui et jetais dix cents sur son carton en pariant que la dame de cœur se trouvait au milieu. Le vieux Schwartz s'écriait : « C'est si simple qu'un enfant peut gagner ! » Après quoi, il ratissait les pigeons. Parfois, je me déguisais en fille.

Miss Makepeace scruta le visage dur et sec.

– Je vous imagine avec un ruban rose dans les cheveux.

– J'étais très mignon, ou plutôt « mignonne », et tous les gogos tombaient dans le panneau !

La vieille dame termina son sandwich et se leva pour débarrasser la table. Elle demeura silencieuse si longtemps que le joueur demanda :

– Vous n'êtes pas à nouveau en train de penser à ces monstres, n'est-ce pas ?

– Non, je songeais à la meilleure façon d'annoncer la nouvelle à votre père. Cela lui fera un choc.

– Pourquoi lui dire ?

– Vous n'aviez pas l'intention de lui cacher la vérité ?

– Je me demande. J'envie ceux qui arrivent à conduire leur vie selon les règles établies. « Il est mon père, par conséquent il a le droit de savoir qui je suis. » Ma vie à moi ne fonctionne pas de cette manière. Défendre mes droits m'a apporté autant d'ennuis que si j'avais été dans mon tort. Un homme a le droit de se suicider, pourtant on fait tout pour l'en empêcher.

– Pourquoi êtes-vous venu si vous ne vouliez pas dire à votre père qui vous êtes ? Je ne vous croirai pas si vous me répondez qu'il s'agit d'une coïncidence.

– Non. J'ai rencontré Frant il y a huit mois. Mercredi dernier, je suis tombé sur lui par hasard à New York. Il était légèrement ivre et faisait le fanfaron à propos de son frère qui était lord et de ses importantes relations. Je n'y ai pas prêté attention jusqu'à ce qu'il parle de ses liens avec un certain Dr. Braxton. Même alors, je n'ai pas accepté lorsqu'il a insisté pour que je me joigne à votre réunion. Mais ensuite, j'ai réfléchi et décidé de venir malgré tout afin de vérifier par moi-même si mon père était devenu le genre d'homme que Frant m'avait décrit.

Miss Makepeace posa sur Rogan un regard pénétrant.

– Que voulez-vous dire ?

– Répondez d'abord à une question. Que savez-vous des rapports entre mon père et Jackson Frant ?

– Seulement qu'ils étaient amis. Pourquoi ?

– Donc, vous ignorez qu'en réalité Frant commercialisait un poison notoire comme médicament amaigrissant.

– Balivernes !

– Non, c'est la vérité. C'est pourquoi Jackson B. a fait faillite. Plusieurs personnes ont été malades avec ce produit et ont déposé plainte. Une femme a même été assez stupide pour mourir. Son mari en a rejeté la responsabilité sur Frant.

– Même si vous aviez raison, votre père n'a rien à voir dans cette histoire.

Kincaid haussa les épaules.

– Oh, si, et cela ne servirait à rien d'en faire un secret. L'idée victorienne que le nom d'une femme ne doit pas être sali après sa mort m'a toujours paru ridicule. Je suppose que le même principe s'applique à l'honneur d'un homme. Quoi qu'il en soit, l'affaire deviendra publique demain puisque miss Garwood est au courant. En résumé, mon père, le célèbre Stirling Braxton, était complice de l'escroquerie de Frant.

– Je me refuse à le croire !

– Oui ? Moi aussi – au début. J'avais toujours considéré mon père comme une combinaison de Bayard, de Solon et d'Esculape. Je savais que c'était trop demander à un seul homme, mais j'étais convaincu qu'il réunissait toutes ces vertus. Voyez-vous, j'oubliais que le dicton « Tel père, tel fils » pouvait être vrai dans les deux sens.

– Mais quelles preuves aviez-vous pour perdre confiance en votre père ?

– De nombreuses. Frant lui-même m'a parlé de leur association.

– Mr. Frant était un menteur congénital. J'espère que vous n'avez pas cru un mot de ce qu'il a raconté.

– Je ne savais pas quoi penser. C'est pourquoi je suis venu ici. Et pour trouver quoi ? Frant a dit que son frère était comte, rien de moins ! C'était une improbabilité qui faisait ressembler Münchhausen à Cassandre. Pourtant, lorsque je suis arrivé, j'ai découvert que c'était la vérité.

– Oui. J'ai vérifié. Le père d'Evan a été fait baronnet en 1915 et comte quelques années après la guerre.

– En écoutant Frant, on avait l'impression qu'il s'agissait du plus gros mensonge de l'histoire. Puis, pour couronner le tout, il a fait allusion à la malédiction des Faulkland. Cette histoire était tellement invraisemblable que je me suis dit qu'il se moquait de moi. Et pourtant, c'était aussi la vérité. Après ces deux expériences, êtes-vous étonnée que je le croie lorsqu'il affirme que mon père est un charlatan ?

– Mais enfin, vous vous deviez de mettre en doute de telles allégations puisqu'elles concernaient votre père.

– Il n'a pas été le seul à m'en parler. Miss Braxton – ou devrais-je dire ma nièce ? – m'a informé que la substance active entrant dans la composition du produit a été suggérée à Frant par son grand-père.

– Sue a dit ça ?

Le joueur hocha la tête.

– Vous vous trompez, répliqua sèchement miss Makepeace ; puis, comme Rogan ne répondait pas, elle poursuivit : Mais... mais... même si votre père lui a donné cette idée, c'était en toute innocence. Il avait la plus haute opinion de Mr. Frant en tant que chimiste. Le simple fait qu'il ait discuté avec lui du danger du produit ne prouve-t-il pas qu'ils étaient en affaires ensemble ?

– Votre démonstration se tient, sauf sur un point : mon père n'avait aucune confiance dans les talents de chimiste de Frant. Au contraire, il était persuadé que c'était un charlatan.

– C'est incroyable !

– Peut-être, mais il s'agit là du seul élément dont nous sommes absolument certains dans cette histoire insensée.

Kincaid sortit des allumettes d'une boîte et se mit à les disposer sur la table selon des figures géométriques.

– Je vous ai dit que j'avais vu Frant prendre un médicament à New York, continua-t-il. Miss Garwood était avec nous et a fait la remarque qu'elle avait peur d'avaler des comprimés depuis qu'un de ses amis avait absorbé par erreur du chlorure de mercure.

– C'est exactement le genre de stupidité à laquelle je m'attends de sa part.

– Apparemment, Frant avait les mêmes inquiétudes. Il a précisé que son comprimé ne contenait pas de chlorure de mercure, mais seulement du calomel.

Sur ces mots, Rogan garda le silence et reprit ses assemblages d'allumettes jusqu'à ce que Julia Makepeace l'interrompe :

– Et alors ?

– Et alors, il se trouve que le calomel est du chlorure de mercure. C'est le *bichlorure* de mercure qui est un poison. Tous les étudiants en chimie savent ça, mais Frant, lui, l'ignorait. Vous imaginez-vous qu'il aurait pu discuter de chimie avec mon père sans se trahir en moins d'une minute ? Si le Dr. Braxton a prétendu que Frant était un chimiste, il mentait. Et il n'y a qu'une conclusion à en tirer.

Miss Makepeace se pencha en avant et posa sa main sur celle de Rogan.

– Non, dit-elle. Il y a une autre conclusion à en tirer – la bonne. Je ne la connais pas, mais je connais votre père. Il se serait coupé le bras droit plutôt que de se compromettre dans la fabrication d'une spécialité pharmaceutique, même utile. Jamais aucun homme n'a respecté plus que lui l'éthique de sa profession.

Rogan balaya ses allumettes d'un geste de la main.

– « Éthique professionnelle » n'est qu'une expression destinée à enjoliver le règlement. Avez-vous déjà lu le serment d'Hippocrate ? Je l'ai fait, il y a deux jours. La première moitié du texte parle des devoirs des médecins les uns envers les autres, et le reste est destiné à empêcher toute action qui donnerait à la profession une mauvaise réputation. (Il cita :) « Dans quelques maisons que j'entre, j'y entrerai pour l'utilité des malades, me préservant de tout méfait volontaire et corrupteur, et surtout de la séduction des femmes et des garçons, libres ou esclaves. » Il n'y a pas un mot dans tout le serment, à l'exception des paragraphes concernant spécifiquement la médecine, que n'importe quelle profession décente ne considérerait comme allant de soi.

– Il est injuste de juger les médecins modernes d'après Hippocrate.

– Ce le serait en effet s'ils ne se glorifiaient pas de ce fameux serment pour l'unique raison qu'aucun profane ne prend jamais la peine de le lire !

– Je ne saurais dire, mais il me semble que vous devriez défendre votre père quelles que soient les circonstances. C'est le moins que vous puissiez faire pour lui.

– C'est le discours que la ligue protectrice des parents a essayé de nous imposer depuis une centaine de siècles. Parfois, il se justifie, mais pas dans mon cas. Je n'ai jamais compté que sur moi-même depuis que je suis gamin, et ne me demandez pas de croire que mes parents m'ont fait une faveur en me donnant la vie. D'ailleurs, je me suis habitué à me passer de famille. Un enfant qui s'enfuit de chez lui y est contraint, de même qu'un enfant adopté est obligé de trouver sa place parmi ceux qui l'accueillent. J'ignorais l'existence de Sue avant que Frant ne m'apprenne que Tethryn voulait l'épouser. Je ne sais pas non plus combien j'ai de frères et de sœurs.

— Trois frères et une sœur, répondit miss Makepeace.

— Une véritable petite bande. On n'a guère dû s'apercevoir de mon absence.

— Vous vous trompez, et si vous dites à votre père qui vous êtes, vous vous en rendrez compte.

Kincaid secoua la tête.

— Si mon père est le genre d'homme que je crois, il vaut mieux que je me taise. S'il est le genre d'homme que vous croyez, il ne voudra pas me revoir.

— Quel père refuserait de revoir son fils ?

— Tout dépend du fils, répliqua Rogan.

— Sûrement...

— Vous trouverez étrange que je critique mon père lorsque vous saurez ce dont je vis, mais nous avons tous notre code et nous pensons tous que celui des autres est inférieur au nôtre. Selon moi, le péché le plus impardonnable est l'hypocrisie. Si mon père était un brave charlatan qui faisait de la publicité dans les journaux pour vendre « le Baume miracle du Dr. Braxton », je n'y verrais rien à redire, mais cacher des pratiques douteuses derrière une réputation médicale dépasse la mesure, même pour moi. Probablement mon raisonnement manque-t-il de logique, cependant comment demeurer cohérent lorsque l'on découvre que son idole est un géant aux pieds d'argile.

— Vous éprouvez peut-être ce sentiment envers votre père, mais je suis certaine qu'il ne réagirait pas ainsi envers vous.

— Non, pas s'il est dans le pétrin. Toutefois, s'il est l'homme que vous affirmez, il préférera que je ne me mêle pas de ses affaires. Savez-vous comment je gagne ma vie ? Au poker. On apprend des quantités de choses sur les champs de foire, mais pas l'honnêteté.

– Quoi que vous fassiez, votre père...

– Et le reste de la famille ? J'ai passé deux ans en prison – à Sing Sing – pour vol à l'américaine. Devrais-je arborer ma vieille cravate de collège pour la réunion familiale ?

Les yeux de miss Makepeace se remplirent de larmes.

– Que vous êtes amer !

– Pas le moins du monde, répondit Rogan avec un petit rire. J'ai eu une existence agréable et je compte bien continuer sur cette voie. J'ai vécu une vie trois fois plus intense que vous tous ici et j'ai profité de chaque instant grâce au vieux Schwartz. C'était le roi des filous, mais il parlait quatre langues et avait obtenu tellement de diplômes qu'il ne suffirait pas d'une journée pour les énumérer. Le Dr. Braxton et le restant de la famille ne partageraient certainement pas mon avis, et je ne les en blâme pas. De leur point de vue, je suis un mouton noir qui ne vaut même pas la laine qu'il a sur le dos.

– Votre père donnerait tout pour retrouver son fils.

– Permettez-moi d'en douter. Ce qu'un homme désire avant toute chose, c'est un héritier ; un gage d'immortalité en quelque sorte. Il veut laisser à quelqu'un son nom, ses idées, ses travaux, son argent et avoir le sentiment qu'ils se trouvent en de bonnes mains. Le Dr. Stirling Braxton tel que vous vous le représentez ne possède rien qu'il puisse léguer à Rogan Kincaid.

Il y eut un long silence pendant lequel l'horloge de la bibliothèque sonna cinq heures. Rogan prit Julia Makepeace par la main et la fit se lever.

– Venez, dit-il. J'ai été trop bavard. Le soleil brillera avant que nous ne soyons couchés.

Elle caressa les doigts de Kincaid avec le pouce, puis le regarda droit dans les yeux.

– Pourquoi m'avez-vous raconté tous ces mensonges sur vous ? Je n'ai jamais rencontré de joueur professionnel, mais je sais qu'ils prennent grand soin de leurs mains, comme Bobby pour faire ses tours de magie. En outre, personne n'a jamais bronzé assis à une table de jeu.

Rogan se mit à rire.

– Cela fait partie de mon image. Ainsi les gens qui raisonnent comme vous n'ont-ils pas peur de jouer avec moi. J'ai beaucoup navigué, et une heure par jour sur le pont donnerait à n'importe qui un joli teint hâlé. (Il souffla les bougies une à une.) Quant à mes mains, elles ont délaissé les tours de cartes depuis longtemps au profit du poker. Celui qui place son cerveau au bout de ses doigts se fait toujours plumer. J'en sais quelque chose. Rien que l'an dernier, j'ai raflé cinq mille dollars à ces amateurs.

Il avait laissé une bougie allumée et, la saisissant, poussa miss Makepeace vers la porte. La vieille dame était tellement passionnée par ce qu'il disait qu'elle ne s'en rendit même pas compte.

– Je vous croirais peut-être si vous n'aviez pas prétendu que vous aviez grandi sur un champ de foire, avoua-t-elle. Vous êtes un homme instruit.

– L'instruction est libre et gratuite pour quiconque prend la peine d'entrer dans les bibliothèques municipales. Schwartz a veillé à ce que je les fréquente régulièrement. C'est lui aussi qui m'a appris à parler plusieurs langues.

La chambre de miss Makepeace était située au rez-de-chaussée, au-dessous de la sienne. Il l'accompagna jusqu'à sa porte. Elle posa la main sur la poignée et la tourna.

– Vous avez réponse à tout, Mike Braxton. D'ailleurs, si je me souviens bien, c'était déjà le cas lorsque vous étiez enfant. Ne jugez pas votre père avec autant de sévérité. Vous ne me ferez jamais croire qu'il n'est pas exactement le personnage dont vous rêviez.

Rogan s'inclina légèrement et lui tendit la bougie.

– Bonne nuit, dit-il. Et réfléchissez aux conséquences si Frant n'était pas mort hier soir.

Sur ces mots, il pivota sur ses talons et repartit dans le couloir. Miss Makepeace le regarda s'éloigner jusqu'à ce qu'il eût tourné dans l'escalier. Puis, tout à coup, elle s'aperçut qu'elle avait à la main la seule lumière et que Rogan avait disparu dans le noir.

Un quart de siècle à vivre au bord du désastre aiguise les sens. Tandis que Kincaid rabattait la porte de sa chambre derrière lui, il discerna un bruit. En fait, ce n'était pas vraiment un bruit, mais une sorte de frottement, comme la reptation d'un serpent sur un rocher. Tout d'abord, il crut à un tour de son imagination ; cependant, lorsque le son se reproduisit, la perplexité l'envahit. Il aurait reconnu le pas feutré d'un rôdeur nocturne et su comment réagir, mais ce frôlement était étrange et différent de tout ce qu'il avait déjà entendu.

Silencieusement, Rogan se colla contre le mur et attendit. Le bruit recommença. Il avait quelque chose de marin – un chuintement presque imperceptible, à la fois déterminé et inhumain. Le joueur songea aux gouttes d'eau de mer dans le salon et aux histoires de génies aquatiques de miss Makepeace. Puis il se rappela qu'il avait des allumettes dans sa poche et s'apprêta à y plonger la main. Mais il interrompit son geste. Le craquement d'une allumette aurait révélé sa présence avant même que la lueur ne soit assez forte pour lui permettre de voir son adversaire. Kincaid laissa retomber son bras et avança dans l'obscurité.

La partie de colin-maillard qui s'engagea fut une rude épreuve pour ses nerfs. Rogan n'avait aucun moyen de déterminer si la chose le pourchassait ou s'enfuyait devant lui. La plupart du temps, elle se déplaçait sans bruit, tel un esprit de la brume, mais, occasionnellement, elle laissait échapper un sifflement spumeux pareil à la respiration d'un monstre des profondeurs. Une fois même, la chose – douce, visqueuse, impalpable – lui effleura les doigts. Il tenta de s'en saisir, mais sa main se referma sur du vide.

Puis, soudain, sans prévenir, elle fondit sur lui, humide et abominable. Elle l'enveloppa comme un brouillard, couvrant sa tête, le faisant suffoquer. Lorsqu'il se débattit, elle s'ouvrit comme de l'eau, n'opposant cependant qu'une faible résistance qui ôta toute puissance aux coups de Kincaid. Pour la première fois de sa vie, il sentit naître en lui la panique. Une peur irraisonnée le submergea. Il voulut crier, mais les mots s'écrasèrent contre ses lèvres. Alors, une partie du fluide moite et froid se rigidifia, à croire que son adversaire était capable de matérialiser des os et des muscles lorsque les circonstances l'exigeaient. Rogan lutta de plus belle, mais la chose lui enserra la gorge comme une corde. Bien que l'insaisissable horreur accrochée à lui l'empêchât d'atteindre le membre invisible qui l'étouffait, il réussit à décrire un large cercle avec la main devant sa poitrine mais son bras ne rencontra aucun obstacle. Seule la pression sur sa gorge semblait tangible et réelle. Le sang se mit à battre à ses oreilles jusqu'à couvrir le fracas des vagues en contrebas. Puis un poids aussi irrésistible que dépourvu de substance le força à se mettre à genoux. Et lentement, il perdit connaissance. Le combat était terminé.

IX

Eau de mer

Bobby Chatterton se réveilla d'un cauchemar dans lequel des monstres informes le poursuivaient en hurlant. Tandis qu'il reprenait conscience, il se rendit compte que les cris n'avaient rien d'imaginaire. Il sauta de son lit et chercha à tâtons les allumettes. Au moment où il parvint à allumer sa bougie, les cris avaient cessé. Avec précaution, il ouvrit sa porte et jeta un coup d'œil dans le couloir. Une vague lueur provenait du salon. Bobby se dirigea vers elle. Puis il entendit des bruits de pas qu'il reconnut comme ceux de sa tante et avança sur la galerie. Haletante, miss Makepeace était en train de monter les escaliers. Le jeune homme se précipita à sa rencontre.

– Que se passe-t-il ? demanda-t-il. J'ai entendu quelqu'un crier et...

– Je sais. C'est moi qui ai crié, répondit-elle en s'écroulant sur la dernière marche. Je ne peux pas aller plus loin... avant d'avoir repris... mon souffle. Il est arrivé quelque chose... dans la chambre de Mr. Kincaid... Va voir.

Le garçon s'élança et, un instant plus tard, elle l'entendit cogner à la porte de Rogan.

Une voix appela d'en bas. Julia Makepeace regarda à travers la rampe et vit son frère et le Dr. Braxton approcher du pied de l'escalier.

– Arnold.

– Dieu du Ciel, Julia ! Qu'y a-t-il ? s'exclama Makepeace en grimpant les marches.

– Je vais bien. Je suis simplement essoufflée. C'est Mr. Kincaid. Il lui est arrivé quelque chose. Sa chambre est située au-dessus de la mienne. J'ai entendu un bruit de lutte, puis celui d'un corps qui tombait. Et maintenant, Bobby ne peut pas entrer dans sa chambre. Il a dû se produire un malheur.

— Venez, Stirling ! ordonna Makepeace.

Tandis que les deux hommes s'enfonçaient dans le couloir, Evan ouvrit sa porte.

— Que se passe-t-il ? fit-il d'une voix ensommeillée.

— C'est ce que nous essayons de découvrir, répliqua l'avocat.

Bobby arrêta de frapper à la porte de Rogan.

— Elle est fermée à clé, et Mr. Kincaid ne répond pas.

— Manifestement, lança son oncle d'un ton sec en s'accroupissant et en collant son œil au trou de serrure. La clé est à l'intérieur. J'en distingue l'extrémité à la lueur de ma bougie.

Comme Makepeace se remettait debout, Sue accourut à son tour.

— Qu'est-ce qu'il y a ?

— Nous ne savons pas encore, dit l'avocat. Mr. Kincaid semble s'être enfermé dans sa chambre.

— Eh bien, s'il ne se réveille pas avec tout le bruit que vous faites, c'est qu'il est mort.

En levant la tête, elle s'aperçut qu'Evan la regardait fixement. L'expression de son visage lui ramena à la mémoire les événements de la veille et, les jambes molles, elle s'adossa contre le mur.

Tethryn saisit Makepeace par les épaules.

— Elle a raison. Il est mort ! Le monstre se promène en liberté *et son but est de tuer* !

— Du calme, mon garçon, fit l'avocat en attrapant Evan par les coudes et en le secouant doucement. Il ne sert à rien d'imaginer le pire tant que nous n'aurons pas pénétré à l'intérieur et que nous n'en aurons pas appris davantage.

Miss Makepeace rejoignit les autres dans le couloir. Son frère commença à lui exposer la situation, mais elle l'interrompit d'un geste de la main.

— Je t'ai entendu de la galerie. Qu'est-ce que fait Bobby ?

— Hein ?

Makepeace se retourna et vit son neveu agenouillé devant la porte. Il tenait une page de journal et tentait de la forcer sous le seuil.

– Que diable... ?

– Je suis allé chercher ce journal dans ma chambre, expliqua Bobby. J'ai pensé que si je parvenais à le passer sous la porte et à déloger la clé de la serrure d'une manière ou d'une autre...

– ... Elle tomberait sur le papier et nous pourrions la récupérer, termina l'avocat. Bonne idée. Maintenant, il ne nous reste plus qu'à trouver...

Miss Makepeace offrit une de ses épingles à cheveux.

– Tiens, dit-elle. Et dépêche-toi.

Mais Bobby rencontrait des difficultés avec son journal. Chaque fois qu'il essayait de le pousser sous la porte, celui-ci se coinçait et se froissait.

– C'est inutile, déclara-t-il d'un air désolé. Le battant est si ajusté au seuil que je ne peux même pas glisser une feuille dessous.

La tension de l'attente avait eu raison d'Evan. Il avait les traits tirés et le teint gris. Lorsque Bobby annonça qu'il avait échoué, ses nerfs lâchèrent.

– J'entrerai, clé ou pas clé. Écartez-vous.

Il fit demi-tour et marcha jusqu'au fond de la chambre de Bobby pour prendre un maximum d'élan. Il heurta la porte de Rogan avec une force considérable. Le bois grinça, mais le panneau de chêne tint bon.

– N'insistez pas, Evan, dit le Dr. Braxton. La porte est trop solide pour être enfoncée et on ne réussira pas à l'ouvrir sans tirer le verrou qui est fixé sur le montant, et ce montant a une épaisseur de deux centimètres et demi. Envoyez Bobby chercher une hache.

– Le verrou a bougé, répondit Evan. Peut-être cédera-t-il la prochaine fois.

Miss Makepeace s'emporta.

– Que les hommes sont bêtes ! Pourquoi n'essayez-vous pas l'une des clés des autres portes ?

Mais Evan avait déjà disparu dans la chambre de Bobby, bandant ses muscles pour une seconde tentative. Cette fois, il frappa plus bas, l'épaule presque au niveau de la poignée. Le battant s'ouvrit dans un craquement épouvantable, et Evan fut projeté à l'intérieur de la pièce où il atterrit à quatre pattes à moins d'un mètre du corps inanimé de Rogan Kincaid.

Alors que les autres se massaient dans la chambre, Sue demeura sur le seuil, serrant sa bougie dans sa main. L'image de la mort de Frant était encore vivace dans son esprit et le spectacle de Rogan, les membres flasques tandis qu'on le transportait sur son lit, annihila tout son courage.

Figé, Evan contemplait Kincaid en disant :

– Pourquoi un inconnu ? Pourquoi pas moi ? S'il lui fallait une nouvelle victime, pourquoi pas moi ?

Makepeace posa la main sur son épaule.

– Calmez-vous, mon garçon, il n'y a rien de surnaturel dans ce cas-ci. Kincaid a été étranglé.

– Vous êtes sûr ?

L'avocat montra du doigt le cou plein d'ecchymoses de Rogan.

– En fait, cela nous aidera probablement à éclaircir la mort de votre frère. Il est ridicule de penser qu'il y a deux meurtriers sur le Kraken. (Il se tourna vers son neveu.) Bobby, va réveiller les domestiques et demande à Jub d'organiser une battue sur l'île. S'ils trouvent quelqu'un, qu'ils me l'amènent.

Les paroles de l'avocat rappelèrent à Sue le prisonnier dans la resserre. Elle allait lui faire part de sa présence lorsque Bobby déclara à son oncle :

– Oui, mais...

– Mais quoi ?

– Comment est-il sorti ?

– Qui est sorti d'où ?

– Celui qui... c'est-à-dire... le meurtrier.

Arnold Makepeace ne cachait pas son impatience.

– Par la porte, je suppose.

– Oui, naturellement, répondit le jeune homme qui n'avait pas quitté son air perplexe.

Sa tante vint à son secours.

– Bobby a raison, Arnold. Tu as dit toi-même que la porte était fermée de l'intérieur.

L'avocat opta pour le sarcasme.

– Certainement, Julia, que même au cours de ton existence recluse...

– D'ailleurs, intervint Bobby, le verrou était tiré.

– Ce n'est pas vrai.

Makepeace se dirigea vers la porte et se pencha pour l'examiner. Il n'y avait pas de doute à propos du verrou. Il était gros, vieux et rouillé, tellement tordu désormais qu'on ne pouvait le bouger, mais en tout cas, il avait rempli son office. D'autre part, la gâchette constituait une preuve tout aussi impressionnante. Elle avait été arrachée du montant et gisait sur le sol. Quant aux vis, elles avaient fait éclater le bois.

Julia Makepeace regardait toujours la porte.

– Où est la clé? demanda-t-elle.

– Elle était dans la serrure.

– Eh bien, elle n'y est plus.

Avant que Makepeace puisse répondre, Bobby désigna le plancher. Lorsque la porte avait cédé, la clé avait giclé de la serrure et glissé au centre de la pièce. L'avocat s'en approcha et s'accroupit.

– Je ne vois pas de rayures sur la surface du métal, constata-t-il en se relevant, mais la lumière est mauvaise et il est probablement impossible de les distinguer sans l'aide d'une loupe. Nous devons laisser la clé où elle est, pour la police. Ne faisons pas de cet incident un mystère insoluble. Une clé peut être tournée de l'extérieur avec une pince et un verrou tiré grâce à une ficelle.

– Pas si la porte est aussi ajustée que celle-ci, objecta sa sœur. Bobby n'a pas réussi à passer une feuille de papier sous le battant.

Makepeace réfléchit pendant quelques secondes, puis se mit à rire.

– Nous sommes la parfaite démonstration de la manière dont les gens ordinaires peuvent avaler les histoires les plus extravagantes sous le coup de l'excitation. Il n'y a pas de quoi être intrigué par une porte fermée et verrouillée de l'intérieur si trois fenêtres, dont une entrebâillée, garnissent la pièce.

— C'est moi qui l'ai ouverte, dit Bobby.

Son oncle esquissa un sourire.

— Nous pouvons supposer que ce que tu es capable de faire ne dépassait pas les compétences du meurtrier.

— En effet... seulement... enfin, je voulais vérifier les volets.

— On peut également ouvrir des volets.

Bobby prit une profonde inspiration et parla très lentement.

— Mais... voyez-vous... ils sont coincés.

Makepeace alla jusqu'à la fenêtre entrouverte et tenta de remonter le volet. Il y mit toutes ses forces ; en vain. Silencieux, et le visage empreint d'une terreur naissante, il fit la même opération à la deuxième fenêtre, puis à la troisième, et, pour terminer, inspecta celle de la salle de bains. Les volets étaient vieux, mais leurs structures métalliques toujours en parfait état. Ils étaient vissés sur leurs cadres et de la peinture recouvrait les têtes des vis. L'avocat s'approcha de Sue.

— Êtes-vous restée en travers de la porte depuis que nous sommes entrés ? demanda-t-il.

— Oui, mais...

— Et personne n'est passé devant vous ?

— Non, évidemment. Qu'êtes-vous en train d'insinuer ?

Makepeace se tourna pour faire face aux autres.

— Je ne veux pas vous alarmer, lança-t-il, mais celui qui a étranglé Kincaid est toujours caché dans cette chambre.

— Non, j'ai regardé, dit Bobby.

Cette simple déclaration annihila l'assurance dont l'avocat avait fait preuve jusque-là. Le scepticisme inné qui, malgré son penchant pour le spiritisme, était fortement ancré en lui vola en éclats. À cet instant, il aurait cru n'importe quoi.

Sa sœur, elle, ne fut pas aussi prompte à se laisser convaincre. En dépit de sa tendance à avoir voulu tout accepter la veille au soir, ou alors à cause de cela, elle se dit qu'il lui fallait se cramponner à la réalité. Le fait que Rogan avait été étranglé ne la tracassait pas outre mesure. C'était un enfant perdu qui avait surgi de nulle part pour disparaître à nouveau avant qu'elle n'ait le temps de le graver dans son souvenir. Aussi longtemps que le Dr. Braxton continuait à tout ignorer de lui, peut-être en était-il mieux ainsi.

Cependant, elle ne parvenait pas à arracher de son cœur l'idée du meurtrier fantôme. Ce qu'elle éprouvait n'était pas tant une peur physique qu'une peur mentale... Elle avait perdu pied une fois. Elle était résolue à ce que cela ne se reproduise plus.

Une bougie à la main, elle fouilla la pièce. Elle grimpa sur une chaise dans le placard et examina les étagères dans une demi-obscurité. Elle inspecta la salle de bains et écarta les rideaux de la douche. Pour la première fois de sa vie, elle regarda sous le lit.

Il n'y avait rien, mais, sur le plancher, à côté du tapis, brillait une goutte d'eau cerclée de cristaux de sel.

L'espace d'une seconde, elle se demanda si elle allait hurler ou s'évanouir, tout en sachant qu'elle ne se pardonnerait jamais d'avoir fait l'un ou l'autre. Au lieu de cela, comme s'il s'agissait d'une autre personne qu'elle, elle vit son doigt se pointer vers le sol et entendit sa voix annoncer calmement :

– De l'eau.

Son frère baissa la tête pour regarder.

– C'est étrange. Je n'y ai guère prêté attention lorsque nous avons transporté Kincaid sur son lit, mais ses vêtements sont humides. Qu'en penses-tu ?

Du même ton calme, et toujours indépendamment de sa volonté, Julia Makepeace répondit :

– Un génie des eaux.

Evan la saisit par les épaules.

– Vous voulez dire que c'est de l'eau de mer ?

– Vérifiez par vous-même.

Il tomba à genoux et se pencha sur les gouttes qui parsemaient le plancher.

– Evan, non ! cria Sue en se précipitant vers lui. Quelle importance, ces quelques gouttes d'eau, alors qu'il y a tout un océan dehors !

– Oui, dehors, répéta Tethryn en se relevant. À l'extérieur d'une chambre close où même une souris n'aurait pas pu pénétrer. (Il entoura les épaules de la jeune fille de son bras.) Merci, ma chérie, mais c'est inutile. J'ai réveillé un démon hier soir... Un démon aveugle qui tue tous ceux dont il croise le chemin. Peut-être serai-je le prochain. Dieu sait que je le souhaite. (Il s'adressa à Makepeace.) Vous vous êtes moqué de moi, hier au soir... vous avez dit qu'il n'existait pas. Eh bien, le voilà votre génie des eaux, jailli de l'océan. Prosternez-vous et priez le ciel qu'Od ne vous ait pas entendu lorsque vous avez ri !

L'inquiétude se lisait sur le visage décharné de l'avocat lorsqu'il répondit :

– Vous vous trompez. En admettant que la mort de Kincaid ait un rapport quelconque avec celle de votre frère, comment expliquez-vous les différences entre les deux ? Comme je vous le disais hier soir, l'autre monde n'est pas moins logique que le nôtre. Alors, pourquoi une force qui peut s'abattre sur un homme telle une peste invisible en étranglerait-elle un autre dans le noir et laisserait-elle des gouttes d'eau de mer comme traces de son passage ?

Sue se tourna vers Makepeace, rouge de colère.

– Vous avez une drôle de façon de présenter les choses ! s'exclama-t-elle. Vous êtes comme un sauvage qui voit un dieu dans chaque orage. Supposons que la porte était bien fermée et verrouillée. Supposons qu'on ne pouvait pas ouvrir les fenêtres. Et alors ? Connaissez-vous tous les trucs ? Quelqu'un les connaît-il ? Si vous voulez dépenser votre argent à laisser des tas de faux médiums se payer votre tête, libre à vous ! Mais je ne permettrai pas que vous affoliez Evan avec vos discours sur les fantômes et les génies des eaux. D'ailleurs, Mr. Kincaid n'est pas mort. Si vous aviez des yeux, vous auriez remarqué que Grand-Père est toujours en train de s'occuper de lui. Il ne le ferait pas si Mr. Kincaid était mort. Cela n'aurait pas de sens !

Makepeace ouvrit la bouche pour parler, mais se ravisa. Puis il traversa la pièce et alla taper sur l'épaule du Dr. Braxton.

– Est-ce vrai ? demanda-t-il.

Le vieux docteur se redressa.

— Hein ? Qu'est-ce qui est vrai ? Pardonnez-moi, j'étais tellement absorbé que je n'ai pas fait attention à vous autres.

— Kincaid est-il vivant ?

— Oui, il est vivant, et je pense qu'il le restera encore longtemps. Mais ce ne sera pas grâce à moi. Cet homme est robuste comme un bœuf. Regardez-le. (Le docteur désigna le torse musclé qu'il avait débarrassé des vêtements mouillés.) Je doute que quelqu'un puisse y planter un couteau.

— Quand va-t-il revenir à lui, Stirling ? s'enquit l'avocat. Il est important que nous entendions le récit de son aventure avant l'arrivée de la police.

— Vous n'en aurez pas l'occasion, je le crains. Il est passé de l'inconscience à un sommeil naturel. C'est la meilleure chose au monde pour lui. Je ne peux rien faire de plus avant d'avoir vu une radiographie de sa gorge. Peut-être que ce ne sera même pas nécessaire. Il avale sa salive à intervalles réguliers sans trop de difficultés.

— Mais...

— Il faut me laisser soigner mon patient à ma manière, Arnold. La police est votre affaire et elle aura probablement beaucoup de questions à vous poser. Je suggère que nous allions tous nous habiller pour être prêts à la recevoir.

Le fracas de la porte de Rogan lorsque celle-ci avait été enfoncée avait tiré Nancy Garwood de son sommeil. Pour la jeune fille, se réveiller était un interminable processus, si bien qu'au moment où elle se retrouva à contempler par sa fenêtre les traînées de brouillard, elle n'avait plus aucun souvenir du bruit qui l'avait sortie du néant.

La grisaille de l'aube s'accordait si parfaitement avec son propre état d'esprit qu'au lieu de se rendormir, elle demeura allongée à réfléchir à la situation fâcheuse dans laquelle elle se trouvait. Le dernier spectacle dans lequel elle avait joué avait duré juste assez longtemps pour lui permettre de rembourser ses dettes et de s'offrir quelques nouvelles robes. Elle avait compté sur la présente invitation pour tenir jusqu'à l'automne, date à laquelle on lui avait promis un autre engagement. Et voilà maintenant qu'elle était bloquée là, le bec dans l'eau et sans un sou. Qui plus est, miss Garwood n'ignorait pas que la police ne la ménagerait pas avec la mort de Frant. Ce genre de chose n'était pas bon pour la carrière d'une artiste. À l'évidence, c'était à elle de se dénicher un ami avant que la police ne débarque.

Elle ôta sa chemise de nuit froissée et contempla son corps nu dans le grand miroir. Elle n'avait aucun motif d'insatisfaction. Tandis qu'elle prenait une douche et se parait – délicatement – de rouge à lèvres et de poudre, elle fit l'inventaire des survivants de la gent masculine présents dans la maison. Bobby Chatterton était trop jeune et le Dr. Braxton trop vieux. Makepeace ressemblait à un puritain de la Nouvelle-Angleterre. Restaient lord Tethryn et Rogan Kincaid. En temps ordinaire, se dit-elle en s'inspectant dans le miroir, il suffisait à une fille d'un mot gentil pour se concilier les bonnes grâces d'un comte, mais celui-ci était dans un pire pétrin qu'elle. Donc, Rogan était le seul choix possible. Elle fouilla dans ses bagages jusqu'à ce qu'elle trouve une chemise de nuit qui, en elle-même, était déjà un péché, et l'enfila. Rien que de penser à Rogan l'effrayait un peu. Si la moitié seulement des histoires qu'elle avait entendu raconter sur lui à New York étaient vraies...

Toutefois, qu'avait-elle à perdre ? Il n'y avait pas de doute que ce serait un gros atout de l'avoir de son côté. La police pouvait surgir d'une minute à l'autre, maintenant qu'il faisait jour, et elle n'avait pas le temps d'attendre. Rogan était probablement le seul homme sur l'île qui avouerait être ravi de la voir arriver dans sa chambre à sept heures du matin.

Quelques minutes avec une brosse à cheveux, plus une paire de mules à talons hauts et un négligé fait pour mettre en valeur davantage que pour dissimuler, complétèrent ses préparatifs. Puis elle sortit dans le couloir.

Elle ne savait pas laquelle était la chambre de Rogan, mais il n'était pas difficile de deviner qu'il occupait celle qui avait été la sienne. Nancy parcourut le couloir sur la pointe des pieds, trouva la porte entrouverte et jeta un coup d'œil dans la pièce. Après quoi, elle entra et referma le battant derrière elle.

Le Dr. Braxton s'était trompé en croyant que Kincaid était passé de l'inconscience à un sommeil naturel. En réalité, le joueur s'était réveillé pendant que le docteur et Bobby lui mettaient un pyjama sec, mais il n'en avait rien laissé paraître. Il voulait réfléchir ; cependant, il eut à peine le temps de récapituler les événements de la nuit qu'il entendit des pas légers approcher de son lit et une voix féminine lancer : « Salut ! » Il ouvrit les yeux et vit Nancy.

La jeune fille lui sourit.

– Je vous plais ? dit-elle.

Sa gorge lui faisait mal, mais Rogan s'en moquait.

– Si je suis au paradis, comment y suis-je parvenu et comment se fait-il que je sois devenu un sultan ?

Nancy ignorait tout des délices des Mille et Une Nuits, mais elle savait reconnaître un compliment.

– Vous avez envie de parler ? demanda-t-elle.

– Vous parlerez. Je regarderai.

La jeune fille le gratifia d'un autre de ses sourires coquins et s'assit sur le bord du lit.

– Vous a-t-on dit ce qui est arrivé à Jack ?

– Peux pas parler. Trop occupé à regarder.

– Je vous en prie, c'est important. Je suis toujours autant dans le brouillard en ce qui concerne la mort de Jack et ce qui a suivi.

– Alors, vous ne vous souvenez toujours pas de la raison pour laquelle vous vous êtes évanouie ?

Elle secoua la tête.

– Si seulement je pouvais !

– Peut-être vaut-il mieux que vous ne vous rappeliez pas.

– Mais vous ne comprenez pas ! insista Nancy. Je dois savoir ce qui est arrivé à Jack ! Y a-t-il une possibilité... je veux dire, est-ce que ça pouvait être une sorte d'accident ?

– Oui. Il y a aussi l'hypothèse que Frant a fait une plaisanterie et qu'il apparaîtra au petit déjeuner en criant : « Surprise ! »

– Mais enfin, cette histoire de malédiction était-elle une coïncidence ou Jack était-il atteint d'une maladie de cœur ?

– Non, à moins que d'être agressé et à moitié étouffé ne fasse partie des symptômes.

– De quoi parlez-vous ?

– Simplement du fait que le problème cardiaque de Frant est entré dans ma chambre et a failli m'étrangler.

– Quelqu'un a essayé de vous tuer, vous aussi ?

Rogan hocha la tête. Ce geste provoqua un onde de douleur dans sa gorge. Il grimaça. Nancy compatit, mais continua néanmoins :

– Je suis désolée si cela vous fait mal de parler, mais il faut que j'élucide certains mystères. Qui vous a attaqué ?

– Il faisait noir, déclara Rogan, alors vous avez le choix parmi les nombreux fantômes locaux. Pour l'instant, les génies des eaux semblent partir favoris.

Les sourcils de Nancy se froncèrent.

– Hier soir, Jack a parlé de génies des eaux. Est-ce que ce sont des sortes de fées ?

– Apparemment, il y a génies des eaux et génies des eaux. Vous vous ferez une meilleure idée si je vous dis que celui-là est un croisement entre une méduse et un crapaud de mer.

Nancy dirigea sur Rogan un regard pénétrant.

– Je ne vois absolument pas où vous voulez en venir.

– Moi non plus, si cela peut vous consoler. Mais peut-être connaissez-vous le Bras droit du Bourreau ?

La jeune fille frissonna.

– Non, et je n'y tiens pas. Qui est-ce ?

– J'aimerais le savoir. Mon sentiment est que celui qui a essayé de me tuer a marqué une nette préférence pour le cou. Ce qui désigne l'assistant du bourreau.

Nancy pointa un doigt accusateur vers le joueur.

– Vous me racontez des histoires.

– Dans ce cas, d'où proviennent ces meurtrissures sur ma gorge ? Miss Makepeace a fait allusion au Bras droit hier. Vous ne vous rappelez pas ?

– Il a l'air redoutable. À quoi ressemble-t-il ?

– Elle ne s'est guère étendue sur les détails, mais il donne l'impression d'être un personnage jovial – du genre à siffler en travaillant et à passer la corde au cou ou à faire une bonne blague avec le même entrain.

Nancy plaqua sa blanche main contre sa bouche.

— Parler doit vous faire souffrir, alors ne vous obstinez pas à dire des bêtises. D'ailleurs, il faut que je m'en aille avant que quelqu'un n'entre et ne me trouve ici.

— Pourquoi ?

— Parce que je suis à moitié nue. Fermez les yeux et écoutez.

Mais Kincaid garda les yeux grands ouverts, ce qu'on ne pouvait guère lui reprocher.

— Vous dites que Jack a été assassiné, continua Nancy. À quoi cela nous mène-t-il ?

— À rester dans ce lit en attendant que je me sente mieux.

Elle lui fit une grimace.

— Vous vous remettrez. Mais, comprenez-vous, si quelqu'un a tué Jack, la police ne va pas tarder à nous chercher des poux dans la tête.

— Eh bien ?

— Eh bien, rien ! Les autres sont tous des gros bonnets avec plein de relations. Et qui se retrouvera au trou comme témoin essentiel ? Vous voulez parier ?

— Vous, déjà.

— Et vous aussi, petit malin, à moins que vous ne fassiez fonctionner vos méninges.

— Je n'étais pas là au moment du crime.

— Je n'ai jamais rencontré de flic qui fasse la différence entre un alibi et des aveux. Pourquoi ne pas nous associer ?

— N'auriez-vous pas plutôt intérêt à vous trouver quelqu'un du coin qui ait le bras long ?

— C'est dans mes projets dès que j'aurai eu le temps de me retourner.

— Ne vous retournez pas trop vite, lui conseilla Rogan, afin qu'ils puissent vous admirer de tous les côtés.

— Pour ce qui est de faire du charme, je sais me débrouiller ; ce dont j'ai besoin, c'est d'un cerveau pour me guider. Alors, associés ?

– Associés, acquiesça-t-il. Mais je vous préviens, mon cerveau n'est pas au mieux de sa forme ce matin.

– Je prends le risque. Par où commençons-nous ?

– Dites-moi tout ce que vous savez sur Frant.

– Pas grand-chose, en fait. J'ai fait sa connaissance au cours d'une soirée, à l'automne dernier, et il m'a paru charmant. Je me demande quelle mouche l'a piqué, hier soir. Il m'a toujours bien traitée.

– Vous le voyiez souvent ?

– Seulement quand il était à New York. Il venait pour quelques jours ou une semaine, puis il repartait pendant un mois ou deux.

Nancy fit balancer ses jambes.

– Vous savez, reprit-elle en plissant le front, il y a quelque chose d'étrange dans tout ça.

Rogan se mit à rire.

– Me considérerez-vous comme un mufle si je vous dis que vous ignorez tout de lui ?

– Non. Je parle de Jack et de la malédiction. Aucun de vous ne le connaissait aussi bien que moi, sauf le Dr. Braxton, aussi ne l'aviez-vous peut-être pas remarqué. Jack était un champion pour inventer des histoires. Il passait des heures à raconter les plus énormes mensonges.

– Malheureusement, la plupart d'entre eux se sont révélés vrais.

– Pas tous. Je ne dis pas qu'il m'est arrivé de le prendre en flagrant délit, mais il n'attendait pas de ses auditeurs qu'ils le croient. Et cette histoire de malédiction était justement dans la lignée de ses plus grands classiques.

– Êtes-vous en train de suggérer que Frant a été le complice de son propre meurtre ?

– Non, mais il aurait pu s'agir d'une façon singulière de se suicider. Je vais vous confier encore autre chose – quelque chose dont je suis sûre. Jack a mis en scène cette comédie de la superstition.

– Comment cela ?

– Rappelez-vous, je vous ai dit que lord Tethryn avait brisé mon miroir.

Rogan opina et Nancy continua :

– C'était un coup monté. Jack m'a expliqué qu'il voulait faire une plaisanterie à son frère. Il m'a demandé de me placer de manière qu'Evan se cogne à moi en se retournant. Sa Seigneurie ne s'est pas beaucoup retournée, et il a fallu un sacré bout de temps avant que le truc ne marche. Mais l'idée était de Jack. Je le jure. Je pense que c'est également la raison pour laquelle il vous a invité.

– Pour briser des miroirs ?

– Non, pour être treize à table. C'est le nombre que nous aurions été si vous et les West étiez arrivés comme convenu. Cependant, malgré la tournure qu'ont pris les événements, il a réussi à introduire le fait dans la conversation.

Kincaid était sceptique.

– Peut-être, mais nous n'avons aucune preuve. En outre, si Frant s'est suicidé, qui m'a étranglé ? Nous ne ferons jamais croire à la police, avec l'état dans lequel est ma gorge, qu'il ne s'est rien passé et que j'ai été victime d'un cauchemar. À propos de la police, jetez donc un coup d'œil par la fenêtre pendant que j'essaie d'étudier la question sous un autre angle.

– On ne doit pas voir le bout de son nez dans cette purée de pois.

Nancy se leva et alla à la fenêtre. Le brouillard s'était légèrement estompé et elle distingua un canot à une distance de quatre cents mètres environ.

– Navire en vue ! cria-t-elle à Rogan. Et je parie tout ce que je possède que ce sont les petits gars en bleu. Vous l'avez trouvée, cette idée ?

– Oui, mais je crains qu'elle ne soit pas fameuse. Juste de quoi occuper ces messieurs de la police et nous laisser le temps de nous retourner. (Il montra la robe de chambre que le docteur lui avait prêtée.) Il y a une clé dans la poche. C'est celle de la resserre, à côté de la cuisine. Habillez-vous en vitesse et descendez en ouvrir la porte. J'ai surpris un rôdeur la nuit dernière et je l'ai enfermé dans cette pièce. Veillez à ce qu'il ne vous voie pas, mais ouvrez grand la porte pour qu'il comprenne qu'il peut partir.

— Si vous avez attrapé... (Les pensées de Nancy tourbillonnaient dans sa tête plus rapidement qu'elle ne pouvait parler.) Peut-être a-t-il tué Jack?

— C'est possible, toutefois, plus la police mettra de temps à le poursuivre, plus nous en aurons pour réfléchir à une bonne raison de ne pas être bouclés comme témoins. Allez-y.

— O.K., mais si quelqu'un me voit sortir de votre chambre, mon honneur sera perdu.

— Si vous perdez autre chose, vous vous retrouverez toute nue!

X

Le Dr. Murchison a des doutes

En tant qu'avocat, Makepeace estima de son devoir d'accueillir la police à son arrivée au port. Dorsey, le sergent chargé des homicides, était trapu et, de ce fait, paraissait petit pour un policier. Il ressemblait à un fermier typique de la Caroline venu à la ville dans ses habits du dimanche, mais les hommes qui débarquèrent du canot après lui le traitaient avec respect. Makepeace se mit à espérer que le destin ne leur avait envoyé ni un imbécile ni un bureaucrate, mais un véritable policier qui connaissait son travail.

Debout sur le quai, Dorsey présenta ses compagnons au fur et à mesure qu'ils mettaient pied à terre : Doc Murchison, le médecin légiste, grassouillet et l'air négligé ; Paul Quinn, le photographe ; Jacob Feldmann, le technicien, expert en anthropométrie ; et Nelson et Ordway, des agents en civil. L'homme resté à bord était un pêcheur de Bailey's Point. C'était son bateau.

Les paroles de bienvenue de l'avocat furent interrompues par un vrombissement dans le ciel. À l'horizon apparut un hydravion qui piquait droit vers le port. Dans l'esprit de Makepeace s'imposa la soudaine conviction qu'il avait perdu la raison. L'horrible mort de Frant, le fantôme qui semait des gouttes d'eau de mer derrière lui et avait traversé des volets fermés pour étrangler Kincaid, et maintenant ce pilote fou et suicidaire qui plongeait vers le quai sur lequel il se tenait, entouré par des policiers, faisaient partie du même cauchemar éveillé. Il eut même le temps de craindre qu'il ne fût condamné à un avenir composé d'une longue succession d'impossibles terreurs.

Puis, à une quinzaine de mètres au-dessus de leurs têtes, l'avion releva le nez et se posa doucement sur l'eau avant de virer avec la grâce d'un skieur nautique. C'était un petit biplace, et déjà une silhouette s'en extrayait et sautait sur l'un des flotteurs pour atteindre le bateau.

– Espèce de cinglé ! rugit Dorsey. Je vous ferai retirer votre licence !

L'homme sur le flotteur s'accrocha de la main gauche à un montant de l'aile et pointa son index droit sur le policier furieux.

– Certainement pas !

– Et pourquoi donc ?

– Parce que je n'en ai pas.

Sur ces mots, il s'élança en direction du plat-bord, rata sa cible et tomba dans l'eau avec un gros plouf.

L'avion fit demi-tour, et Dorsey vit que l'homme n'était que le passager. Tandis que le malheureux se débattait dans les vagues, le pilote remit les moteurs et, sans même un regard, décolla de la crête d'une lame et partit vers le nord. L'hydravion n'était plus qu'un point dans le ciel gris lorsque le pêcheur réussit enfin à attraper le passager par le col de son manteau avec une gaffe et à l'empêcher d'être emporté par la violence du courant.

Dorsey, dont la colère était apaisée, bondit dans le canot et aida à hisser à bord le nouvel arrivant.

Il y avait à New York une centaine de policiers et un millier de représentants d'autres professions qui auraient conseillé à quiconque sortant Dan Collins de l'eau de l'y rejeter. *Primo*, parce que, manifestement, il ne faisait pas la taille requise, et *secundo*, parce qu'il allait causer plus de problèmes que ne pouvait en supporter la patience d'un sergent.

Collins n'avait rien d'un Apollon. Sa face de gargouille ricanante vous scrutait de sous une tignasse rousse et bouclée, et il pesait exactement quarante-sept kilos, trempé comme une soupe, comme l'indiqua ensuite la bascule du quai sur laquelle il monta. Quant à savoir si le fait d'être mouillé améliorait son apparence, la question reste posée.

– C'est Pancake Pitts, dit-il en indiquant l'avion qui disparaissait dans le ciel, le gars qui s'envoie en l'air avec son manche à balai.

– Un fieffé idiot, répliqua Dorsey.

– J'aimerais bien lui ressembler. Il s'amuse comme un petit fou.

Il se mit debout et tendit la main.

– Je suis Dan Collins, du *Record* de New York. J'espère que je ne vous ai pas trop fait attendre.

Makepeace se tourna vers le sergent.

– J'ai insisté auprès de Mr. Yeager pour qu'il tienne la presse à l'écart jusqu'à ce que vous ayez terminé votre enquête préliminaire.

– Je n'ai pas averti les journaux, si c'est ce que vous insinuez, riposta Dorsey. La fuite a dû provenir d'ici. Mais maintenant qu'il est là, je suppose qu'il n'y a pas grand-chose à faire.

Ayant appris qu'il y avait sur l'île un canot appartenant à Frant, le sergent renvoya le pêcheur qui les avait conduits. Puis il s'adressa à Makepeace.

– Où est le mort ?

– Dans la maison.

– Et les autres personnes aussi ?

– Oui, tous, sauf ma sœur. Nous avons pensé qu'il valait mieux ne pas informer les domestiques de la mort de Mr. Frant avant le lever du jour pour ne pas provoquer de panique. Elle est avec eux en ce moment, dans leur logement au-dessus du hangar à bateaux.

Dorsey hocha la tête.

– Pour accomplir une mission qui exige du doigté, je présume. Eh bien, allons vers la maison.

Les rosiers, qui n'avaient pas été taillés depuis longtemps, poussaient en travers du chemin, de sorte que le petit groupe fut obligé d'avancer en file indienne, ce qui donna au sergent l'occasion d'organiser son plan de campagne. Ses pires craintes avaient été confirmées par l'attitude de Makepeace. À l'évidence, cette affaire allait être de celles où l'on ne pouvait pas faire un pas de peur de poser le pied où il ne fallait pas et où les gens concernés en diraient le moins possible de peur de se compromettre eux-mêmes ou de compromettre leurs amis.

Heureusement, dans ces cas-là, Dorsey avait un truc qui avait déjà marché auparavant. Il prenait à part le plus stupide des témoins et commençait par lui. D'habitude, ce témoin fournissait des pistes et, si une histoire avait été préparée à l'avance, il la repérait en moins de deux. Ensuite, les autres n'étant pas certains de ce que le premier témoin avait raconté, ignoraient jusqu'à quel point ils pouvaient garder le silence.

Le Dr. Braxton les accueillit sur le perron. Il serra chaleureusement la main de Murchison et salua ses compagnons au fur et à mesure que celui-ci les lui présentait.

– Merci d'avoir été aussi rapide, sergent. Désirez-vous d'abord voir Mr. Frant ou préférerez-vous nous interroger ?

– Où la mort a-t-elle eu lieu ?

– Dans le salon. Mais le corps a été transporté au premier étage.

Dorsey fronça les sourcils.

– Vous n'auriez pas dû l'autoriser, docteur.

– Je l'aurais interdit en temps normal, mais les circonstances sont très inhabituelles.

– De toute façon, c'est trop tard ; le mal est fait. Auriez-vous l'amabilité d'indiquer à Murchison où se trouve Mr. Frant ? N'entrez pas avec lui dans la chambre. Je veux qu'il procède seul à l'examen du corps, à son idée. (Il se tourna vers l'expert en anthropométrie.) Accompagnez-les, Jake, et emmenez Paul avec vous pour qu'il prenne des photos.

Comme ils traversaient le salon, Dorsey plissa le front en découvrant les signes de richesse qui renforcèrent encore davantage ses craintes, mais la vue de Bobby Chatterton lui remonta le moral. Le garçon blond semblait avoir été créé par la nature pour jouer le rôle du premier témoin dans le type d'enquête qu'il comptait mener. Cependant, il était nécessaire, au préalable, de se débarrasser de Makepeace.

– Combien de personnes séjournent-elles sur l'île, sans compter les domestiques ? demanda Dorsey à l'avocat.

– Huit. Le demi-frère de Mr. Frant, lord Tethryn ; le Dr. Braxton et sa petite-fille ; ma sœur, moi-même et Mr. Chatterton – qui est notre neveu. Et puis une certaine miss Garwood ainsi qu'un Mr. Kincaid. Je ne sais rien d'eux si ce n'est qu'ils étaient des amis de Mr. Frant.

– Personne de la région, donc ?

– Non. Miss Garwood habite New York, je crois. Je n'ai aucune idée d'où vient Kincaid.

– Nous verrons bien. Cela vous dérangerait-il de montrer à Nelson où se trouve le téléphone et de rester auprès de lui pendant la communication ? Il aura probablement besoin de renseignements et nous gagnerons du temps si vous êtes là pour les lui donner.

La contrariété de l'avocat était évidente, mais il s'exécuta. Dorsey le regarda franchir la porte de la bibliothèque, puis poussa Bobby vers une chaise.

– Alors, Mr. Chatterton, si vous me racontiez ce qui s'est passé la nuit dernière, en attendant les autres.

– Je ne sais pas exactement... c'est-à-dire... voyez-vous...

– Vous étiez présent, n'est-ce pas ?

– Oui, mais... euh... je n'ai pas compris...

– Remettez-vous-en à moi pour cela. Racontez-moi ce que vous avez vu.

Bobby obéit. Au bout de deux minutes, le malheureux sergent regrettait déjà de n'avoir pas d'abord écouté la version de Makepeace. L'avocat l'aurait peut-être induit en erreur, mais au moins, il aurait été cohérent. Une chose pourtant, dans le récit du jeune Chatterton, paraissait claire : Frant s'était disputé avec son demi-frère juste avant de mourir.

– Se sont-ils battus ?

– Oh, non, comment auraient-ils pu ? Mr. Frant était beaucoup plus petit qu'Evan.

Dorsey rongea son frein.

– Poursuivez.

– Eh bien... il n'y a pas eu grand-chose de plus... voyez-vous... Evan a maudit Mr. Frant...

149

– Est-ce cela qui a rendu Frant furieux ?

– Il n'était pas furieux. Il a demandé à Evan de le faire.

– Attendez une minute ! Êtes-vous en train de me dire que Frant a demandé à son frère de l'injurier ?

– Evan ne l'a pas injurié, il a appelé sur lui la malédiction.

Le sergent ferma les yeux et compta jusqu'à dix, puis il reprit :

– Qu'est-il arrivé ensuite ?

– Mr. Frant est mort.

Dorsey s'étouffa.

– Mort ? Comme ça, tout simplement ?

– Je n'avais jamais assisté à rien de pareil.

– Qu'est-ce qui l'a tué ?

– C'est ce que je ne comprends pas.

Un bruit de pas dans la galerie sauva le sergent d'une attaque d'apoplexie. Il leva la tête et vit le Dr. Braxton descendre l'escalier en compagnie d'Evan. En réaction au sentiment d'impuissance que lui avait laissé Bobby, il parcourut toute la longueur de la pièce et se planta devant le docteur.

– Je veux savoir ce qui a tué Frant ! s'exclama-t-il.

– J'ai peur que ce ne soit une question à laquelle je ne puisse pas répondre.

– À laquelle vous ne *pouvez* pas ou vous ne *voulez* pas répondre ?

Evan s'interposa entre eux.

– Est-il nécessaire de harceler ces gens, sergent ?

– Je ne suis là pour harceler personne, grogna Dorsey. Mais un homme est mort, et mon travail est de découvrir comment.

– Alors, interrogez-moi.

– Pourquoi vous ?

– Parce que Jackson Frant était mon frère et que c'est moi qui l'ai tué.

La mâchoire du sergent s'affaissa.

– Qu'est-ce que c'est que cette histoire ? explosa-t-il. D'abord le jeune Chatterton me tient des propos délirants, puis le docteur prétend qu'il ne peut pas me dire qui a tué Frant, et maintenant vous proclamez que c'est vous ? Qu'est-ce que je suis supposé faire ? Éclater de rire ?

Soudain, Evan perdit son sang-froid.

– Imbécile ! Triple imbécile ! cria-t-il. J'ai tué mon frère. J'ai proféré la malédiction et il est mort. Ça ne vous suffit pas ?

Le Dr. Braxton posa la main sur le bras d'Evan pour le calmer.

– Il vaudrait mieux que vous me laissiez faire, sergent, conseilla-t-il.

Dorsey ouvrit la bouche pour répliquer, mais le retour de Murchison l'en empêcha. Avant que le ventripotent médecin légiste n'ait atteint la dernière marche, le sergent lui avait déjà saisi le bras.

– Venez, Doc. Vous êtes l'homme qu'il me faut.

Il entraîna Murchison vers la porte la plus proche, et les deux hommes traversèrent la cuisine et l'office avant de pénétrer dans la salle à manger.

Dorsey se laissa tomber sur une chaise.

– Asseyez-vous, Doc, et crachez-moi le morceau.

– Je préférerais rester debout près d'une fenêtre ouverte et respirer un peu d'air frais si vous n'y voyez pas d'inconvénient. Il s'écoulera un certain temps avant que l'on ne sente à nouveau sur moi la rose [1].

– Comme vous voudrez ; seulement écoutez ! J'ai l'habitude qu'on me raconte des bobards, mais les gens d'ici essaient de me faire tourner en bourrique, et le pire, c'est que ce sont des grosses légumes. Je suis dans le pétrin ! Si je les laisse s'en tirer, le procureur va me passer un savon ; pourtant, je ne peux pas leur rentrer dans le lard sans avoir de munitions ! Alors, dites-moi tout. Qu'avez-vous découvert à propos de Frant ?

– Il est mort.

– De quoi ?

– Qu'est-ce que j'en sais ?

– C'est votre boulot, non ?

Murchison abandonna son refuge près de la fenêtre.

– Ce cadavre est *complètement* mort, Tom. Il faudrait un anthropologue pour déterminer la race à laquelle il appartient.

– Vous êtes ivre !

1. Allusion au Four Roses, célèbre bourbon et boisson favorite du docteur. (*N.d.T.*)

– Un œil exercé aurait remarqué que j'étais ivre hier soir, mais pour l'heure, je suis désespérément sobre. Il y a là-haut un type mort depuis un mois environ, et vous me demandez d'y jeter un coup d'œil rapide et de vous dire ce qui l'a tué.

– Vous faites une crise de delirium tremens ! Le gars est mort la nuit dernière !

– Si c'est le cas, il n'a pas perdu de temps, répondit Murchison, imperturbable.

Une voix sur le seuil lança :

– Puis-je entrer ?

Le gros homme se tourna et vit Julia Makepeace avancer vers lui. Il lui tendit une chaise d'une main et l'invita à s'asseoir de l'autre.

– Ravi de vous rencontrer, madame. Je m'appelle Murchison. Tom Dorsey, ici présent, est troublé par un petit détail, et j'aimerais que vous l'éclairiez sur ce point.

Le sergent sourit, et miss Makepeace le trouva sympathique.

– Doc me dit que Frant est mort il y a un mois, fit Dorsey. Est-ce exact ?

– Si c'est son opinion, il se trompe.

Le sergent s'adressa à Murchison.

– Pourquoi ne pas l'emmener là-haut et lui faire identifier le corps, Doc ?

La vieille dame se tourna vers le médecin légiste.

– Vous voulez bien ? demanda-t-elle lentement.

Murchison se mit à rire.

– Vous ne comprenez pas, Tom. Personne n'identifiera ce cadavre en le regardant. Ce n'est pas si simple.

– Qu'a-t-il de si particulier ?

– Des tas de choses.

– J'ai peur, sergent, que la manière dont on vous a raconté cette histoire ne vous ait égaré. J'ai appris que vous aviez recueilli vos informations auprès de mon neveu et de lord Tethryn. Sans doute avez-vous pensé qu'ils mentaient, parce que ce qu'ils disaient paraissait impossible, mais je crois pouvoir vous faire appréhender la situation telle que je l'appréhende moi-même.

Dorsey se pencha en avant.

– Je vous écoute, madame.

Lorsqu'elle arriva au moment où l'on avait transporté le corps de Frant dans sa chambre, le sergent l'interrompit.

– L'avez-vous vu depuis?

– Non.

– Alors qui vous a dit ce qui s'était passé?

– Personne. C'est pourquoi j'ai demandé au Dr. Murchison. Mais les hommes étaient au courant. On le devinait à leur comportement ce matin – surtout à celui de mon frère. En outre, il s'est produit quelque chose d'autre. Le pire de tout à mon avis. Juste avant que Mr. Frant ne meure. Mais pour vous aider à comprendre, il faut que je vous fasse part d'abord d'un incident insignifiant qui est arrivé hier après-midi.

« Un des domestiques est venu sur l'île avec son chien. Je suis allée me promener avant le dîner et je suis tombée sur l'animal qui se roulait sur les restes du cadavre d'une mouette. Je l'ai fait s'arrêter et il m'a suivie jusqu'à la maison. Même dehors, une forte odeur d'oiseau mort lui collait au pelage.

– Les chiens sont comme ça, commenta Dorsey en hochant la tête.

– La mort de Mr. Frant a été très subite, mais pas instantanée. Nous nous sommes tous précipités à son secours lorsque, soudain, je me suis souvenue du chien. Ce n'était guère le moment de penser à cela, aussi ai-je chassé cette idée de mon esprit jusqu'après la mort de Mr. Frant. Puis, lorsque lord Tethryn l'a transporté dans sa chambre, j'ai reconnu cette odeur vague et écœurante. J'ai regardé si le chien n'était pas entré avec nous, dans l'intention de le chasser, mais je ne l'ai pas trouvé. C'était étrange, parce que toutes les portes étaient fermées et que nous aurions certainement vu l'animal s'il avait suivi lord Tethryn.

– Quelqu'un d'autre a-t-il remarqué quelque chose de bizarre?

– Ils étaient tous trop occupés.

Dorsey se gratta la tête.

– Vous voulez dire que, lorsque vous avez senti à nouveau le... cette odeur, c'est après que Frant s'est écroulé et *avant* qu'il ne meure ?

Miss Makepeace opina.

– Un instant, madame, protesta Murchison. Vous rendez-vous compte de ce que vous nous demandez de croire, au sergent et à moi : que ce n'est pas la mort qui a provoqué la putréfaction, mais la putréfaction qui a provoqué la mort ? Ce serait possible avec la gangrène ou une nécrose qui s'installe en une ou deux semaines, mais vous prétendez que Frant était vivant hier au soir !

– C'étaient exactement les termes de la malédiction, n'est-il pas vrai ? rappela la vieille dame.

– Mais enfin, madame, vous ne prenez pas cette malédiction au sérieux ?

– J'ai cessé d'essayer d'être logique, et vous ferez comme moi après avoir séjourné quelque temps sur l'île.

– Lord Tethryn est-il resté avec le cadavre ?

– Non. Il est allé dans sa chambre et a changé de vêtements. Il était habillé différemment lorsque je l'ai revu ensuite.

Le médecin légiste se souleva à demi de sa chaise pour tirer son pantalon et se donner un peu d'aisance.

– Vous souvenez-vous, par hasard, de ce que portait Mr. Frant hier soir, madame ?

– Oui. Un smoking blanc et une cravate assortie que j'ai jugée du plus mauvais goût. Il était tout de blanc vêtu, à l'exception des raies noires sur ses chaussettes.

Dorsey se leva.

– Debout, Doc, ordonna-t-il. Nous allons monter trouver une explication.

– Il n'y en a pas, répondit Murchison. Oh, je sais ! J'ai l'air d'un clochard et je serais au rancart si mon frère n'était pas le directeur régional de la santé. Mais je découpe des macchabées depuis trente ans et j'en connais un rayon sur le sujet lorsque je suis à jeun. Les signes *post mortem* ne correspondent à rien de ce qui a été observé jusqu'à présent en médecine. Lorsque je ne buvais encore que de l'eau, il y a une dizaine d'années, j'ai commencé à écrire un livre sur les méthodes pour déterminer l'heure de la mort. Je ne l'ai jamais terminé, mais j'ai fait des tas de recherches sur la rapidité de putréfaction. J'ai lu tout ce qui s'y rapportait et j'ai appris beaucoup de choses. Certains facteurs l'accélèrent – la chaleur, la lumière solaire, l'humidité ; mais croyez-moi sur parole, rien au monde ne peut expliquer ce qui est arrivé à ce cadavre.

– Pourtant c'est arrivé, sacristi ! tonna Dorsey. Inutile de vous enfouir la tête dans le sable comme une autruche.

– Alors, à vous l'honneur. Je suis médecin, pas sorcier.

– Vous pourriez être vétérinaire pour l'aide que vous nous apportez ! Néanmoins, allons voir. En avant !

Ils croisèrent Collins qui ressortait de la chambre de Frant. Dorsey lui lança un regard furieux.

– Que faites-vous là, monsieur ?

Le petit Irlandais haussa ses sourcils en broussailles.

– Du calme ! Du calme !

– Déguerpissez !

– Pas avant de pouvoir m'asseoir aux pieds de Gamaliel. Vous ne connaissez pas. C'est dans la Bible. Traduit en langage vulgaire : je suis impatient de savoir qui sera arrêté et quand.

– Je ne sais pas encore. Vous l'apprendrez lorsque j'aurai trouvé et que je serai décidé à vous le dire – pas avant.

– Quelle drôle d'idée. Lisez la prochaine édition du *Record* pour une analyse complète de l'affaire : les noms, les mobiles, les photos.

– Vous bluffez.

– Peut-être, répondit Collins en s'écartant de la porte. Mais je peux vous dire une chose dès maintenant. Respirez un bon coup avant d'entrer !

XI

Le cadavre sur le lit

Malgré tout ce qui avait été dit, Dorsey n'était absolument pas préparé à ce qu'il vit sur le lit. Il sentit tout ce qu'il y avait en lui de rationnel lui échapper. Même sans posséder les connaissances en médecine de Murchison, il se rendait compte que le spectacle qui s'offrait à lui était impossible.

Il détourna les yeux du cadavre et regarda Paul Quinn, le photographe de la police, et Jacob Feldmann, l'expert en anthropométrie, qui rangeaient leurs appareils. Feldmann était un juif allemand, chassé de son pays par le régime de Hitler. Il y avait en lui un flegme totalement germanique. Il était extraordinairement efficace dans son travail et son perfectionnisme faisait le sujet de plaisanteries favori de ses collègues. Dorsey appréciait sa valeur, bien qu'il fût souvent exaspéré par la tendance de Feldmann à considérer ses propres conclusions, et même ses erreurs, comme divinement inspirées. À cet instant cependant, alors qu'il se tenait devant le cadavre de Frant, le sergent jugea l'imperturbabilité de son assistant particulièrement réconfortante.

– Les gens là en bas disent que cet homme est mort à neuf heures et demie hier soir. Qu'en pensez-vous ?

– Ce n'est pas vrai.

Et le technicien se mit à énumérer de mémoire la liste des périodes après le décès où apparaissent les différents symptômes de décomposition.

Dorsey se gratta le nez.

– Avez-vous découvert un indice ?

– Pas encore. Mais j'ai trouvé quelque chose qu'il est de mon devoir de vérifier. Puis-je appeler un service spécialisé à Washington ?

Le sergent lui donna son accord d'un geste de la main.

— Naturellement. Mais revenez vite. J'ai à vous parler.

Lorsque la porte se referma derrière l'expert en anthropométrie, Dorsey se tourna vers le photographe.

— Qu'est-ce que Jake cache dans sa manche, Paul ?

— J'en n'en sais fichtre rien. Peut-être espère-t-il prouver que le mort a eu la rougeole en 1903. Vous connaissez Jake, patron.

— Avez-vous tout ce qu'il vous faut ?

— Oui. Et également un tas de clichés que Jake m'a demandé de prendre. Je vais redescendre et faire quelques photos du salon. O.K., patron ?

Une fois le photographe parti, Murchison alla à la fenêtre et alluma un cigare.

— Vous avez une explication, Tom ?

— Oui. Ceci n'est pas le corps de Frant.

— Vous n'y croyez pas, n'est-ce pas ?

— Que croire d'autre, nom d'un chien ? La chose s'est produite. Il doit bien y avoir une explication.

— Peut-être. Mais cela ne veut pas dire qu'il faut en inventer une à tout prix. Regardez le smoking du mort. C'est celui de Frant ; il y a la marque du tailleur avec son nom brodé dessus dans la poche. Étant donné l'état du cadavre, personne n'a pu lui mettre ces vêtements sans laisser quantité de traces... surtout les chaussettes. Voyez !

Le sergent jeta un coup d'œil aux chevilles de Frant.

— Par ailleurs, continua Murchison, rappelez-vous ce que miss Machin-Chose a dit.

— Oui, mais cela ne prouve rien. Vous n'auriez pas une petite idée, Doc ?

— Votre ami anglais a avoué.

— Ouais. Et Shirley Temple a assassiné McKinley [1]. Vous m'imaginez face au procureur ? « Alors, sergent, qui a tué cet

---

1. William McKinley (1843-1901), président des États-Unis, abattu par balles lors de son second mandat par l'anarchiste Leon Czolgosz. Theodore Roosevelt, son vice-président, lui succéda. (*N.d.T.*)

homme ? » « Eh bien, monsieur, une malédiction ! » Allons, Doc, vous devez avoir une idée.

– Non, je n'en ai pas. Mon travail consiste à donner mes conclusions, et tout ce que je peux dire, c'est que le cadavre est dans un état de décomposition avancée.

– Et une demi-douzaine de personnes sont prêtes à jurer que Frant était vivant hier soir ! S'il s'agit de lui, il a certainement été empoisonné, et c'est à vous de trouver avec quoi, sacristi !

Murchison secoua la tête.

– Il n'est pas répertorié de poison qui provoque de gangrène galopante.

– Peut-être a-t-on utilisé un poison non répertorié.

– Peut-être. Mais cela ne nous avance à rien. Songez à la réaction des avocats de la défense ; ils vous tourneront en ridicule : « Écrivez-vous des scénarios pour le cinéma à vos moments perdus, sergent ? » Tenez-vous-en à la malédiction. Cette théorie peut paraître dingo, mais c'est la seule qui explique tous les détails de cette affaire sans rien laisser de côté.

– Enfer et damnation ! s'écria Dorsey.

Son humeur n'avait pas changé lorsque, dix minutes plus tard, Feldmann revint.

– Un rapport est arrivé de Hartford, dit le technicien en tendant une feuille de papier pliée au sergent.

Le médecin légiste profita de ce que Dorsey la lisait pour discuter avec Feldmann.

– Vous dites que Frant ne pouvait pas être vivant hier, Jake, mais tout le monde dans la maison déclare le contraire. Que répondez-vous à cela ?

– Qu'ils mentent.

– Ils ne peuvent pas tous être complices.

Feldmann haussa les épaules.

– Il n'y a pas d'autre explication.

– Et le poison ?

– C'est impossible.

Dorsey leva les yeux du rapport.

– Sacristi, arrêtez de parler comme Dieu. Comment pouvez-vous être aussi affirmatif ?

– J'ai étudié avec le professeur Zimmer à Berlin.

Murchison éclata de rire.

– Je n'ai pas eu cette chance, Jake, mais je ne crois pas à un poison non plus.

– Et les vêtements ? intervint Dorsey. Peut-être Frant les portait-il hier soir et le meurtrier les lui a-t-il ôtés pour les mettre à un autre corps.

– C'est impossible aussi. Je vais vous montrer.

Feldmann devint outrageusement technique.

– Au nom du ciel, Jake ! l'interrompit Dorsey. De deux choses l'une : ou c'est un poison ou c'est une substitution ! Ces gens en bas ne peuvent pas tous être dans le coup. Autant accepter l'idée de Doc qu'il s'agit de sorcellerie.

Sans remuer un muscle, Feldmann parvint à faire connaître son opinion sur le médecin légiste. Murchison l'observa pendant un moment, puis demanda :

– Vous croyez aux sourciers, Jake ?

– Aux sorciers ?

– Non, aux *sourciers* ; ceux qui trouvent de l'eau.

Dorsey parut intéressé.

– Vous voulez parler de ces vieux bonshommes qui se promènent avec une baguette en forme de fourche pour chercher un endroit où creuser un puits ?

Le gros docteur hocha la tête.

– Mais ce n'est pas de la sorcellerie, Doc, protesta Dorsey. C'est de l'instinct. Comme les oiseaux qui savent retrouver le nord.

Feldmann étouffa un rire.

– Pardonnez-moi, Herr sergent. Ce n'est ni de la sorcellerie ni de l'instinct ; rien du tout. Les sourciers, c'est comme les licornes : ils n'existent que dans l'imagination des naïfs et des ignorants.

Dorsey se hérissa.

– Qui traitez-vous de naïf et d'ignorant ?

Murchison brandit le bras, envoyant de la cendre de cigare à la figure de l'expert en anthropométrie.

— Tous, sauf lui-même, dit-il.

Le sergent renifla.

— Je ne prétends pas avoir beaucoup d'instruction, mais il se trouve que j'ai connu un sourcier. Lorsque j'étais enfant à Sligo Falls, mon grand-père a voulu creuser un puits. Il a fait plus de trous qu'une marmotte et chacun d'eux était aussi sec qu'un sermon. Alors, il a eu vent d'un vieil excentrique qui se vantait de pouvoir trouver de l'eau. J'ai vu comment il a procédé. Il a parcouru le terrain, une baguette de coudrier dans les mains, et en moins d'une heure, il a repéré un endroit, à une dizaine de mètres de l'un des trous de mon grand-père. Nous avons creusé. C'est devenu le meilleur puits de tout le comté !

Le docteur sourit à Feldmann.

— Un autre de vos naïfs et ignorants a écrit l'article sur les baguettes divinatoires dans l'*Encyclopaedia Britannica*. Il sait, lui aussi, qu'elles fonctionnent.

Le nez charnu du technicien se fronça, mais le sergent prit la parole avant qu'il ne puisse répondre.

— Vous avez réussi à faire sortir Jake de ses gonds, Doc. À quoi bon ? Je crois aux baguettes divinatoires parce que j'en ai vu utiliser, mais je ne crois pas pour autant à la sorcellerie. J'ai vu également des pigeons retrouver leur nid.

— Jake est pareil à vous, fit Murchison. Son esprit est une sorte de tamis qui laisse passer tout ce qu'il refuse d'affronter. Il ne croit pas aux sourciers pour la même raison qu'il ne croit pas aux licornes. Parce qu'il ne veut pas. Même si une licorne surgissait soudain et lui bottait les fesses, il n'y croirait toujours pas. Avant de concevoir une théorie, il décide quels éléments choisir. C'est le plus vieux truc du monde de dire qu'une chose n'existe pas en niant les faits qui la prouvent.

— Vous... vous... vous parlez de science ! bégaya Feldmann. Selon vous, je ne suis pas un homme de science parce que je ne crois pas à la sorcellerie ?

— Non pas parce que vous n'y croyez pas, mais parce que vous ne vous interrogez pas sur la question.

— Ce n'est pas nécessaire. Si quelqu'un me dit qu'il a résolu le problème de la quadrature du cercle, dois-je perdre mon temps à démontrer qu'il a tort ? Nous, les scientifiques, nous ne nous interrogeons pas sur les mensonges des sorciers pour une bonne raison. Nous avons prouvé par des expériences en laboratoire que l'univers est un mécanisme colossal dans lequel chaque effet est produit par une série de causes liées entre elles, et donc, en définissant de manière précise la nature mécanique de l'univers, nous sommes capables d'affirmer de manière tout aussi précise que tout phénomène dont les effets ne sont pas fondés sur des causes n'existe pas.

– Votre science est démodée, Jake. Eddington, Jeans [1] et d'autres savants atomistes disent que chaque événement est loin d'être une conséquence de la mécanique universelle. Ils rient de la loi de cause à effet. Avez-vous jamais entendu parler du principe d'incertitude ?

– *Kreuzdonnerwetter ! Warum bestehst du darauf immer wieder diese englischen Mystiker anzufuhren, die sich nur Wissenschaftler schimpfen ? Deutsche Politiker sind vielleicht der Abschaum der Erde, aber deutsche Wissenschaftler sind...* [2]

– Silence, Jake ! ordonna Dorsey, puis il se tourna vers Murchison. Où voulez-vous en venir, Doc ?

– À ceci : nous avons un sacré problème sur les bras et nous ne le résoudrons pas en cherchant des faits qui correspondent à une théorie. C'est la théorie qui doit correspondre aux faits.

– Peut-être, mais mon travail ne consiste pas à inventer des théories.

– Le procureur sera de retour en ville cet après-midi et il faut que je lui trouve de quoi bâtir un dossier. En ce qui le concerne, cette malédiction a autant de valeur qu'une promesse électorale.

Feldmann lui coupa la parole.

– Pardonnez-moi, Herr sergent ; le docteur se trompe. Il n'y a qu'une théorie et une seule. Ces gens mentent. Et je connais le

1. Arthur Stanley Eddington (1882-1944) et James Hopwood Jeans (1877-1946), astronomes et physiciens anglais dont les travaux ont bouleversé les théories anciennes et ouvert la voie à la science moderne. (*N.d.T.*)
2. « Par tous les diables ! Pourquoi t'acharnes-tu à toujours faire référence à ces mystiques anglais qui se qualifient de scientifiques ? Les hommes politiques allemands sont peut-être la lie de la Terre, mais les scientifiques allemands, eux, sont... » (*N.d.T.*)

moyen de le prouver. Six d'entre eux sont de vieux amis et membres de deux familles, plus lord Tethryn, le fiancé de miss Braxton, et ils racontent tous la même histoire. C'est avec eux que vous vous êtes déjà entretenu. Mais je me suis renseigné, il y a deux autres personnes : un homme du nom de Kincaid, très intelligent et à qui vous aurez du mal à tirer les vers du nez, et une fille appelée Garwood. Elle était la petite amie de Frant. Elle ne dira probablement pas la vérité, mais ses mensonges ne ressembleront pas à ceux des autres. Hans Gross a écrit...

Dorsey claqua sa main sur sa cuisse.

– Bonne idée ! Où est-elle, Jake ? Le savez-vous ?

– À la cuisine en train de prendre son petit déjeuner.

– Allons-y.

Quand il fut seul, le médecin légiste tira une chaise et s'assit, fumant son cigare par petites bouffées tout en contemplant le cadavre.

Murchison était un paresseux. Il évitait les efforts chaque fois qu'il le pouvait, cependant, comme beaucoup de paresseux, dès qu'il avait un problème en tête, rien ne parvenait à l'en détacher. Le cadavre le fascinait. C'était bien beau d'accepter le principe de la malédiction comme cause de la mort, mais cela n'éclaircissait en rien le *modus operandi* de la malédiction elle-même. Pourtant, il savait diagnostiquer un cancer sans connaître la cause de ce cancer. Il imagina le titre d'un article dans l'*American Medical Association Journal* : « La malédiction des Faulkland – sa pathologie, par le Dr. H. L. Murchison », et sourit. Quoi qu'il en soit, le cadavre était un fait qui crevait les yeux et, logiquement, personne ne pouvait nier sa primauté sur les théories de Dorsey. Le docteur se mit à ruminer cette idée. Après tout, l'hypothèse de la malédiction tiendrait seulement le temps qu'une autre la remplace. Un indice infime suffirait à l'éliminer.

Murchison se leva, et il allait se pencher sur le lit lorsqu'un léger bruit attira son attention. Il redressa la tête et vit une longue silhouette dans l'encadrement de la porte.

– Ami du défunt ? grogna le docteur.

163

– Invité. Je suis Rogan Kincaid. Je voudrais jeter un coup d'œil si vous m'y autorisez.

Il ferma la porte derrière lui et se dirigea vers la salle de bains.

– Que faites-vous ?

– L'une des théories est que quelqu'un a empoisonné les médicaments de Frant. C'est peu vraisemblable, mais je préfère vérifier. (Rogan ouvrit l'armoire à pharmacie.) Oui, les voilà. Vous pourriez régler la question en les analysant.

– J'ai déjà du travail pour toute une vie. Dorsey veut que j'analyse *ça* ! (Murchison montra la forme sur le lit.) Vous avez une idée de ce qui l'a mis dans cet état ?

Il prit le flacon des mains de Kincaid et en ôta le bouchon. Il contenait une demi-douzaine de capsules blanches.

– Plusieurs substances ont été citées la nuit dernière : bichlorure de mercure, calomel, dinitrophénol, acide oxalique, cyanure de potassium. Mais vous gagnerez du temps en commençant par rechercher de l'alun et en continuant dans l'ordre alphabétique par toutes les poudres blanches jusqu'au sulfate de zinc.

– Fourrez ce genre d'idées dans la tête de Dorsey et mon boulot deviendra héréditaire ! (Murchison revissa le bouchon sur le flacon et glissa celui-ci dans sa poche.) Si je dois examiner ce cadavre, autant que je m'y mette tout de suite. Voudriez-vous m'aider à le déshabiller ? Non ? Ça ne coûtait rien de demander.

Il se dandina jusqu'au lit et se pencha sur le corps sans interrompre son monologue.

– Pour l'instant, je vais me contenter d'étudier le visage et les mains. Je ne trouverai rien, naturellement, mais ça passera le temps.

– Si vous préférez passer le temps en ayant une petite conversation avec moi...

– Je ne vous aime pas. Vous me donnez des trucs à analyser, et pour quoi faire ? Supposons que quelqu'un ait substitué un poison aux médicaments de votre ami. Il y a fort à parier qu'il les a remis à leur place ensuite. Alors, si je perds des heures à faire des tests sur une boîte d'aspirine...

Sa phrase se termina sur un ton aigu de surprise. Murchison sortit un abaisse-langue de sa poche et souleva de la poitrine du cadavre une des mains noircies en la retournant, afin qu'elle repose paume en haut, sur le bord du lit.

L'un à côté de l'autre, le docteur et Rogan se penchèrent pour regarder la main putréfiée. *La peau à l'extrémité de tous les doigts avait été arrachée.*

Murchison se redressa en poussant un grognement.

– Du sacré beau boulot ! s'exclama-t-il. Il faut le reconnaître !

XII

Chasse à l'homme

Dorsey trouva Nancy en train de terminer son café et l'emmena dans le salon pour l'interroger. Elle ne lui apprit rien qu'il ne sût déjà à propos de la mort du fabricant de produits pharmaceutiques. « La plupart des hommes n'aiment pas qu'on leur pose trop de questions, expliqua-t-elle, alors, une fille finit par être prudente. » **Oui**, elle avait accompagné Frant lorsqu'il invitait des clients au restaurant, mais ils parlaient rarement affaires. Et quand ils le faisaient, elle ne prêtait pas attention à ce qu'ils disaient.

D'autre part, elle confirma les déclarations de miss Makepeace concernant la mort du petit homme d'une manière qui ne laissait pas de place au doute. Son histoire était ennuyeuse et vague, et elle semblait avoir remarqué tous les mauvais détails, mais ces erreurs mêmes montraient qu'il s'agissait du récit d'un témoin oculaire et non pas d'un discours appris par cœur.

Le sergent se renversa sur sa chaise, maudissant Feldmann d'avoir suggéré un entretien avec Nancy Garwood et se maudissant lui-même d'y avoir mis trop d'espoirs. C'était la désagréable habitude de l'expert en anthropométrie d'apparaître lorsqu'il n'était pas le bienvenu. Il arriva donc, poussant la porte de l'office avec, sur son visage disgracieux, une expression d'autosatisfaction qui fit se crisper les poings de Dorsey sous la table.

– J'ai un rapport, commença Feldmann, qui prouve d'une façon concluante ce que je vous ai déjà dit à propos de l'identité du cadavre.

Il plaça une feuille de papier noircie d'une écriture serrée devant son supérieur.

Le sergent la lut, les sourcils froncés.

— Vous êtes sûr de ça ?

— J'ai tout vérifié.

Tandis que le technicien s'éloignait, Dorsey se tourna à nouveau vers Nancy.

— Avez-vous quelque chose à ajouter ?

— J'ai une multitude de questions à vous poser. Qu'est-ce que je vais devenir ? Je suis coincée ici avec ce type, et chez moi, c'est à mille trois cents kilomètres. Ça fait loin à pied. Avez-vous une idée à me suggérer ?

— Je suis marié.

— Je ne pensais pas à ça.

— Moi si, répondit Dorsey en se frottant le menton. C'est tout. Vous pouvez disposer.

Dans la cuisine, Nancy découvrit Bobby et, à sa grande surprise, Dan Collins qu'elle connaissait de vue. Il la salua avec chaleur.

— Hello, Bouton d'or. J'ai toujours rêvé d'être naufragé sur une île des mers du Sud avec vous, et nous voilà tous les deux ! Mon ami vient juste de me montrer un tour de prestidigitation, mais il pourra continuer plus tard. Racontez-moi tout.

Nancy était heureuse de voir le petit journaliste. D'une certaine façon, il rompait cette ambiance d'horreur qui régnait dans la vieille maison. Il y avait dans ses vêtements froissés et ses cheveux couleur carotte une magie salutaire qui transformait les cauchemars en absurdité et le sang en encre rouge. La jeune fille se percha sur un meuble bas et balança ses jambes en souriant à Dan.

— Vous semblez travailler dur.

— En effet, répondit-il en lorgnant les jambes de Nancy d'un air admiratif. Le téléphone est dans l'office et j'entends la moitié de ce qui se dit. En fait, je possède tellement d'informations sur cette affaire que mon journal n'aura plus de place pour les encarts publicitaires.

— Walter Winchell [1] en grincera des dents.

1. Célèbre journaliste américain (1897-1972). (*N.d.T.*)

– Pour sûr ! Mais je vous écoute, ma belle. Est-il vrai que ce comte est si superstitieux qu'il croit que ça porte malheur de croiser une échelle ou de passer sous un chat noir ? Et Kincaid ? A-t-il réellement été tabassé la nuit dernière ?

Elle hocha affirmativement la tête et le journaliste laissa échapper un sifflement.

– Wouah ! Ce devait être King Kong ! Ce Kincaid est une véritable terreur. Un jour, dans une salle de billard, je l'ai vu envoyer au tapis huit malabars dont certains étaient armés de revolvers. Il leur lançait des billes plus vite qu'ils ne pouvaient tirer, et la manière dont il maniait sa queue de billard vous laissait comme deux ronds de flan.

Le téléphone sonna dans l'office. Collins brandit la main.

– Chut ! Laissons le sergent décrocher. Mieux vaut que ces rustauds de flics ne s'aperçoivent pas que les murs ont des oreilles.

En se retournant, il découvrit Dorsey debout sur le pas de la porte de l'office, le sourire aux lèvres.

– Du balai, Collins ! Je déteste que mes conversations téléphoniques soient mal retranscrites. (Alors que Dan se levait pour s'en aller, le sergent ajouta :) Et si vous croisez miss Makepeace, priez-la de venir dans la salle à manger.

Collins et Bobby partirent à la recherche de Julia Makepeace, abandonnant Nancy dans le vaste salon. Tapies dans les recoins, les ombres de la nuit précédente s'étaient volatilisées, mais le soleil n'avait pas daigné se manifester et le jour s'accompagnait d'une lumière glauque et crépusculaire, comme celle qui environnait les épaves et les villes englouties. La jeune fille frissonna.

Un son furtif provenant de la bibliothèque frappa son oreille. Soudain inquiète, elle se précipita vers la porte et parcourut la pièce des yeux. Une silhouette féminine vêtue de noir se tenait dans l'un des angles. Sa tête était tournée et son regard semblait fixé avec une étrange attention sur un objet qu'elle dissimulait.

L'espace d'un instant, Nancy fut terrifiée. Puis elle reconnut miss Makepeace et, dans son soulagement, lança :

– Le sergent vous demande.

Il y eut un bruit sec et la vieille dame pivota lentement sur elle-même comme un automate. Elle garda les mains derrière le dos et son visage était empreint d'une expression que la jeune fille ne parvint pas à sonder.

– Il voudrait que vous le rejoigniez dans la salle à manger, ajouta-t-elle, mal à l'aise.

– Pourquoi ?

– Je ne sais pas. Ce monsieur Feldmann a découvert quelque chose à propos du cadavre, je crois.

– Était-ce du poison ?

– Il n'a rien dit.

– Peut-être le sergent m'en apprendra-t-il davantage. (Miss Makepeace alla vers la salle à manger, puis se retourna sur le pas de la porte avec un sourire ironique.) Merci de m'avoir prévenue.

Nancy dirigea les yeux vers l'objet qu'avait caché miss Makepeace et vit que c'était un téléphone. Elle se rappela l'attitude d'extrême concentration de la vieille dame et comprit que celle-ci devait écouter la conversation de Dorsey.

Tandis qu'elle revenait au salon, une réplique d'un rôle qu'elle avait interprété jadis lui remonta à la mémoire : « Le poison est une arme de femme. » Elle jeta vivement un regard par-dessus son épaule, mais Julia Makepeace avait disparu.

Lorsque le sergent regagna la salle à manger, il trouva miss Makepeace assise à la table, les mains croisées devant elle et l'air pincé.

– Merci d'être venue, madame.

– Je vous en prie ; je suis ravie de pouvoir vous parler. Miss Garwood m'a laissé entendre que vous aviez fait une découverte à propos du cadavre.

– Oui, et je suis plus perplexe que jamais. Quand j'ai vu pour la première fois ce qu'il y a là-haut, je me suis dit qu'il ne pouvait s'agir du corps de Frant, que quelqu'un avait procédé à une substitution afin que lord Tethryn croie que la malédiction s'était réellement accomplie. Et maintenant, Feldmann – c'est l'expert en anthropométrie qui travaille avec moi – certifie que le cadavre est bien celui de Frant.

– Sur quelle preuve s'appuie-t-il?

– Une preuve très solide. Il a fallu que le corps soit vêtu tel qu'il l'est actuellement avant que la décomposition ne commence. Feldmann a trouvé la marque du tailleur dans le veston et lui a téléphoné. Le tailleur déclare qu'il a coupé ce smoking blanc pour Frant et qu'il ne l'a fait qu'en un seul exemplaire.

– Comment peut-il être aussi certain que c'est le même smoking?

– Je ne comprends pas moi-même exactement, mais c'est une question d'assemblage des pièces de tissu. Feldmann affirme qu'il n'y a pas de doute et il se trompe rarement sur des détails techniques de cet ordre. En outre, il y a la bague. Le frère de Frant et le Dr. Braxton l'ont identifiée tous les deux. Elle est ancienne et usée. Feldmann dit qu'il est impossible de fabriquer ce genre de chose.

Miss Makepeace hocha la tête.

– S'il a raison, vous voilà avec un miracle à expliquer.

– En effet.

Le policier se leva et marcha jusqu'à la fenêtre. Il était presque neuf heures. Les nuages avaient gonflé et de longues traînées de brume se tendaient vers la maison comme les doigts d'un mort. Déjà, les arbres sur le continent étaient couronnés de brouillard. Dorsey et ses hommes auraient des difficultés à rentrer en ville. Le sergent bénit intérieurement les extravagances d'avant la grande dépression qui avaient fait que personne ne s'était étonné qu'un particulier tire cinq cents mètres de ligne privée pour son téléphone. Il se tourna vers miss Makepeace.

– Je voudrais à nouveau m'entretenir avec vous, madame, parce que vous me donnez l'impression d'être une femme pondérée, et que moi, je suis en train de perdre pied. C'est de ma faute, je suppose, mais vous devez admettre que les événements sortent de l'ordinaire.

– Je vous aiderai dans la mesure de mes moyens, promit-elle. Que voulez-vous que je fasse ?

– La plupart du temps, j'examine le corps, puis je pose toutes les questions qui me viennent à l'esprit. J'ai procédé ainsi pour cette affaire, bien entendu, seulement j'ai commencé par miss Garwood, croyant...

– ... croyant que le reste d'entre nous s'étaient mis d'accord sur une histoire, mais que vous réussiriez à lui soutirer la vérité, termina-t-elle pour lui.

Dorsey devint aussi rouge que le permettait son visage buriné. Miss Makepeace poursuivit :

– Je ne vous critique pas. À votre place, j'aurais probablement agi de la même manière. Mais nous ne pouvions pas mentir en la circonstance. Les mensonges se dissimulent derrière les complications, or il ne s'est produit aucune complication.

Elle décroisa les mains et les posa à plat sur la table.

– Songez, sergent, que l'on peut résumer toute l'histoire en deux phrases. Deux hommes se disputent et l'un d'eux profère une malédiction contre l'autre. Il meurt et se putréfie en deux heures. C'est aussi simple que cela.

Dorsey se frotta le menton.

– Si nous considérons le problème sous cet angle, nous ne trouverons jamais la réponse. Mais envisageons-le différemment, et il n'a rien de simple. Il y a quantité d'éléments qui ne semblent pas concorder ; pourtant, ils doivent bien avoir un rapport quelconque entre eux. Parfois, il suffit à un policier de saisir deux ou trois fragments pour se faire une assez bonne idée de l'ensemble. En d'autres occasions, il lui faut réunir toutes les pièces du puzzle et chercher à les assembler deux par deux avant de découvrir comment elles s'emboîtent. C'est une méthode lente et fastidieuse, cependant elle finit toujours par donner des résultats.

– J'ai peur que, cette fois, elle n'en donne pas.

– Pourquoi dites-vous cela, madame ?

– Parce qu'il y avait en œuvre une vraie force surnaturelle, ou alors ce n'était qu'un tour de magie. Je ne connais rien au meurtre, mais il se trouve que je suis au courant de quelques trucs de prestidigitation, art dans lequel mon neveu excelle. Il m'a assuré que bon nombre de manipulations ne peuvent être résolues par la technique du puzzle, car l'illusionniste cache toujours l'une des pièces.

– Que voulez-vous dire au juste, madame ?

Ce fut au tour de miss Makepeace de rougir.

– Eh bien, mon répertoire n'est pas très étendu, mais je pense pouvoir exécuter devant vous un des tours de Bobby. Avez-vous des allumettes ?

Le sergent en sortit une demi-douzaine de sa poche et les lui tendit. Elle en choisit une.

– Le jeu consiste à faire tenir une allumette en équilibre sur la table, pointe en haut. Essayez et vous verrez comme c'est difficile.

Obéissant, Dorsey fit une tentative. À la troisième, il capitula.

– C'est impossible, dit-il.

– Pas du tout. Regardez.

Elle posa une allumette sur la table d'acajou vernissé et ôta sa main. L'allumette resta debout.

– Et pour vous prouver qu'elle n'est pas collée... (Julia Makepeace souffla sur l'allumette qui se renversa immédiatement, puis proposa :) Vous pouvez contrôler.

Dorsey examina l'extrémité du petit morceau de bois et le frotta d'un doigt calleux. Il ne trouva rien. Une nouvelle fois, il tenta de planter l'allumette sur la table. Elle tomba.

– Quel est le truc ? s'exclama-t-il.

– C'est tout bête, répondit la vieille dame. Pendant que vous vous énerviez avec votre allumette, j'ai mouillé l'extrémité de la mienne. Il y avait si peu d'humidité que cela ne se remarquait pas. L'astuce résidait dans cette goutte de salive ; elle faisait la différence entre une allumette qui restait dressée et une autre qui s'y refusait obstinément. C'était la pièce du puzzle dont vous ignoriez l'existence.

– Et vous pensez que le même principe s'applique pour la mort de Frant ?

– Oui. Vous dites que la plupart des meurtres ressemblent à des puzzles : on réunit les pièces, on les assemble et on obtient la solution. Cependant, si la mort de Mr. Frant est un meurtre, vous ne résoudrez pas le problème de cette façon, parce que, à proprement parler, il ne s'agit pas d'un puzzle, mais d'un tour de magie. L'une des pièces – la plus importante – a été cachée.

Dorsey plissa le front.

– Si vous avez raison, madame, nous ne trouverons jamais la réponse.

– Bien sûr que si. Seulement, il vous faudra utiliser une autre méthode. Au lieu de chercher la pièce manquante, vous devrez imaginer en quoi elle consiste.

– Comment saurai-je si je ne me suis pas trompé ?

– Si vous avez deviné juste, le reste du puzzle se mettra en place de lui-même. Si vous avez fait erreur, une partie du mystère seulement sera éclaircie.

La porte de l'office s'ouvrit brusquement et Sue entra en coup de vent. Dorsey bondit sur ses pieds.

– Qu'y a-t-il ?

– Le meurtrier ! haleta-t-elle. Enfin, le meurtrier en puissance ! Mr. Kincaid l'a attrapé la nuit dernière et il s'est échappé !

– Montrez-moi !

La jeune fille conduisit le policier dans la resserre. Nancy en avait déverrouillé la porte et, à part les coussins, il n'y avait plus aucune trace du passage de Hoyt. Dorsey s'adressa à Sue.

– Comment avez-vous découvert que l'homme s'était enfui ?

– Je lui apportais son petit déjeuner.

– Racontez-moi.

Sue lui exposa dans les grandes lignes les circonstances de la capture de Hoyt.

– Ses affaires sont là-dedans, conclut-elle en désignant la boîte à gâteaux dans laquelle Rogan les avait rangées.

Dorsey renversa le contenu de la boîte sur la table de la cuisine et se mit à l'examiner.

– Mr. Kincaid a retiré les cartouches du revolver, mais tout le reste est là, expliqua la jeune fille. Sauf... (Elle fouilla parmi les objets.) Je ne trouve plus... (Elle tourna vers le sergent un visage livide.) Le poison a disparu !

— Quel poison ?

— L'homme que nous avons attrapé avait sur lui une capsule remplie d'une poudre blanche qu'il disait être du cyanure. Il a dû l'emporter ! Vous croyez qu'il s'est suicidé ?

— Il l'a peut-être gardée pour quelqu'un d'autre, intervint miss Makepeace d'un ton sec. Il faut que vous arrêtiez cet homme, sergent !

— Oui, acquiesça Dorsey. S'il est toujours sur l'île !

Il alla à la porte et appela Ordway. Le gros policier arriva en courant.

— Ils ont surpris un rôdeur hier soir et l'ont enfermé dans la resserre. Mais il est parvenu à s'échapper. Prenez Nelson avec vous et cherchez-le.

— À quoi ressemble-t-il ? demanda Ordway.

Sue lui fit une description du retoucheur photographe.

Dorsey retourna à la porte et, l'air morose, contempla les rochers et les buissons qui couvraient le Kraken.

— Je vais vous donner un coup de main. Ce sera un sacré boulot.

Il disparut, Ordway sur ses talons. Après le départ des deux policiers, Sue regarda la porte de la resserre.

— Vous savez, c'est très étrange, déclara-t-elle. Comment cet homme a-t-il réussi à sortir ? Mr. Kincaid était supposé l'avoir enfermé à double tour. Il n'a pas forcé le battant puisqu'il n'y a pas de marques, ni crocheté la serrure puisque le trou de serrure ne traverse pas la porte.

— Si vous insinuez que le problème est analogue à celui de la chambre de Mr. Kincaid... commença Julia Makepeace.

— Il est plus qu'analogue, l'interrompit Sue ; il est identique ! Comment expliquer le plus simplement possible pourquoi cette porte est ouverte ? Parce que Mr. Kincaid ne l'a jamais fermée ! Et comment expliquer le plus simplement possible pourquoi la porte de la chambre de Mr. Kincaid était fermée ? Parce qu'il l'a fermée lui-même.

– Après s'être étranglé ?

– Après avoir fait semblant de s'étrangler. Tout concorde.

Sue se dirigea vers la porte de service. Miss Makepeace posa la main sur son bras.

– Où allez-vous ?

– Trouver le sergent. La nuit dernière, Mr. Kincaid a essayé de me persuader qu'Evan avait tué son frère, alors que, tout le temps, lui et cet autre individu, Hoyt, étaient de mèche.

– Ne sautez-vous pas trop vite aux conclusions ?

– Peut-être, mais au moins serai-je en mesure de damer le pion à Mr. Kincaid avant qu'il ne monte le sergent contre Evan.

La vieille dame prit une profonde inspiration.

– Rien ne presse. Revenez ici et asseyez-vous. Il faut que je vous dise quelque chose.

– Mais...

– Je vous en prie, Sue, c'est sérieux. Votre père vous a-t-il jamais parlé de votre oncle Michael ?

– Oui, mais quel est le rapport avec Mr. Kincaid ? (Soudain les yeux de la jeune fille s'arrondirent et elle lança avec mépris :) C'est absurde !

– Qu'est-ce qui est absurde ?

– Que... que... bredouilla Sue. Je suppose que je saute à nouveau trop vite aux conclusions. Mais il m'a semblé que vous étiez en train de me dire que Mr. Kincaid était mon oncle Michael, revenu après toutes ces années, et... (Elle sourit.) Ce serait absurde, n'est-ce pas ?

– Je souhaiterais que vous ayez raison.

– Mais... mais... c'est insensé ! Qu'est-ce qui vous fait croire cela ?

– Il me l'a confirmé.

Sue renifla.

– Il ment.

– Non. La ressemblance est frappante une fois que vous l'avez remarquée. Inconsciemment, vous avez dû vous en rendre compte, ou jamais vous n'auriez deviné à quoi je faisais allusion.

Sue se laissa tomber sur une chaise.

— Grand-Père est-il au courant ?

— Pas encore. Et j'hésite à le lui dire. (Miss Makepeace entoura de son bras les épaules de la jeune fille.) Ce n'est pas facile, mon petit. Votre oncle Michael est une brebis galeuse. Il... il gagne sa vie au jeu et... autant tout vous raconter... il a fait de la prison.

— Fichtre ! (Sue réfléchit quelques instants, puis demanda :) Comment le savez-vous ?

— J'ai eu une longue discussion avec lui cette nuit.

— Que cherche-t-il à faire ? À soutirer de l'argent à Grand-Père ?

— Je crains que ce ne soit pire. Il n'est pas impossible qu'il ait tué Mr. Frant.

— Mais il n'était pas là, objecta Sue.

— Nous n'en avons pas la certitude, et le sergent Dorsey a reçu de New York un rapport le concernant qui m'inquiète. Par ailleurs, personne d'autre n'a pu assassiner Mr. Frant.

— Comment l'avez-vous appris ? Je veux dire, pour le rapport ?

— J'ai écouté au téléphone, avoua Julia Makepeace.

— Que disait-il ?

— Cette miss Garwood est arrivée avant que je ne puisse tout entendre. Mais c'était à propos d'un homme qui a été empoisonné à Saigon.

— Oncle Michael l'aurait empoisonné ?

— Je ne sais pas. Cependant, s'il l'a fait ou s'il a tué Mr. Frant, nous devons rassembler le maximum d'informations, pour protéger votre grand-père.

Sue allait répondre lorsque l'oreille fine de la vieille dame perçut un bruit de pas. Elle plaqua la main sur la bouche de la jeune fille, puis l'ôta tandis que la porte du salon s'ouvrait sur son frère suivi de Collins, Bobby dans son sillage.

— Que se passe-t-il dehors ? demanda l'avocat. J'ai entendu un cri, et maintenant ces messieurs de la police sont en train de courir partout à travers l'île.

Miss Makepeace avait à peine fini son explication que Dorsey fit irruption dans la maison, claquant la porte derrière lui.

— Il est toujours sur l'île, annonça-t-il, à moins qu'il n'y ait un bateau dont nous ignorons l'existence.

— Il y en a deux dans le hangar, dit Sue.

— Nous les avons vus : un joli hors-bord et un vieux rafiot. Nous avons aussi trouvé le bateau avec lequel l'homme est venu. La marée l'a hissé sur les rochers et il n'a pas pu le bouger.

— Alors, il est cuit, sergent, constata le journaliste, et sa fuite équivaut à des aveux.

— Pour vous peut-être, grogna le policier. Je connais les gens de votre espèce. Vous vous fichez de découvrir des indices ou de résoudre les affaires. Tout ce que vous voulez, c'est du sensationnel, afin que vous ayez quelque chose à imprimer sous les photos destinées à appâter les gogos qui achèteront votre torchon.

Dorsey se tourna vers Sue.

— Qui a enfermé Hoyt dans la resserre ?

— Mr. Kincaid.

— Où se cache-t-il ?

— Il ne se cache pas. Il a été blessé la nuit dernière et...

— Le Dr. Braxton est à son chevet en ce moment, intervint Arnold Makepeace.

— Kincaid est en état de parler, n'est-ce pas ?

— Oh, oui. En fait...

— Bon ! Je vais aller le voir et j'en profiterai pour poser aussi quelques questions au docteur. Dans quelle chambre est-il installé ?

XIII

Interlude cambodgien

À la surprise de Dorsey, Rogan et le vieux docteur n'étaient pas seuls. Paul Quinn se tenait près de la porte, son appareil à la main.

— Que faites-vous là, Paul ? s'étonna le sergent.

— Je prends des photos – pour Jake. Celui qui habitait là était plein aux as, Tom.

Le Dr. Braxton, qui examinait le cou de Rogan, leva la tête.

— Je suis à vous dans une minute, sergent. Je me demandais quand vous vous décideriez à m'interroger. Ou est-ce Mr. Kincaid que vous venez voir ? À propos, je ne crois pas que vous le connaissiez.

Les présentations faites, Dorsey repéra un fauteuil et s'y installa.

— Autant en profiter pour bavarder avec vous deux, dit-il.

Il plongea la main dans sa poche et en sortit un cigare.

— Je ne vous dérange pas ? fit Quinn.

— Allez-y, continuez.

Le sergent trancha le bout de son cigare avec les dents, puis en recolla la cape d'un coup de langue.

— Kincaid, commença-t-il, miss Braxton m'a dit que vous aviez surpris un rôdeur au rez-de-chaussée de la maison, hier soir.

— Oui. Que pensez-vous de lui ?

— Rien. Il s'est échappé.

— Comment ça, sergent ? intervint le Dr. Braxton. Je n'ai pas été informé que l'on avait capturé quelqu'un.

— Racontez-nous, Kincaid.

– Il n'y a pas grand-chose à dire. Il s'appelle Hoyt. Miss Braxton, le jeune Chatterton et moi l'avons trouvé dans la cuisine. Il avait un revolver et nous a annoncé qu'il allait abattre Frant pour avoir vendu à sa femme des produits amaigrissants.

– Quoi ? s'exclama le Dr. Braxton d'un ton incrédule. Pourquoi lançait-il de telles accusations contre Frant ?

Rogan parut étonné.

– C'est bien ainsi que Frant a fait fortune. L'ignoriez-vous ?

– Ce n'est pas vrai. Frant était un chimiste réputé, pas un vendeur d'orviétan. Et pourquoi donc ce Hoyt aurait-il voulu le tuer ?

– Parce que Mrs. Hoyt a avalé trop de ces produits et qu'elle en est morte.

Le docteur se laissa tomber sur le bord du lit. Dorsey le regarda d'un drôle d'air.

– Qu'en pensez-vous, docteur ?

– Je ne sais pas quoi en penser. Il doit y avoir une erreur. Frant était dans l'industrie pharmaceutique ; sa firme a peut-être commercialisé un nouveau produit sans procéder au préalable à des études suffisamment approfondies, provoquant de ce fait la mort de cette femme. Toutefois, cela ne signifie pas qu'il se serait abaissé à distribuer des remèdes de charlatan contre l'obésité.

– Lui avez-vous jamais acheté de médicaments ?

– Non. Il me semble que je le lui ai proposé un jour, mais Frant ne fabriquait pas le genre de spécialités qui m'intéressaient. Je n'ai jamais réessayé.

– Ha ! lâcha Dorsey avec un reniflement. Les *seules* spécialités que fabriquait Frant étaient des produits amaigrissants. Lisez ça ! (Il tendit une feuille pliée au docteur.) C'est le rapport le concernant que j'ai reçu de Hartford.

Le Dr. Braxton emporta le papier à la fenêtre, le lut lentement et le rendit au policier.

– Je présume qu'il n'y a aucune possibilité d'erreur dans ce rapport, sergent ?

Dorsey secoua la tête et le docteur poursuivit :

– Dans ce cas, Frant devait être un bel escroc.

– C'était un escroc, en effet, intervint Rogan, mais que je ne qualifierais pas de « bel ».

Dorsey se tourna vers le joueur.

– Si j'étais vous, je ne ferais pas le fanfaron, dit-il. J'ai reçu un rapport sur vous également – de New York. Les collègues de là-bas semblent penser que je ne risque guère de gaffer en vous mettant à l'ombre. D'après eux, les gens qui n'ont pas l'heur de vous plaire ne font pas de vieux os.

Rogan sourit.

– Vous ne pouvez pas m'impliquer dans la mort de Frant, sergent. Je n'étais pas présent lorsque les événements se sont produits.

– Seriez-vous en mesure de le prouver ?

– Et vous, que j'étais là ? Par ailleurs, je connaissais à peine Frant et je n'avais pas de raison de le tuer.

– Cela non plus, vous ne seriez pas en mesure de le prouver, n'est-ce pas ?

– Non, mais avec ce genre de raisonnement, vous pouvez suspecter le monde entier. Et puis, comment suis-je supposé avoir commis ce meurtre ? Pas avec ma hachette, je vous le garantis.

Pour toute réponse, Dorsey sortit une autre feuille de papier de sa poche et la tendit au joueur.

– Avez-vous déjà vu ça auparavant ? New York vient juste de me le dicter au téléphone.

Kincaid déplia la feuille et lut le texte copié par le sergent d'une large écriture calligraphiée.

De Spain utilisa un jour sa connaissance des poisons cambodgiens pour récupérer une dette de jeu. Un Portugais nommé Queiroz avait perdu plus de deux mille piastres au baccarat et refusait de payer sous le prétexte que son adversaire avait triché. Tout autre joueur aurait simplement abattu le Portugais d'un coup de revolver – la sanction traditionnelle pour les mauvais payeurs –, mais pas De Spain. Au lieu de cela, il offrit un verre à Queiroz, puis lui apprit que la liqueur contenait du nuoc-mam, *un poison dont les Khmers se servaient pour punir leurs esclaves. Selon lui, le* nuoc-mam *agissait sur les nerfs et provoquait d'horribles souffrances qui commençaient aux extrémités pour remonter vers le cœur. Néanmoins, la particularité de ce poison était l'existence d'un antidote aussi rapide et puissant que l'insuline. Lorsque les Khmers estimaient que l'esclave avait été suffisamment châtié, ils lui administraient l'antidote, et le malheureux pouvait se remettre au travail après une demi-journée de repos. De Spain promit à Queiroz de lui fournir cet alexipharmaque lorsqu'il aurait payé ses dettes.*

Le Portugais, qui n'avait jamais entendu parler du nuoc-mam, *éclata de rire à l'idée d'un tel poison. Même lorsqu'il ressentit les premiers symptômes, au bout de dix minutes, il ne fut toujours pas convaincu. Toutefois, il consulta un très célèbre médecin de passage à Saigon à ce moment-là. Bien que le mal eût déjà atteint les genoux et les coudes, et qu'il souffrît atrocement, le docteur le déclara en parfaite santé. Étant donné les circonstances, Queiroz n'eut d'autre solution que de payer. De Spain lui remit alors l'antidote qui s'avéra si efficace qu'il réussit à persuader sa victime de reprendre place à la table de jeu une heure plus tard et à lui extorquer cinq cents piastres de plus.*

Rogan rendit la feuille à Dorsey.

– Balivernes, sergent ! Le *nuoc-mam* n'est pas un poison, contrairement à ce que l'on pourrait croire en l'avalant. (Il sourit.) En réalité, c'est une sorte de sauce de poisson. Toute cette histoire de douleurs liées à ce prétendu poison est une légende, et le reste, une falsification éhontée des faits.

– Dans ce cas, pourquoi l'avez-vous écrite ?

Le joueur dressa la tête d'un coup sec malgré sa gorge endolorie.

– Répétez ça !

– Pourquoi l'avez-vous écrite ?

Kincaid se renversa sur ses coussins.

– Ce jeu est nouveau pour moi, sergent. Je n'y jouerai qu'à condition que vous m'expliquiez les règles. Qu'est-ce qui vous fait croire que j'ai écrit un tel ramassis de fadaises pour supplément du dimanche ?

– Ainsi, vous admettez qu'il s'agit d'un article pour supplément du dimanche.

– Je n'admets rien du tout, mais c'est manifestement le genre de choses que le « Grand Public américain » préfère lire plutôt que d'aller à l'église.

Dorsey se leva.

– Écoutez, Kincaid, je ne joue à aucun jeu. Centre Street [1] m'a dicté cet article au téléphone. Il a été publié dans le *Record* du 5 décembre, et il est extrait d'une rubrique intitulée *Plus d'un tour dans son sac* et signée de votre nom. À quoi bon le nier ?

Rogan éclata de rire.

– Pardonnez-moi, sergent, j'avais oublié le penchant d'Ames pour le « journalisme intrépide », comme il dit, ce qui signifie qu'il n'a pas peur de mettre des mensonges dans la bouche de n'importe qui. Je lui ai fourni le matériau de base pour sa série *Plus d'un tour dans son sac* ; c'est-à-dire que j'ai passé une nuit entière à bavarder avec lui à bâtons rompus en présence d'une sténodactylo qui est allée ensuite apporter mes élucubrations à un gratte-papier chargé de les enjoliver pour la publication. Probablement ai-je raconté la véritable histoire de De Spain. Elle est très intéressante, d'ailleurs. Mais le fait est que le fameux poison n'existait que dans l'imagination de De Spain. En réalité, il avait mélangé du bambou haché à la nourriture du Portugais. Digérer cette mixture est en effet un véritable supplice ; seulement, il n'y a pas d'antidote. Queiroz ne s'en est rendu compte qu'une fois qu'il avait versé à De Spain ce qu'il lui devait.

Dorsey lança un regard en biais à Kincaid.

– Vous fréquentez des gens charmants.

– Des quantités, mais je ne connais aucun poison magique. Car il n'y en a pas.

– Et vous voulez me faire croire que c'est la première fois que vous voyez cet article ?

---

1. Bureau central de la police de New York situé sur Centre Street, dans la partie sud de Manhattan. (*N.d.T.*)

– Naturellement. Ames m'a payé pour raconter des histoires, pas pour les lire. Je suppose que le gratte-papier de service s'est imaginé donner des frissons à bon compte aux lecteurs du *Record* en prétendant que « l'étrange poison cambodgien » existait, même s'il a détruit pour cela l'intérêt du récit. En fait, si l'article a paru en décembre, il m'aura été impossible de le lire puisque je n'étais pas en Amérique à ce moment-là. C'est au cours de mon voyage de retour que j'ai rencontré Frant.

– Collins pourra confirmer vos dires, je présume?

– J'en doute. Il s'occupe de la rubrique criminelle pour l'édition quotidienne. Mais posez-lui toujours la question. Il est certainement au courant de la façon dont Ames dirige le supplément du dimanche.

Dorsey se tourna vers le photographe.

– Voudriez-vous aller chercher le petit rouquin, Paul?

Lorsque la porte se referma sur Quinn, Rogan demanda :

– Pourquoi toutes ces chinoiseries à propos de cet article? Quelle que soit la manière dont Frant a été tué, ce n'était pas avec ce poison mythique.

– Frant a bien été empoisonné par quelque chose! Il n'y a pas à sortir de là! Croyez-moi, j'ai essayé. Et ce quelque chose n'était pas ordinaire. Je suppose qu'à New York, ils se sont dit que quelqu'un comme vous qui en sait si long sur le sujet ne devait pas être à court d'astuces. Quoi qu'il en soit, ils ont trouvé l'article du *Record* suffisamment digne d'intérêt pour me le lire au téléphone.

– Ne jouez pas au plus malin, sergent. Un de vos collègues avait entendu parler de moi et s'est souvenu de l'article. Il l'a ajouté à son rapport afin de l'étoffer.

– Le rapport vous concernant n'avait pas besoin d'être étoffé, répliqua sèchement Dorsey avant de s'adresser au Dr. Braxton : Jusqu'à quel point connaissiez-vous Frant, docteur?

– Pas du tout, à ce qu'il semble, et pourtant, je croyais bien connaître un certain aspect de sa personnalité. Je l'ai rencontré il y a des années, lorsqu'il se faisait soigner à Johns Hopkins. Il souffrait de troubles glandulaires assez rares que j'étudiais à l'époque, et je fus appelé en consultation. Frant était mon seul patient à Baltimore et, comme il avait une conversation brillante, je le voyais assez souvent. C'était un excellent chimiste, aussi nos discussions se cantonnaient-elles d'habitude à ce thème. Il ne m'est jamais venu à l'esprit de m'immiscer dans ses affaires personnelles.

– Vous avez néanmoins dû découvrir des choses sur lui par la suite.

– Très peu. Je ne l'avais pas revu jusqu'à hier. Nous entretenions des relations épistolaires et nos lettres étaient surtout techniques. Les laboratoires de Frant faisaient périodiquement des recherches pour trouver des substituts à des médicaments dangereux. Ces travaux sortent de mon domaine, mais je les encourage dans la mesure de mes moyens.

– Hum, fit Dorsey pour tout commentaire avant de revenir à Rogan. Vous dites que vous connaissiez à peine Frant. Si c'est vrai, pourquoi vous a-t-il invité chez lui ?

– C'est à lui qu'il aurait fallu poser la question. Mais ôtez-vous de la tête que je suis un suspect dans cette affaire. Au contraire, je suis une victime.

Dorsey dressa la menton.

– Vous êtes quoi ?

– Si j'ai tué Frant, comment se fait-il que j'ai ça ? s'écria Rogan en dénudant son cou.

– Miss Braxton a dit que vous vous étiez battu avec Hoyt.

Kincaid se mit à rire.

– Je ne me suis pas battu, et Hoyt est incapable de blesser qui que ce soit. Attendez de l'avoir vu. (Il désigna sa gorge.) Non, ceci s'est produit plus tard.

– Racontez-moi.

– Vous ne me croiriez pas. Mais lorsque l'on m'a trouvé ce matin, j'étais inconscient et la porte de ma chambre était verrouillée de l'intérieur. Apparemment, Od, l'ami de Frant, m'avait rendu une petite visite.

Dorsey se leva et se dandina jusqu'à la porte comme un ours en colère. Le verrou tordu et les éclats de bois sur le chambranle

185

parlaient d'eux-mêmes. Pour le malheureux sergent, c'était la goutte qui faisait déborder le vase. Si, ensuite, son comportement parut étrange, ce n'était pas tant parce qu'il perdait pied que parce qu'il avait perdu ses repères. Habitué à la routine des témoins et des indices, il ne se sentait pas à la hauteur de sa tâche dans une enquête où, au sens ordinaire, il n'y avait ni l'un ni l'autre. Pas d'empreintes, pas de balles, pas de traces de sang. Et seulement deux événements attestés – événements manifestement impossibles. Pour couronner le tout, Collins choisit cet instant précis pour surgir. Le petit Irlandais était en verve.

– Affaire bouclée, sergent ? Non ? Alors, je suis l'homme qu'il vous faut. À New York aussi, les gars font appel à moi lorsqu'ils sont coincés. « Le briseur de mystère », qu'ils m'ont surnommé, « le sauveur de Centre Street »...

– Silence ! Asseyez-vous et lisez ça ! rugit Dorsey en lui mettant l'article du *Record* sous le nez.

– Mon Dieu, me serais-je trompé ? Déjà des aveux ? (Il parcourut quelques lignes.) Non. À l'évidence, non.

– Aviez-vous vu cet article auparavant ?

– En un mot : non.

– C'est votre journal qui l'a publié.

– Où ?

– Dans le supplément du dimanche.

– Je ne lis jamais la partie magazine, répondit le journaliste avec une certaine fierté. Mais je ne suis pas surpris. C'est bien leur manière de faire.

– Il croit que je l'ai écrit, Dan, intervint Rogan, parce que Ames l'a signé de mon nom. Expliquez-lui que Ames ne recule pas devant ces méthodes.

– Ames ne recule devant rien, affirma Collins avec force.
Dorsey explosa.

– Vous voulez dire que votre journal inventerait cette histoire de poison et y collerait le nom de Kincaid ?

– Sergent, tout ce que Ames demande à ses gratte-papier, c'est d'avoir une imagination débordante et des notions sur les lois contre la diffamation. Je ne serais pas surpris d'apprendre qu'ils ont inventé Kincaid. Ce serait tout à fait dans leur style.

Dan s'appuya au montant du lit de Rogan et continua :

— Vous savez, vous les gars de la criminelle, vous seriez dans de beaux draps si je n'étais pas là.

— Pourquoi ?

— Parce que vous ne pouvez pas obtenir de condamnation sans *corpus delicti*.

— J'en ai un – un vrai chef-d'œuvre.

— C'est ce que vous croyez. Laissez-moi vous raconter une histoire. Tout à l'heure, si vous vous en souvenez, j'étais dans la cuisine. Les journalistes, comme les serpents et les armées, avancent en rampant. Dans la cuisine donc, j'ai rencontré le jeune Chatterton. Je lui ai fait : « Qu'est-ce qu'il y a à manger ? » Il m'a répondu : « Des gâteaux secs. » Quand on les a eu tous avalés, j'ai remarqué que maître Bob avait placé une pièce de dix cents sur l'assiette. J'ai demandé : « Vous faites la quête ? » Il m'a dit : « Pensez-vous que je puisse faire passer la pièce à travers l'assiette au moyen d'une boîte d'allumettes ? » Moi, Collins, toujours laconique, j'ai déclaré : « Non. » Sur ce, le gamin a fait tournoyer la pièce et a plaqué dessus la boîte d'allumettes. Puis il a repris la boîte ; la pièce avait disparu. Lorsqu'il a soulevé l'assiette, il y avait la pièce de dix cents, en bel et bon argent, sur la table, et le brave Collins qui la regardait d'un œil de convoitise.

— Quel est le rapport avec Frant ?

— J'y viens. J'ai demandé au gamin comment il avait procédé. Il m'a expliqué que si on faisait tournoyer la pièce et que l'on plaquait dessus une boîte d'allumettes vide, face vers le bas, la pièce transperçait le couvercle. Il a ouvert la boîte et la pièce était à l'intérieur. Quant à la pièce sous l'assiette, elle se trouvait là depuis le début. Vous me suivez ?

— Je vous devance. Il s'est servi de deux pièces et vous en déduisez qu'il y a deux corps. Croyez-vous que je n'y ai pas songé ? Je n'ai pas besoin non plus d'un simple d'esprit pour m'aider.

– Le gamin est plus intelligent que vous ne le supposez, sergent. (Collins parut chagriné.) Qu'est-ce qui ne vous plaît pas dans mon idée ?

– Tout ! Le cadavre porte le smoking et la bague de Frant. Qui plus est, il en a été revêtu bien avant qu'il ne commence à se décomposer. S'il ne s'agit pas du corps de Frant, il y a un million de chances pour que la putréfaction soit parfaitement naturelle. Ce qui signifie que le meurtre a été prémédité depuis longtemps et que l'assassin, quel qu'il soit, a dû se procurer les vêtements et la bague au moins trois semaines auparavant. Il lui a fallu aussi les faire reproduire et remettre les copies à Frant sans que celui-ci s'aperçoive de la substitution ! Avez-vous une réponse à me proposer ?

– J'ai toujours une réponse à vous proposer. Continuez.

Dorsey crispa la main sur son cigare et lança un regard furieux au journaliste, mais il poursuivit :

– Alors, répondez à ces questions. (Il compta sur ses gros doigts.) Un : Frant était un gringalet, d'une stature très au-dessous de la moyenne. Comment le meurtrier a-t-il trouvé un cadavre de la même taille ? Deux : comment a-t-il su que Frant et son frère seraient sur l'île à cette date avec plusieurs autres invités ? Trois : comment a-t-il pu prévoir que Frant ferait allusion à la légende familiale et que son frère proférerait la malédiction ?

Collins posa les mains sur ses genoux et se pencha en avant, l'air captivé.

– Élémentaire, mon cher Watson. C'est tout ?

– Tant s'en faut. Peut-être pouvez-vous m'expliquer pourquoi le meurtrier aurait combiné un plan aussi fou qu'une douzaine d'éléments risquaient de faire échouer. Peut-être savez-vous pourquoi Frant est mort à la minute même où son frère a lancé la malédiction. Et, si le corps dans la pièce voisine est celui d'un autre homme, peut-être êtes-vous capable de me dire où se trouve actuellement celui de Frant ?

Collins attendit que Dorsey s'arrête pour reprendre sa respiration et répondit :

– Oui.

Le visage du policier devint apoplectique.

Interlude cambodgien

– Sacristi, Collins, s'il s'agit d'une autre de vos insolences...
– Pas insolence, sergent, ratiocination – un mot de treize lettres synonyme d'intelligence. Prenez votre dernière question, par exemple. « Où se trouve actuellement le corps de Frant ? » Facile : il se promène avec.

XIV

Mr. Collins émet une théorie

Dorsey faillit s'étouffer.

– Vous voulez dire que Frant est toujours vivant ?

– Bien sûr ; réfléchissez. Vous avez posé les mauvaises questions. Qui pouvait aisément récupérer le smoking et la bague ? Frant lui-même. C'était simple pour lui de venir sur l'île et d'y inviter son frère et des amis. C'était plus simple encore pour lui d'orienter la conversation sur la malédiction et de s'écrouler après que son frère avait prononcé les mots fatidiques.

Le sergent était tout étourdi.

– J'en conviens, mais quel intérêt avait-il à faire tout cela ?

Dan Collins prit le ton de quelqu'un expliquant patiemment les choses à un enfant. Dorsey brûlait d'envie de lui envoyer son poing à la figure.

– Écoutez. Frant se trouvait dans une situation critique. Il avait une bonne vingtaine de procès en dommages-intérêts sur le dos ainsi que la perspective d'une accusation pour homicide involontaire et d'une enquête du ministère du Commerce. De surcroît, ce fou de Hoyt le pourchassait à travers le pays, criant vengeance. Avec tous ces ennuis, il ne servait à rien à Jackson B. de s'enfuir. Il lui fallait disparaître de la circulation.

L'incrédulité et la colère s'étaient effacées du visage buriné du sergent. On avait presque l'impression de voir son esprit s'ouvrir. Dan s'empressa de continuer pour garder l'avantage.

– Disparaître n'est pas chose aisée de nos jours, pas avec les journaux et la radio. Frant devait mourir et ses restes ne jamais être découverts. Il a donc déniché un cadavre, l'a habillé avec ses vêtements et a attendu. Vous figurez-vous que quelqu'un se serait laissé abuser si celui-ci avait été frais ? C'est pourquoi Frant est venu ici, où il avait toute l'île à sa disposition. Cependant, il lui fallait davantage qu'un cadavre. Désormais, la police ne croit plus que, pour identifier un corps, il suffit d'examiner les vêtements qu'il porte. Frant devait trouver un moyen de prouver que le cadavre était le sien. Et il en a trouvé un. Si vous avez une meilleure idée, je serais ravi de l'entendre.

Dorsey claqua les mains sur ses cuisses.

– Sacristi, je crois que vous avez raison !

– Évidemment. J'ai répondu à toutes vos questions et à une à laquelle vous n'aviez pas songé.

– Comment cela ?

– Tout le monde ici dit que Frant était le roi des mythomanes et trois personnes m'ont déclaré que ce qui s'est passé la nuit dernière ressemblait exactement à l'une de ses histoires. Conclusion : il a tout combiné du début à la fin.

Le Dr. Braxton intervint dans la conversation.

– C'est une explication très ingénieuse, Mr. Collins, mais je crains qu'elle ne soit impossible. (Il marqua une pause et, lorsqu'il reprit la parole, le timbre de sa voix avait légèrement changé.) Frant a raconté l'histoire de la malédiction à Mr. Kincaid au cours de l'hiver dernier. Vous pouvez difficilement prétendre que son plan remonte si loin.

Ce n'était pas ce que le docteur s'était apprêté à dire. Rogan le savait et en fut intrigué.

– En outre, poursuivit le Dr. Braxton, Frant nous a lu la légende de la malédiction d'après une copie des archives familiales. L'histoire est vieille de près de trois cents ans. Frant ne l'a pas inventée.

Le journaliste n'était pas convaincu.

– Si ce qu'il vous a montré n'était qu'une copie, il a pu la fabriquer sans aucun mal. Mais supposons que l'histoire soit vraiment ancienne. C'est encore plus simple : Frant a tiré son idée de la légende. Pourquoi pas ? Plus la malédiction paraissait authentique, meilleure était l'idée. Peut-être a-t-il invité Kincaid dans le seul but de prouver que quelqu'un avait entendu ces fabulations auparavant.

– Mais pourquoi avoir choisi une histoire aussi invraisemblable ?

– On ne va pas contre sa nature. D'après ce que je sais, Frant était du genre à raconter qu'il avait été capturé par des bandits pour expliquer pourquoi il était en retard au dîner.

– J'en doute fort. Néanmoins, j'aimerais connaître votre version des événements de la nuit dernière.

– D'accord, répondit Collins. Je vais vous la donner. Mais souvenez-vous que je travaille pour un journal du matin, alors, je ne veux pas qu'il y ait de fuites dont pourrait profiter un concurrent avant qu'elle ne soit imprimée. Si quelqu'un trahit ma confiance, j'écrirai sur lui un article qui le fera rougir si longtemps qu'il aura sa place parmi les Peaux-Rouges au jour du Jugement dernier.

Il plongea la main dans sa poche et en sortit une des cigarettes de Bobby.

– Il faut que je remonte bien avant hier soir. C'est comme vous disiez . l'histoire a commencé il y a trois semaines environ. Frant a fait faire un second smoking et une copie de sa bague. Comment s'est-il procuré un cadavre, je l'ignore, mais la tâche n'a rien d'insurmontable. (Il eut un sourire narquois.) Peut-être un autre de ses clients est-il mort et Frant a-t-il voulu se débarrasser d'une preuve gênante. Bref, il a mis le cadavre dans le coffre de sa voiture et l'a transporté jusqu'ici. Ensuite, il l'a habillé et a fabriqué une sorte de cercueil pour le conserver.

– Qu'est-ce qui vous fait dire cela ?

– Il a dû employer un moyen de ce genre. Les vêtements ne seraient pas restés aussi propres si le corps avait été trimbalé comme une poupée de chiffons. Le cercueil n'avait pas besoin d'être très élaboré, juste une boîte en pin bourrée de papier de soie pour empêcher le cadavre de se déplacer. Il fallait aussi que le tout soit étanche, naturellement. Frant ne pouvait pas garder le corps dans la maison.

– Et je suppose que vous savez où il l'avait entreposé, intervint le sergent d'un ton sarcastique.

– J'ai ma petite idée. Il y a une corniche devant l'une des fenêtres de la chambre de Frant. Elle est au niveau du plancher,

193

aussi ne peut-on pas la voir sans sortir la tête à l'extérieur. On ne peut pas la voir non plus du dehors à cause de la conformation du terrain de ce côté de la maison. Et il y a encore autre chose. Cette fenêtre est la seule de tout l'étage dont le volet n'est pas vissé à son cadre. J'ai vérifié.

Ce dernier détail laissait l'impression que le journaliste savait ce dont il parlait.

Dorsey se pencha en avant.

— Si cette espèce de cercueil est resté sur la corniche pendant trois semaines, dit-il, Feldmann devrait pouvoir trouver des marques.

— Et sur le rebord de la fenêtre aussi, ajouta Dan. Des marques fraîches. Mais je vais y venir. Lorsque Frant est arrivé hier, il était fin prêt. Il n'a pas perdu de temps, se mettant aussitôt à parler de superstitions et se disputant avec son frère jusqu'à ce que tout le monde soit en condition d'accepter n'importe quoi. Puis il a lâché le gros morceau, la légende de la malédiction, avec, à l'appui, une copie d'un manuscrit imaginaire. Il avait déjà mis dans la tête de Nancy Garwood l'idée qu'il prenait des médicaments après les repas. Ce qui lui donnait le prétexte idéal pour monter au premier étage et préparer sa mise en scène. Cette opération ne lui a pas pris plus de quelques minutes. Tout ce qu'il avait à faire, c'était de rentrer le cercueil par la fenêtre, de coucher sa doublure sur le lit et de brûler le cercueil.

Il remarqua un changement dans l'expression de Dorsey et s'interrompit.

— Qu'y a-t-il ?

— Rien. Vous vous débrouillez très bien. Miss Makepeace m'a laissé entendre que Frant avait commencé à se décomposer avant de mourir. Mais s'il venait de manipuler le cadavre, je devine où il avait ramassé ce parfum.

Rogan prit note mentalement de ce détail. Voilà qui expliquait pourquoi le livre d'Edgar Poe était ouvert à la page du *Cas de M. Valdemar*. Julia Makepeace avait probablement fait le rapprochement avec ce qu'elle croyait être arrivé à Frant, et elle avait parcouru la nouvelle dans l'espoir qu'elle lui apporterait une solution. Puis elle avait lâché le livre lorsque le réalisme de l'horrible dernière phrase l'avait frappée de plein fouet.

— Je vous ai dit que cette théorie éclaircissait tout, fit Collins à Dorsey avec un sourire. Même des choses que j'ignorais. Et j'ai d'autres preuves à vous proposer. Il y a des cendres fraîches dans la cheminée de la chambre de Frant.

— Il semble que vous ayez résolu le problème, concéda le policier, cependant je ne suis pas certain que Frant aurait été capable de porter un cadavre de sa taille, et dans un cercueil par-dessus le marché.

— Pourquoi pas ? Le cercueil pouvait être très léger et le cadavre ne devait plus peser bien lourd. Beaucoup moins que lorsque l'homme était vivant. Je doute que le tout ait fait plus de cinquante kilos.

— Je suppose que Frant a pu manier un tel poids.

— Absolument, et le reste était facile. Il est descendu rejoindre ses invités, puis il a joué sa grande scène à son frère et a simulé une attaque lorsque celui-ci a proféré la malédiction. Ensuite, lord Tethryn l'a transporté dans sa chambre. Tout ce que Frant avait alors à faire, c'était d'attendre que la maison redevienne silencieuse pour se glisser dehors. Il avait certainement dissimulé un bateau dans les buissons et il a traversé à la rame les quatre cents mètres qui le séparaient du continent dès que la tempête s'est calmée. Qu'en pensez-vous ?

Ce fut le Dr. Braxton qui répondit.

— Votre démonstration me laisse perplexe. D'abord, les cadavres ne poussent pas sur les arbres, contrairement à ce que vous semblez croire. Il aurait été pratiquement impossible à Frant de s'en procurer un.

— J'ai connu des cas d'escroquerie à l'assurance où des gens ont réussi à trouver un cadavre, objecta Dorsey.

— Admettons. Toutefois, il y a deux autres points qui font s'écrouler l'astucieuse théorie de Mr. Collins, et tous deux sont hors de controverse.

— Lesquels ?

— Le premier concerne lord Tethryn. Il a transporté Frant dans sa chambre à un moment où, selon Mr. Collins, le cadavre reposait déjà sur le lit. Si tel était le cas, lord Tethryn n'aurait pas manqué de le voir !

— Qui a dit qu'il ne l'a pas vu ? s'écria Dan, savourant l'effet de surprise que sa phrase avait provoqué. *Sa Seigneurie était dans la combine !*

— Quoi ?

Le Dr. Braxton avait bondi et se dressait, l'image même de l'indignation, dominant le journaliste de toute sa hauteur. Collins, qui était assis sur le bord du lit, roula sur son dos comme un chiot que l'on vient de gronder, et demeura allongé, un sourire ironique sur les lèvres.

— Doucement, Doc, ne vous fâchez pas ! Je sais que le comte est un de vos amis, mais cela ne signifie pas qu'il n'a pas trempé dans le complot. Vous dites vous-même que le plan n'aurait pas pu fonctionner sans lui.

— Sornettes ! Pourquoi lord Tethryn se serait-il laissé entraîner dans une aussi sinistre comédie ?

— Parce qu'il avait plein d'avantages à en retirer. Vous pouvez parier votre dernière chemise que Frant a planqué un joli magot dans un endroit où personne ne le trouvera jamais. Et puis, qu'est-ce que risquait Sa Seigneurie ? Il pouvait toujours s'en sortir en expliquant qu'il s'agissait d'une plaisanterie. Il n'y a pas de loi qui interdit de disparaître, à moins que ce ne soit pour échapper à la justice. Frant n'avait pas encore été jugé ; on ne pouvait donc pas accuser son frère de complicité.

Un coup frappé à la porte empêcha le docteur de répondre, et la voix de Sue leur parvint à travers l'épais battant. Dan ouvrit la porte et la jeune fille entra. Elle chercha des yeux le lit où était étendu son oncle, puis se tourna vers son grand-père dont l'attitude trahissait l'inquiétude.

— Que... qu'est-il arrivé ? demanda-t-elle.

— Qu'y a-t-il, miss Braxton ? fit Dorsey, surpris par la question de la jeune fille.

— Oh ! s'écria-t-elle, puis elle se ressaisit et, détachant le regard du vieux docteur, s'adressa à Collins. Votre rédacteur en chef est au téléphone. Il veut vous parler.

– Pour ne pas changer !

Comme le journaliste sautait au bas du lit, le Dr. Braxton prit la parole.

– Avez-vous l'intention d'exposer votre abracadabrante théorie à votre journal, Mr. Collins ?

– Pas tout de suite, Doc, ne vous affolez pas. Si je leur raconte ce que j'ai découvert, les gratte-papier vont s'en donner à cœur joie. Je vais mettre l'eau à bouche à Ames avec un peu de couleur locale et je lui livrerai la grande nouvelle juste avant le bouclage de l'édition. Comme ça, il sera obligé d'imprimer ce que je lui dicterai.

Lorsque la porte claqua derrière Collins, le Dr. Braxton regarda Dorsey.

– J'espère que vous ne m'en voulez pas de l'avoir laissé s'enferrer, sergent. Je ne soupçonnais pas qu'il allait s'embarquer dans une démonstration aussi ridicule ; néanmoins, il y avait toujours la **possibilité** qu'il tombe par hasard sur une idée intéressante.

– En effet. J'ai l'impression qu'il a mis le doigt sur quelque chose avec cette corniche devant la fenêtre de Frant et le fait que le volet ne soit pas vissé.

– Je ne vois pas comment ces éléments peuvent avoir une signification quelconque, sauf dans l'hypothèse où Frant serait toujours vivant, ce qui est absurde, naturellement.

– Et pourquoi cela ?

– Dieu du ciel, mon cher ! Ne me dites pas que vous faites cas de ces balivernes ?

– Mais si. C'est la seule solution qui corresponde aux faits. Je ne peux pas la refuser sous le seul prétexte que lord Tethryn est un de vos amis. Par ailleurs, il faut que je pense au procureur. Il brigue le poste de gouverneur, et si je ne lui apporte pas une réponse sensée, il fera une crise cardiaque. En politique, personne ne veut avoir une affaire telle que celle-ci sur les bras, à moins de pouvoir présenter une explication.

Le Dr. Braxton se raidit.

– Je crains que l'« explication » de Mr. Collins ne serve pas les ambitions de votre procureur. Vous semblez oublier que la seule chose dont nous soyons sûrs, c'est que Frant est mort.

— Vous n'en savez rien !

— Au contraire. Je l'ai examiné moi-même, la nuit dernière, après son malaise. Croyez-vous que je ne reconnaisse pas un mort quand j'en vois un ?

XV

Meurtre à la demande

La mâchoire de Dorsey s'allongea.

– N'allez pas imaginer que je suis prêt à tout pour aider le procureur à gagner son élection, docteur, dit-il en se caressant le menton. Il est naturel que je veuille éclaircir cette affaire, et l'idée de Collins me paraissait bonne. Cependant, si vous dites que Frant est mort, je vous crois. Et s'il l'est, l'hypothèse qu'il avait monté cette combine lui-même ne tient plus debout. Ce qui nous ramène au point de départ, et au fait qu'il a dû être empoisonné.

– Allons donc, sergent! intervint Kincaid. Pourquoi troquer une difficulté contre une autre? Il n'existe pas de poison au monde capable de transformer Frant de client ordinaire pour croque-mort en cette « chose la plus remarquable au royaume du Danemark » en moins de deux heures.

– Je ne sais pas. Chaque jour apporte son lot de nouveautés et de bizarreries dans la chimie. Même les produits les plus courants ont parfois de drôles d'effets. Quand vous étiez enfant, n'avez-vous jamais versé du sel sur une limace pour la regarder fondre comme du saindoux sur une tôle brûlante? Auriez-vous cru que du sel de cuisine pouvait produire ce résultat si vous ne l'aviez pas vu de vos propres yeux?

– Probablement pas. Mais lorsque l'on entre dans le domaine des « impossibilités possibles », le champ s'élargit. Autant faire revenir Od en scène. Quant à moi... (Rogan se massa le cou.)... j'ai déjà croisé le chemin de cette créature, et c'était une fois de trop. Pourquoi ne pas donner une seconde chance à la théorie de Collins? Elle a ses mérites.

– Cela n'a pas de sens maintenant que nous savons que Frant est mort, grogna Dorsey.

– Nous n'en sommes pas absolument certains. Avec tout le respect dû au Dr. Braxton, les conditions dans lesquelles il a procédé à son examen du corps étaient tout sauf idéales. Il y a consacré très peu de temps et l'éclairage était mauvais. Étant donné les circonstances, une erreur n'est pas à écarter. Une fois ce principe admis, la théorie de Collins explique tous les événements.

– Peu s'en faut, objecta le docteur. Elle n'explique même pas sa présence au Kraken. Qu'il soit venu en avion par ce temps, simplement parce que Frant a fait faillite, est ridicule. Alors, pourquoi est-il ici ? Je vais vous le dire. Quelqu'un, dans cette maison, a appelé son journal !

– Oui ! s'exclama Sue en fixant Rogan. Bobby avait raison. C'est ce que vous étiez en train de faire en bas : téléphoner !

Dès que ces mots furent sortis de sa bouche, elle regretta de les avoir prononcés. Attirer l'attention sur son oncle de cette manière ne pouvait que lui nuire.

Rogan déchiffra l'expression sur le visage de sa nièce et comprit qu'elle était au courant de son identité. Il maudit intérieurement Julia Makepeace.

Le Dr. Braxton regarda son fils en fronçant les sourcils.

– Pourquoi avez-vous fait cela ? demanda-t-il.

En fait, le joueur avait voulu se garantir une position de laquelle il pouvait contrôler, ou du moins orienter, l'inévitable publicité qui serait faite de l'affaire. Il avait donné ce coup de téléphone avant d'apprendre l'étendue des liens entre le docteur et Frant, et il avait agi autant dans l'intérêt de son père que dans le sien propre. Toutefois, il pouvait alors difficilement exposer ses motifs et dit :

– L'information est une denrée. J'en avais à vendre. J'ai pensé qu'Ames, du *Record*, serait acheteur. Il l'était.

– Je suppose qu'il paie bien, lança le docteur d'un ton méprisant.

– Oui. C'est sa seule vertu. En comptant le tuyau que je lui ai fourni hier soir et les renseignements complémentaires récoltés sur place que je pourrai lui apporter, ma part se montera à plus de mille dollars, somme dont j'ai grand besoin.

– En effet, intervint Dorsey. New York m'a signalé que vous vous étiez rendu chez un prêteur sur gages pour pouvoir vous offrir le voyage jusqu'ici. Pour quelqu'un comme vous, habitué à l'argent, vous devez traverser une très mauvaise passe.

– Ce n'est que temporaire, je vous l'assure. (Rogan se tourna vers son père.) Voyez-vous, docteur, je suis pauvre mais innocent. Je présume qu'il n'y a pas de loi dans cet État qui interdise de frayer avec la presse.

Les yeux du vieil homme jetèrent des éclairs.

– Il y a une loi dans cet État – la loi de l'hospitalité. Vous avez accepté l'invitation de Frant. Vous étiez son hôte. Pourtant, trois heures à peine après sa mort, vous avez utilisé son téléphone pour diffuser la nouvelle dans les pages d'un journal à sensation.

Kincaid avait grandi dans un monde où l'information était aussi dépourvue de scrupules que la météo. L'idée qu'un mort puisse avoir des droits quelconques en la matière ne lui était jamais venue à l'esprit. Il en conclut que le docteur craignait que ne soient révélées ses relations avec Frant et qu'il était furieux parce que le coup de téléphone avait contrarié les plans de Makepeace de tenir la presse à l'écart le plus longtemps possible. Tandis que le joueur réfléchissait à la tactique à employer, la porte s'ouvrit, et Collins bondit dans la pièce. Le petit rouquin était d'excellente humeur.

– Ames est enchanté par cette histoire, commença-t-il, puis, voyant les visages fermés qui l'environnaient, il agita la main. J'espère que je ne vous ai pas fait attendre. Quoi de neuf ?

Rogan se renversa sur ses coussins.

– Le docteur dit que, pour votre tête, une lotion ne suffit pas. Il lui faut un bon savon.

– Ta, ta, ta, docteur, fit Collins d'un air de réprimande. Vous connaissez la devise du *Record* : « La vérité, toute la vérité, et tout le reste, à nous de l'imaginer ! » Pourquoi vous inquiéter ? Ce n'est pas exactement comme si Sa Seigneurie avait enfreint la loi.

– Le docteur prétend que nous avons enfreint celle de l'hospitalité.

Le Dr. Braxton ignora leur ton railleur.

– Veillez à respecter la loi concernant la diffamation, menaça-t-il.

Collins prit la mine de quelqu'un décidé à se montrer raisonnable à tout prix.

– Je sais ce que vous ressentez, Doc, mais cet article m'a été commandé par Ames. D'ailleurs, pourquoi vous en prendre à moi ? Dorsey ne pourrait pas garder le secret, même s'il le voulait. Ma démonstration est la seule valable.

– Je n'en suis pas si sûr, intervint le sergent. Le docteur y a porté un sacré coup. Et puis votre théorie n'explique pas ce qui est arrivé à Kincaid, ajouta-t-il en montrant la porte défoncée.

– C'est simple. Frant n'a pas réussi à partir aussi vite qu'il l'avait prévu et il s'est caché dans cette chambre, croyant qu'elle était toujours occupée par miss Garwood. Kincaid est tombé sur lui dans le noir...

Le policier se mit à ricaner.

– Tu parles ! Et ce gringalet de Frant a étranglé Kincaid avant de filer à travers une porte close.

– J'ignore comment il a fait pour étrangler Kincaid, admit Dan, mais pour la porte, c'est un jeu d'enfant.

– Évidemment ! riposta Dorsey avec mépris.

– Oui. Donnez-moi trois mètres de ficelle et un clou, je tournerai la clé et tirerai le verrou en prime !

– Non, ça ne marchera pas ! s'écria Sue. Le battant est trop ajusté au chambranle. Bobby l'a prouvé.

Dan haussa les épaules.

– Il y a des tas d'autres solutions. Peut-être Frant s'est-il caché quelque part dans la chambre et s'est-il faufilé dehors pendant que vous vous affairiez autour de Kincaid.

– C'est impossible aussi, dit la jeune fille. Je suis restée sur le seuil jusqu'à ce qu'on ait fini de fouiller la chambre.

Collins n'était nullement impressionné.

– Eh bien, j'ai entendu parler de cas où la victime gisait inconsciente à l'intérieur de la pièce et avait été tuée *après* que la porte avait été forcée. (Se rendant compte qu'une telle méthode ne correspondait pas aux circonstances présentes, il se dépêcha d'enchaîner :) Et des gens ont été poignardés à travers des trous si petits qu'on ne les voyait pas, et...

Rogan éclata de rire.

– Du calme, Dan. Encore une hypothèse fantaisiste de ce genre et ils croiront que c'est vous le coupable.

– Certainement pas, assura le Dr. Braxton. N'empêche que l'échec de Mr. Collins est significatif. Il est habitué à concocter des solutions pour tout, mais il n'en trouve pas pour cette affaire. Il était absolument impossible pour quiconque d'entrer dans cette chambre, d'étrangler Kincaid et de ressortir en laissant la porte fermée de l'intérieur.

– Il doit bien y avoir une explication, protesta Dorsey.

– Pas nécessairement.

– Enfin...

– Je n'avais pas l'intention de vous embrouiller, sergent. Ce que je veux dire, c'est ceci : nous n'avons rien à expliquer *parce qu'il ne s'est rien passé.*

– Mais vous m'avez dit...

– Que nous avons trouvé la porte fermée à clé et Kincaid étendu sur le plancher. En effet, mais il n'y avait trace de personne d'autre. Pourquoi ? (Le docteur répondit à sa propre question.) Parce qu'il n'y a jamais eu personne d'autre. Kincaid a tout manigancé lui-même !

Rogan éclata à nouveau de rire.

– Vous me faites penser à Cortés voyant pour la première fois le Pacifique, docteur, mais, à en juger par l'expression de miss Braxton, vous êtes un peu en retard.

Le Dr. Braxton, stupéfait, se tourna vers Sue.

– Tu étais au courant, ma chérie ?

La jeune fille allait parler, mais Rogan prit les devants.

– « Au courant » n'est pas le terme exact, docteur. L'idée lui a effleuré l'esprit, comme à vous. Seulement, elle n'a rien dit parce qu'elle a compris que s'étrangler soi-même présente quelques difficultés.

Sue saisit la perche que lui tendait son oncle.

– Ce... c'est vrai. En outre, je ne parvenais pas à trouver une raison à cette mascarade.

Rogan adressa un petit clin d'œil ironique à sa nièce.

– Cela apaise-t-il vos soupçons, docteur ?

– Pas du tout. D'après l'attitude du sergent, je suppose que le rapport qu'il a sur vous contient davantage d'éléments que l'article du *Record* – éléments qui vous placent en tête de liste des suspects. Pour contrebalancer une telle situation, vous avez naturellement voulu fabriquer une preuve qui détournait l'attention de vous. Simuler une agression est un moyen fréquemment utilisé dans ces cas-là, me semble-t-il.

– Et la porte fermée de l'intérieur ?

– Sans doute avez-vous pensé qu'elle renforcerait l'atmosphère surnaturelle et ajouterait donc à la confusion.

– Vraiment, docteur, répondit Rogan en riant, votre imagination surpasse celle de Dan. Si seulement vous pouviez expliquer comment je me suis fait ça...

Il montra les marques sur son cou.

– Un homme déterminé peut s'infliger ce genre de meurtrissures. Et il n'est pas difficile de simuler un évanouissement.

– Vous n'avez pas cru que je simulais, ce matin.

– Je n'avais pas de motif de vous suspecter.

– Exactement. Et vous n'aviez pas de motif de suspecter Frant hier soir.

– C'était différent. Il ne fait aucun doute qu'il était mort lorsque je l'ai examiné pour la première fois.

Dan leva la tête en entendant ces mots, mais Rogan ne lui laissa pas le temps de parler.

– Seriez-vous infaillible, docteur ? enchaîna-t-il.

– Non, bien sûr. Il est des circonstances qui peuvent induire en erreur un médecin lorsqu'il s'agit de la mort, mais ce n'était pas le cas pour Frant. Tous les signes n'étaient que trop évidents. Je mettrais ma réputation professionnelle en jeu que Frant était mort avant que son corps ne soit transporté au premier étage.

– C'est ce qu'affirmaient les docteurs à propos de Washington Irving Bishop.

Collins fit claquer ses doigts.

— En effet, Doc. Kincaid a marqué un point.

— Qui était ce Bishop ? demanda Dorsey.

— Un voyant, répondit le journaliste. Il a fait sensation à New York vers 1890. C'était un charlatan, naturellement, comme tous les autres. Mais quantité de sommités de la médecine étaient persuadées que son cerveau comportait certaines particularités, et brûlaient d'y trifouiller avec leurs scalpels. Malheureusement pour Washington Irving Bishop, il était sujet à des accès de catalepsie. Un soir, au Lamb's Club de la 26e Rue Ouest, il est tombé dans le coma. Il y avait trois célèbres chirurgiens dans la salle et ils ont bondi sur l'occasion. Ils se sont empressés de le faire transporter dans une entreprise de pompes funèbres et l'ont déclaré décédé en dépit du fait que Bishop avait sur lui une carte spécifiant qu'il était coutumier de ce genre de crises. « Bah ! ont dit les chirurgiens. Qu'est-ce qu'il en sait, ce gars-là ? Il est forcément mort puisque nous avons décidé de disséquer son cerveau. Nous n'aurons peut-être pas la chance d'être sur place la prochaine fois. » Une chose est sûre, c'est qu'après avoir été découpé en morceaux, Bishop était bel et bien mort.

— Cette histoire est authentique, fit Rogan qui ajouta, songeant qu'il serait bon de glisser un avertissement à l'intention de son père afin que celui-ci ne s'engage pas trop loin : Les médecins concernés étaient tous trois des hommes de grande renommée. Pas de simples conseillers techniques d'une fabrique de produits pharmaceutiques.

Le Dr. Braxton ignora l'allusion.

— Chaque profession a ses brebis galeuses. Ce n'était pas un accès de catalepsie dans le cas de Frant, et la simulation est hors de question. Les convulsions qui ont précédé le décès étaient très violentes. Aucun être humain n'aurait été capable de contrôler sa respiration après une telle attaque, sans parler du pouls. Frant était mort. Il est impossible que je me sois trompé.

— Je suppose qu'il n'y a rien à répliquer à cet argument, fit observer Dorsey avant de se tourner vers Rogan. Eh bien, cher monsieur, j'ai comme l'impression qu'il va falloir vous remettre au trou pour quelque temps.

– Comment ça, sergent ? s'étonna le Dr. Braxton. Vous voulez dire que cet homme a déjà fait de la prison ?

Le policier opina.

– Pour vol à l'américaine, m'a-t-on informé de New York. Un joli coup. Qui lui a valu deux ans de détention ; mais je doute que la leçon lui ait servi. Les escrocs n'apprennent jamais. C'est pourquoi ce sont des escrocs.

– Je gagne aussi ma vie en jouant aux cartes. (Rogan s'adressa à son père.) Je suis un individu très dangereux, docteur, cependant, je ne vois pas en quoi cela renforcerait votre thèse. En fait, j'ai une idée assez imprécise de ce que vous essayez de prouver. Si je comprends bien, vous prétendez que j'ai fermé la porte et que je me suis étranglé pour éloigner de moi tout soupçon. Certes, j'admets que l'on nous croit, nous les ex-détenus, plus volontiers responsables de tous les méfaits, mais dans cette histoire, je n'arrive pas à imaginer de quoi l'on m'accuse. Nous avons tous, à tour de rôle, souligné l'étrangeté de cette affaire. Avant de me reprocher quoi que ce soit, il vous faudra d'abord déterminer quel crime je suis susceptible d'avoir commis. Bien plus, il vous faudra déterminer quel est mon mobile – un mobile qui tienne compte de tous les événements bizarres de la nuit dernière.

– Je pense que je suis en mesure de le faire, déclara le Dr. Braxton, le visage dur. J'aurais parlé auparavant si je n'avais pas eu peur de causer du tort à un innocent. Le meurtre d'hier soir était marqué par deux caractéristiques : l'ingéniosité et le sang-froid. J'étais embarrassé, car je savais que personne ne satisfaisait à ces exigences. Naturellement, vous m'êtes apparu comme une possibilité, mais il me semblait injuste de vous soupçonner pour la seule raison que je ne parvenais pas à éliminer tous les autres. Le portrait que le sergent a brossé de vous balaye mes doutes, non pas parce qu'il vous présente comme ayant été un criminel, mais parce que vous êtes à la fois doté d'ingéniosité et de sang-froid. Il ne me reste donc plus qu'une question à vous poser : *pourquoi êtes-vous venu au Kraken ?*

– Vous suivez une fausse piste, docteur. Je suis venu parce que Frant m'a laissé entendre que je pourrais me faire un peu d'argent au poker. (Rogan renifla.) À vous regarder, vous seriez plutôt du genre à faire des parties de bridge à dix cents le point. Frant ne m'en a rien dit. Peut-être l'ignorait-il lui-même.

Le Dr. Braxton se tourna vers le journaliste.

— Mr. Collins, diriez-vous que j'étais fondé à hasarder l'opinion que Kincaid était un personnage en vue dans sa spécialité ?

Dan souhaitait vivement rester dans le camp de Rogan, toutefois, comme il ne voyait pas le but de la question, il n'eut d'autre choix que d'acquiescer. Le docteur se pencha vers Dorsey.

— Alors, sergent, on nous demande de croire qu'un joueur professionnel – est-ce bien l'expression que l'on emploie ? – à court d'argent et désireux de regarnir son escarcelle aurait mis ses effets personnels en gage pour se payer un voyage de mille trois cents kilomètres sur l'invitation d'un homme qu'il connaissait à peine. Et qu'il aurait pris ce risque dans la perspective hypothétique de gagner assez d'argent au poker pour lui permettre de plumer à nouveau ses victimes habituelles.

— Frant jouait gros, objecta Rogan. Je l'ai soulagé de cinquante dollars sur le *Gigantic*.

— Cinquante dollars ! s'écria Dorsey, l'air méprisant. D'après le rapport que j'ai reçu de New York, la valeur minimale de jetons à acheter pour s'asseoir aux tables de poker que vous fréquentez régulièrement est de mille dollars.

— Merci, sergent, reprit le docteur. Kincaid, si vous vouliez seulement jouer au poker, vous n'auriez jamais quitté New York. Vous aviez une idée derrière la tête. Vous êtes venu ici parce que vous pensiez à quelque chose – à quelque chose que vous pouviez négocier pour la somme de mille dollars dont vous aviez besoin.

— Et qu'est-ce qui m'aurait rapporté mille dollars ? demanda Rogan.

— Un meurtre !

— Si vous croyez que quelqu'un m'a versé mille dollars pour tuer Frant, vous êtes fou !

— Vous allez recevoir beaucoup plus que cela.

— De qui ?

— Du *Record* !

XVI

Le coup de grâce

Pendant une dizaine de secondes, tout le monde resta pétrifié. Puis Dan Collins sembla chercher son souffle comme quelqu'un qu'on tente d'étrangler. Rogan jeta un coup d'œil à Dorsey et vit, à l'expression de son visage, qu'il commençait à considérer de plus en plus favorablement la théorie du Dr. Braxton. Il fallait que cela cesse, et vite. Le sergent était désormais juge et partie puisqu'il avait le pouvoir de retenir Kincaid en prison comme témoin essentiel. Dans cette éventualité, et avec les autres accusations que le docteur portait contre lui, Rogan savait qu'il se retrouverait à la merci d'un procureur lorgnant sur un siège de sénateur et fermement convaincu que les ex-détenus étaient ses proies naturelles.

La riposte la plus simple consistait à discréditer le docteur en révélant ses liens avec Frant. Cependant, pour une fois dans sa vie, le joueur se surprit à hésiter sur la marche à suivre. Il n'avait aucune sympathie pour l'hypocrisie de ce code qui voulait que l'honneur soit sauf si les brèches qu'on y avait taillées demeuraient secrètes. Le Dr. Braxton avait partagé avec Frant les profits d'un trafic sordide tablant sur la crédulité de pauvres femmes qui ne craignaient pas d'avaler des produits inconnus. Plus rien ne faisait obstacle à ce qu'il réponde des conséquences de sa trahison envers sa profession. Pourtant, contre toute logique, Rogan fit une dernière tentative pour se défendre sans incriminer son père.

— Votre intervention est très habile, docteur, déclara-t-il, mais même les coïncidences ont des limites.

— C'est vous qui avez été habile, Kincaid, pas moi. Mr. Collins a dit que cette affaire avait été taillée sur mesure pour son journal. Il avait raison, au sens littéral du terme.

– Vous m'attribuez des pouvoirs surhumains, répliqua Rogan avant de se tourner vers Dorsey. Pour ce qui est de la vraisemblance, essayez ce scénario, sergent : j'ai besoin d'argent et je combine un plan pour vendre à Ames une histoire de meurtre. N'ayant pas de cadavre, je décide d'en fabriquer un. Seulement, Ames peut trouver des meurtres à la pelle pour quelques dollars à peine. Il faut donc que celui-ci soit spécial. Alors, je plante mon décor dans une maison vieille de deux siècles. Je distribue les rôles avec soin. J'invente un poison étrange et subtil ainsi qu'une malédiction. Et dans un excès de réalisme, j'imagine une scène où je me fais étrangler à l'intérieur d'une chambre close, sous le patronage de Paracelse et de Mme Blavatsky. En trois jours, tout est prêt. Je manque me noyer dans l'océan en furie, mais peu importe. Frant meurt au moment prévu. J'appelle Ames – un peu après l'heure du bouclage, mais suffisamment à temps pour modifier la une. Mille dollars, docteur ? Si vous connaissez quelqu'un qui cherche une bonne fantasmagorie, il n'y a pas meilleur marché que moi !

Kincaid s'était quelque peu emporté.

Les accusations du docteur contre Rogan rejoignaient les propres convictions de Dorsey. Le rapport de Centre Street sur le joueur avait pesé d'un grand poids depuis le début. Néanmoins, son honnêteté foncière l'obligeait à admettre le bien-fondé des déclarations de Kincaid, même si elles contenaient des références qui lui échappaient. Il secoua la tête.

– Lorsque Kincaid expose ainsi les choses, docteur, votre théorie ne résiste guère.

– Peut-être, mais la force de son argumentation repose entièrement sur la façon dont elle est présentée, et non sur les faits eux-mêmes. Il essaie de nous convaincre d'inverser la cause et l'effet par un artifice de raisonnement. Si quelqu'un dit qu'il fait froid en hiver parce qu'il y a de la neige, vous éclatez de rire ; vous savez très bien que la neige est la conséquence du froid et non sa cause. Toutefois, si une affirmation tout aussi aberrante est faite de manière alambiquée, telle que le discours que vient de prononcer Kincaid, la fausseté de la démonstration est beaucoup plus difficile à déceler.

Dorsey se gratta le menton.

– Je comprends ce que vous voulez dire, mais je ne vois pas bien comment cela peut s'appliquer ici.

– C'est très simple. Kincaid prétend que l'accusation portée contre lui est fondée sur l'hypothèse qu'il a décidé *d'abord* d'assassiner Frant et imaginé *ensuite* cette histoire de malédiction, puis trouvé le poison adéquat pour son accomplissement. Si tel avait été le cas, il aurait raison de clamer que l'accusation est absurde. En réalité, c'est l'inverse qui s'est passé. Probablement Kincaid savait-il déjà comment préparer le poison dont il s'est servi. Frant lui avait raconté la légende de la malédiction, et il a été frappé par la similitude entre la formulation de la malédiction et les effets de ce poison. Lorsque Frant l'a rencontré à New York et l'a invité dans sa maison du Kraken, Kincaid avait désespérément besoin d'argent. Sans doute l'idée de proposer davantage de sujets d'articles au *Record* lui avait-elle traversé l'esprit mais, malheureusement, une autre série de souvenirs ne lui aurait pas rapporté les mille dollars qui lui étaient nécessaires. Le *Record* est un journal vulgaire, et les goûts de ses lecteurs sont surtout orientés vers les crimes spectaculaires, aussi a-t-il pensé qu'il lui serait possible de gagner cette somme en mettant en scène un meurtre et d'en vendre l'exclusivité au journal.

Rogan soupira intérieurement. Si son père continuait sur cette voie, il n'aurait d'autre solution que de le dénoncer pour se sauver lui-même. Il lui avait déjà laissé entendre qu'il était au courant de ses relations avec Frant, mais il était possible que le docteur n'eût pas compris. Dans ce cas, une allusion plus directe allait peut-être lui faire prendre conscience de la précarité de sa situation.

– Même votre maîtrise de la dialectique, docteur, ne peut masquer le fait que vos arguments contre moi reposent entièrement sur des suppositions. Vous affirmez que j'ai fermé la porte à clé et que je me suis étranglé moi-même. Vous n'en avez aucune preuve, mais vous l'acceptez parce que vous ne trouvez pas de meilleure explication. C'est encore pire lorsque vous certifiez que Frant a succombé après avoir absorbé quelque mystérieux poison, puisque vous vous appuyez sur la seule hypothèse que Frant est mort.

Kincaid marqua une pause pour être certain que sa phrase suivante atteigne son but.

– Ne croyez-vous pas que si vous examiniez les doigts du cadavre, vous pourriez reconsidérer vos conclusions ?

– Quel est le rapport entre les doigts de Frant et sa mort ?

Le Dr. Braxton posa cette question sans ciller. À l'évidence, il devait juger que de battre en retraite une fois que l'on avait pris une position équivalait à reconnaître sa faiblesse. Rogan décida de lui offrir une autre échappatoire.

– Il y a encore un autre point, docteur. Le mobile que vous invoquez a le charme de la nouveauté, mais il n'est pas très pratique. Deux ou trois petits hold-ups à New York auraient été un moyen beaucoup plus efficace de récupérer de l'argent.

– Pas du tout. Je crois que l'atout principal de votre plan est son apparente sûreté. (Le Dr. Braxton pivota brusquement vers Dorsey.) En règle générale, sergent, il me semble que le procédé habituel de la police est de découvrir le mobile. À défaut, vous essayez de pister le butin. N'ai-je pas raison ?

– Si, répondit Dorsey.

– Avez-vous remarqué avec quelle ingéniosité l'un et l'autre étaient dissimulés dans cette affaire ? Le mobile du meurtre – l'article du *Record* – ne s'est révélé qu'après la mort de Frant ; un autre exemple du stratagème de Kincaid d'inverser la cause et l'effet. Et le produit du crime était non pas un paquet de billets de banque volés au cours d'un de ces hold-ups dont il parle avec tant d'aisance, mais un chèque remis en toute bonne foi par un journal de New York.

À la physionomie du policier, on voyait que, quels que fussent ses doutes, ils s'écroulaient devant l'habileté avec laquelle le docteur démolissait chaque argument. Collins en était très inquiet. Il n'avait aucun moyen de deviner la manière dont Rogan avait construit sa stratégie, mais son échec était manifeste. Que le joueur s'efforçât de se tirer personnellement de cette mauvaise passe ne surprenait pas le journaliste. Mais cette fois, le *Record* était compromis dans un vilain scandale, sinon pire. Si Kincaid était acculé dans ses derniers retranchements, il ne se soucierait peut-être pas de mettre le *Record* à l'abri d'éventuelles poursuites. Dan décida de prendre les choses en main.

– Écoutez, docteur, commença-t-il, vous dirigez vos flèches sur Kincaid, mais vous attaquez aussi mon journal. C'est pourquoi je me permets d'intervenir. Si vous croyez que je vais rester garde baissée jusqu'à ce que je voie le blanc de vos yeux, vous vous trompez à cent pour cent J'ai ma propre idée sur cette affaire, comme vous savez, et la seule objection que vous y opposez est que Frant est mort. Peut-être vous trompez-vous également à ce sujet.

– Les signes de la mort étaient trop évidents pour que je commette une erreur.

– Vous en avez commis une plus énorme encore lorsque vous avez pris Kincaid pour un pigeon. J'ignore quel atout il cache dans sa manche, mais je vais descendre sur-le-champ téléphoner mes tuyaux sur Sa Seigneurie à mon journal. Une fois que la nouvelle sera connue, vous aurez du mal à intéresser les gens à vos théories fondées sur le mobile à la Dick Tracy que vous nous avez concocté.

Le journaliste se dirigea vers la porte, mais le Dr. Braxton lui barra le passage.

– Sergent, lança-t-il avec un sang-froid que Rogan lui-même trouva admirable, l'enquête concernant Kincaid n'est pas encore terminée. Si nous tardons trop, nous donnerons l'occasion au *Record* de causer un tort aussi injuste qu'irréparable à lord Tethryn. N'y a-t-il rien que nous puissions faire contre cela ?

Dorsey hocha la tête, ravi de l'aubaine qui lui était offerte de rabattre son caquet à Collins.

– Si. J'en sais assez sur Kincaid pour le faire mettre à l'ombre. New York dit qu'il est fauché ; par conséquent, je peux l'inculper pour délit de vagabondage et le laisser mijoter en prison le temps que le procureur examine l'affaire. De toute façon, ça devient trop compliqué pour m'en occuper tout seul.

Kincaid maudit Collins pour avoir précipité les événements. Néanmoins, cela ne faisait pas vraiment de différence. Le joueur était désormais convaincu que son père était un homme confit d'égotisme, enfermé dans la certitude que son statut professionnel le rendait invulnérable. Une attaque plus directe ébranlerait peut-être sa suffisance, et Rogan comptait que la nervosité provoquée par l'intervention de Collins lui permettrait d'agir en sorte que ses intentions échappent aux autres mais pas au docteur. Il sourit à Dorsey.

– Vous partez du mauvais pied, sergent. Ne vous jetez pas systématiquement sur le suspect qui vous est proposé en dernier. Il y a si peu de preuves dans cette affaire que je peux accuser n'importe qui sur cette île avec les mêmes arguments que le docteur.

Le Dr. Braxton s'interposa.

– Kincaid a le droit de se défendre, sergent, mais pas aux dépens des autres invités. Le voilà qui lance des propos diffamatoires dans l'espoir que Collins les publiera et qu'ils voileront la vérité.

Rogan était contrarié. Le docteur semblait s'obstiner à compliquer les choses. Peut-être serait-il plus facile à manier si la menace contre Tethryn était levée.

– Ne vous inquiétez pas pour vos amis, docteur. Pour prouver ma générosité, je vais vous montrer que la théorie de Collins ne met pas nécessairement en cause le comte. Le placard dans la chambre de Frant a une profondeur de deux mètres et la même largeur que la salle de bains. Si Frant avait entreposé le cadavre dans ce placard pendant la durée du dîner, il n'y avait rien dans la pièce pour éveiller la suspicion de Tethryn.

– Lord Tethryn n'a pas besoin qu'on le défende, riposta le Dr. Braxton d'une voix qui sonna à l'oreille de son fils comme volontairement arrogante ; sauf contre les journaux, et je pense qu'il n'est pas impossible de régler ce détail. Par conséquent, sergent...

– Une minute, l'interrompit Rogan. J'ai dit à Dorsey que je pouvais accuser n'importe qui sur cette île et j'insiste pour le démontrer. Prenons, pour commencer, la personne la moins susceptible d'être soupçonnée – vous, docteur. Vous étiez le seul

invité habitant la région qui connaissait Frant. Il était sociale-
ment indésirable et pourtant vous en avez fait votre ami. Vous
avez tenté de masquer cette tare en le décrivant comme un char-
meur, bien que tout le monde eût repéré en lui le menteur au premier coup d'œil. Pour couronner le tout, vous nous avez dit qu'il
était un excellent chimiste, mais il se trouve que je sais qu'il est
incapable de faire la différence entre le calomel et le bichlorure
de mercure.

La charge était si brutale que le joueur s'attendait à ce que son
père batte en retraite, mais l'assurance du Dr. Braxton ne fut pas
entamée. Il se dressa devant Dorsey.

– Si vous êtes décidé à arrêter Kincaid, je vous exhorte à le
faire immédiatement ! s'exclama-t-il. Ensuite, vous pourrez
informer les journaux de sa mise en accusation afin que la nouvelle soit publiée cet après-midi. Ainsi, vous devancerez d'une
demi-journée le *Record*, qui est une édition du matin.

Collins était hors de lui.

– Avisez-vous de faire ça, rugit-il, et vous verrez fondre les
fils du téléphone, car j'enverrai mon article sur Tethryn à toutes
les feuilles de chou du pays ! Si vous vous figurez qu'ils imprimeront les mésaventures de Kincaid alors qu'ils auront à leur
disposition celles d'un comte aussi intègre en apparence que
Roosevelt, vous vous mettez le doigt dans l'œil !

– Asseyez-vous, Dan, ordonna Rogan, et cessez de vous
prendre pour le grand manitou de la presse. De toute façon, votre
précieuse théorie est fausse.

Collins était atterré.

– Simplement parce que le docteur affirme que Frant est
mort...

– Je sais. Cela ne prouve rien. Oh, je concède que votre idée
est bonne dans l'ensemble. Là où vous vous trompez, c'est dans
la désignation du complice de Frant. Il ne s'agit pas de lord
Tethryn !

Rogan marqua une pause pour donner à son père une dernière
chance, mais il n'y avait aucun changement sur le visage du docteur. À l'évidence, il avait résolu de discréditer Kincaid pour
pouvoir tirer son épingle du jeu. Le joueur décida de renoncer.

– Écoutez, sergent, reprit-il en se tournant vers Dorsey. Lorsque Dan vous a dit que la mise en scène d'hier soir était une mystification pour aider Frant à disparaître, vous l'avez cru. Pourquoi ? Parce que c'était la seule solution qui ne faisait pas intervenir de mystérieux poisons, des fantômes ou autres stupidités de ce genre. Mais après avoir accepté la théorie de Collins, vous l'avez ensuite réfutée. Pourquoi ? *Parce que le Dr. Braxton a déclaré que Frant était mort.* Mais le docteur mentait ! Il mentait parce qu'il était dans la combine !

Collins s'enflamma.

– Par Dieu, vous y êtes ! Et voilà aussi d'où provenait le cadavre ! Les cadavres ne poussent pas sur les arbres, mais les facultés de médecine en sont pleines !

Le Dr. Braxton perdit son calme.

– Faites attention à ce que vous dites, monsieur ! Pourquoi aurais-je été de connivence avec Frant ?

Avant que Collins ne puisse s'expliquer, des bruits de pas retentirent dans le couloir et la porte s'ouvrit en coup de vent. Ordway et Nelson entrèrent, traînant entre eux un homme qui avait du mal à se tenir sur ses jambes. Une paire de menottes lui entravait les poignets et une autre les chevilles.

– Qui est-ce ? demanda Dorsey.

Les deux policiers lâchèrent leur prisonnier qui s'écroula sur le sol, puis ils le soulevèrent.

– Hoyt, répondit Ordway, un large sourire sur les lèvres.

– Que s'est-il passé ? A-t-il opposé de la résistance ?

Nelson montra l'œil au beurre noir de l'homme.

– Un peu.

– Il restera tranquille maintenant. Mettez-le debout.

Une fois débarrassé de ses cerbères, le retoucheur photographe réussit à se relever tout seul.

– Pourquoi êtes-vous venu sur l'île ? aboya Dorsey.

– Je savais que Frant s'y trouvait. Je voulais le tuer. Lui et son associé – ce docteur qui a inventé le produit responsable de la mort de ma femme.

Sue eut un hoquet.

– Ce n'est pas vrai !

Hoyt tendit vers la jeune fille ses mains menottées.

– Si, c'est vrai ! gémit-il. Vous me l'avez dit vous-même !

Collins flaira la victoire.

– Qu'avez-vous à répondre, Doc ?

Son regard se posa sur le Dr. Braxton, et Hoyt se rua sur le vieil homme en hurlant. Tandis que Nelson et Ordway empoignaient le retoucheur photographe, Sue saisit le bras robuste du sergent.

– Ne voyez-vous pas que cet homme est fou ?

– Ah, oui ? Quel est ce poison dont il parle ?

– Le dinitrophénol. C'est...

– Le dinitrophénol ! répéta le docteur en avançant vers Hoyt et en fixant son visage maigre et contusionné. Mr. Frant a-t-il vendu du dinitrophénol à votre femme ?

Les yeux bordés de rouge s'embrasèrent d'une lueur chargée de haine.

– Lui et vous. En flacon et disponible dans tous les drugstores... un dollar le flacon... la mort pour un dollar. Vous l'avez fait se consumer de fièvre ! L'enfer est un châtiment trop doux pour vous deux. (Sa voix s'éleva en un crescendo de plus en plus aigu.) Elle m'aimait, je vous dis... ma femme, ma merveilleuse femme... et vous l'avez tuée !

Il s'interrompit brusquement, ferma les yeux et s'effondra comme une masse sur le sol.

Collins triomphait.

– Vous demandiez pourquoi vous auriez été de connivence avec Frant, Doc ? (Il tendit le doigt en direction de Hoyt.) Voilà votre réponse !

Le Dr. Braxton ne prêta pas attention au journaliste. Il était même douteux qu'il l'ait entendu. Lorsque Hoyt était tombé, le docteur s'était retourné pour fouiller dans sa mallette posée sur une chaise près du lit de Rogan. En un éclair, Dorsey avait bondi à ses côtés, lui happant le poignet.

– Que cherchez-vous ?

– De l'ammoniaque, sergent. Cet homme a besoin de soins médicaux.

– Il en recevra, mais pas de vous, dit-il avant de rugir à l'intention de ses deux assistants : Emmenez ce gars dans une autre pièce et demandez à Murchison de s'occuper de lui. Ensuite, envoyez-moi Feldmann. (Il lâcha le poignet du Dr. Braxton et recula.) Pardonnez-moi, docteur, mais je ne veux prendre aucun risque. Hoyt sera en sûreté avec Murchison. Plus qu'avec vous – si vous étiez le complice de Frant dans cette escroquerie, comme il le prétend.

Le Dr. Braxton parut stupéfait.

– Je ne comprends pas, murmura-t-il. Cette accusation... Je n'ai jamais vu cet homme auparavant.

Malgré elle, Sue scruta le visage de Rogan. N'y trouvant aucune aide, elle traversa la chambre et entoura de son bras les épaules de son grand-père.

– Ne vous inquiétez pas à cause de Mr. Hoyt, le rassura-t-elle. À mon avis, il est fou. La nuit dernière, il nous a raconté les circonstances dans lesquelles sa femme était morte. Je lui ai dit qu'il devait faire erreur pour le produit, puisque c'était vous qui aviez suggéré le dinitrophénol à Mr. Frant, et... il a cru...

– ... que j'étais l'associé de Frant, termina le docteur. Je vois.

Feldmann passa son cou de dindon par la porte.

– Vous m'avez fait demander, sergent ?

– Oui.

Dorsey lui exposa la théorie de Collins selon laquelle le cercueil aurait été caché sur la corniche et lui ordonna de chercher des indices. Puis il se tourna à nouveau vers le docteur.

– Expliquez-moi ce qu'est le dinitromachin...

– C'est une substance chimique qui accélère le métabolisme et, de ce fait, réduit le surplus de graisse. Il y a quelques années, son emploi a été recommandé par les journaux médicaux, mais on s'est rendu compte plus tard que son action variait considérablement selon les individus et qu'un surdosage risquait de provoquer la cécité et même la mort. De tels dangers peuvent souvent être éliminés par les chimistes, et j'ai suggéré à Frant de faire étudier le problème par ses laboratoires. Ma participation dans l'affaire s'arrête là.

La réaction du vieux docteur aurait produit son effet sur Dorsey si Makepeace n'avait pas choisi cet instant pour entrer dans la pièce.

Le travail de l'avocat consistait essentiellement à guider ses clients dans les dédales des lois sur la transmission du patrimoine, et il n'avait pas mis les pieds dans un tribunal de police depuis des années. Il franchit la porte, enveloppé de son indignation comme d'une cape ; un état d'esprit on ne peut plus défavorable pour discuter avec l'opiniâtre Dorsey.

Makepeace ne perdit pas de temps en préliminaires.

— Sergent, vos hommes me disent que vous avez accusé le Dr. Braxton de complicité dans cette histoire. Ils sont restés vagues en ce qui concerne la nature exacte de ce qu'on lui reproche, mais peu importe. Toute hypothèse quelle qu'elle soit qui mette le docteur en cause, est ridicule.

La mâchoire du sergent se contracta.

— Vous n'avez aucune raison d'adopter cette attitude, Mr. Makepeace. Je ne suis qu'un taureau sur le retour, mais ma tâche est de tirer au clair ce qui s'est passé hier soir et je m'efforce de l'accomplir d'une façon équitable pour tous.

— Alors, veillez à être équitable avec le Dr. Braxton. Et si vous avez des doutes sur ce que cela signifie, j'ai fait appeler le Dr. Murchison.

— Pourquoi mêler Murchison à tout ceci ?

— Parce qu'il est votre ami et que vous serez davantage enclin à l'écouter lui que moi. Je veux qu'il vous confirme la réputation de Stirling Braxton tant au niveau régional qu'au niveau national. Et lorsque Murchison en aura fini, j'espère que vous comprendrez à quel point il serait extravagant de votre part de vous laisser aller à des propos incontrôlés à l'encontre d'un homme dans la position du Dr. Braxton.

La porte s'ouvrit, et, dans l'entrebâillement, apparut la face rougeaude et luisante du Dr. Murchison. Le brave docteur était fin soûl. Makepeace et Dorsey se raidirent à sa vue.

— J'peux entrer ?

Le sergent jura entre ses dents, puis répondit à voix haute

– Si vous voulez, Doc, mais nous sommes très occupés.

– Ça tombe bien, Tom. J'viens jusmetent... justement vous parler boulot.

Le médecin légiste se glissa dans la pièce, un sourire béat de chérubin sur les lèvres. Il avait égaré ses lunettes et ses yeux ronds injectés de sang se promenèrent sur les gens qui lui faisaient face sans qu'il reconnaisse personne. Dorsey le prit par le bras.

– Merci, Doc, mais nous maîtrisons la situation. Vous pouvez disposer.

– J'peux pas m'en aller, fit Murchison en agitant la tête comme un enfant obstiné. Faut que j'donne mon tégnamoige... témoignage. Sur le Dr. Braxton. Le Dr. Stirling Braxton.

– Oui, Doc. Je sais. Mr. Makepeace m'a mis au courant.

– Non. Pas Makepeace. J'suis le seul à savoir et j'vais vous dire. C'est à propos du cavadre... cadavre dans la chambre à côté. Le Dr. Braxton, le grand Dr. Stirling Braxton, il a arraché toutes les empreintes digitales.

Dorsey saisit le gros médecin par les épaules et le secoua.

– Que voulez-vous dire ?

Murchison tenta de joindre les extrémités de ses doigts dans un geste d'explication.

– Les bouts des doigts. Il les a découpés.

– Ceux de Frant ?

– L'cadavre, c'est pas Frant, sinon pourquoi il aurait ôté la peau avec les empreintes ?

– Qu'est-ce qui vous fait croire que le Dr. Braxton est l'auteur de cette mutilation ?

– Du travail de prossef... de prochef... (Murchison chercha un mot plus facile.) Du beau travail ! J'aurais pas fait aussi bien. Et un fropane... profane... impossible !

Dorsey fit pivoter le médecin légiste sur lui-même et le poussa sur une chaise, puis il s'adressa au Dr. Braxton.

– Qu'avez-vous à répondre à cela ?

– J'ignore ce dont il parle.

– Ah ? Eh bien, il dit que le cadavre n'est pas celui de Frant parce que quelqu'un lui a pelé le bout des doigts pour empêcher qu'on l'identifie. Il dit aussi que c'est du travail de professionnel. Par conséquent, il est plus que probable que vous ayez effectué cette opération.

– Il n'est guère en condition d'émettre une opinion.

Ce fut au tour du sergent d'être indigné.

– Savez-vous ce qui l'a mis dans cet état ? Il lui a fallu avaler une certaine quantité d'alcool afin de parvenir à accuser un homme pour qui il a toujours eu un immense respect. Il n'était pas ivre lorsqu'il s'est rendu compte de la mutilation. Vous pouvez en être certain.

Il ouvrit la porte et appela Feldmann.

– Qu'allez-vous faire, sergent ? demanda Makepeace.

– Désormais, je détiens une preuve. La première depuis mon arrivée. Si les constatations de Jake pour la corniche vont dans le même sens, tout laisse à croire que le docteur a aidé Frant à rouler ses créditeurs.

Le Dr. Braxton se leva. Le premier choc était passé, et le vieil homme se dressait fièrement devant Dorsey. Rogan se prit à admirer son père. C'était peut-être un charlatan et un hypocrite, mais il faisait face à une situation difficile avec un calme et une dignité que le joueur n'avait jamais observés auparavant.

– Je comprends votre point de vue, sergent, dit le Dr. Braxton d'une voix aussi placide que s'il traitait d'un problème de chimie. J'émets le vœu que vous comprendrez le mien. La preuve sur laquelle vous fondez votre accusation ne me désigne pas, contrairement aux apparences. J'espère que je serai capable de le démontrer. Vous parlez d'escroquerie comme s'il s'agissait de la principale accusation retenue contre moi. Mais croyez-moi, l'allégation selon laquelle j'étais complice de Frant dans cet abominable trafic est beaucoup plus sérieuse, bien que cela ne tombe peut-être pas sous le coup de la loi. Toute ma vie, je me suis battu contre la maladie. Toute ma vie, je me suis battu pour l'intégrité de ma profession. J'ai mis au point près d'une centaine de méthodes de diagnostic et je les ai offertes à la science. Est-il concevable que je change aujourd'hui de conduite afin de gagner quelques dollars en vendant du poison à de malheureuses femmes ?

Le visage disgracieux de Jake Feldmann émergea à la porte avec la circonspection d'un périscope.

– Vous souhaitiez me voir ?

– Oui, répondit Dorsey. Vous avez mes renseignements ?

– Je ne me suis pas encore attaqué à la cheminée, mais j'ai jeté un coup d'œil à la corniche et au rebord de la fenêtre. Toutefois, je n'ai pas eu le temps de faire des recherches approfondies.

– Peu importe. Dites-moi ce que vous avez trouvé.

– Il y a eu quelque chose de rectangulaire posé sur la corniche, sous la fenêtre – peut-être une jardinière. Je ne saurais préciser quelle était sa largeur parce qu'il ne reste qu'une marque dans un coin.

– Et le rebord de la fenêtre ?

– J'y ai également découvert des marques, mais rien de concluant. On a pu tirer une boîte à l'intérieur aussi bien qu'en pousser une à l'extérieur.

– Les volets étaient-ils vissés sur les cadres ?

– Tous, sauf un.

– Vérifiez tous les autres volets de l'étage. C'est peut-être important. Vous fouillerez les cendres de la cheminée après.

Le technicien de la police alla à la fenêtre la plus proche de lui et se mit à examiner les vis à travers ses épais verres de lunettes. Dorsey se tourna vers le Dr. Braxton.

– Alors, docteur, qu'avez-vous à répondre *maintenant* ?

Pour Sue, la discussion avait été infiniment plus pénible à supporter que les horreurs grand-guignolesques de la veille au soir. Entendre son oncle et son grand-père s'accuser mutuellement d'escroquerie et de meurtre l'avait si bouleversée qu'elle n'avait pas fait d'effort pour suivre les détails de leurs argumentations en faveur de l'innocence ou de la culpabilité de l'un et de l'autre. D'ailleurs, c'était peut-être pour cette raison même qu'elle finit par se rendre compte, lentement mais beaucoup plus nettement qu'aucun des autres, que le nœud du débat résidait dans l'identification du corps qui reposait dans la pièce voisine. Dorsey et son oncle paraissaient certains que les vêtements du mort et le fait qu'on lui avait arraché la peau des doigts réglaient la question – c'est-à-dire que le cadavre était celui d'un inconnu. Cependant, cette hypothèse suggérait que son grand-père s'était livré à quelque acte frauduleux, ce qui était impossible. Il devait sûrement y avoir une autre solution. Elle ferma les yeux et se creusa la cervelle pour trouver une réponse. Lorsque celle-ci jaillit, la révélation fut si violente que la jeune fille exprima ses pensées à haute voix.

– Évidemment ! lança-t-elle. Ce n'est pas lui qui a fait ça !
Dorsey la regarda, surpris.

– Qui n'a pas fait quoi ?

– Grand-Père. Ce n'est pas lui qui a ôté la peau des doigts.
Murchison sortit de sa torpeur.

– Si, c'est lui. C'est pas possible autrement.

– Vous ne l'avez pas vu faire, n'est-ce pas ?

– Non, mais c'est du travail de professionnel. J'en aurais pas été capable moi-même.

– Quand l'opération a-t-elle été réalisée ?

– La nuit dernière... p't-être ce matin.

– Ne comprenez-vous pas ? s'exclama Sue en se plantant devant Dorsey. Si mon grand-père et Mr. Frant avaient voulu maquiller le corps, arracher la peau des doigts aurait été la première chose à laquelle ils auraient pensé. Ils n'auraient pas attendu le dernier moment.

Le sergent secoua la tête.

– Je serais davantage porté à vous croire, mademoiselle, s'il y avait quelqu'un d'autre sur cette île susceptible de faire cela.

– Mais il y a quelqu'un ?

– Qui ?

– Cet homme là-bas ! cria Sue en désignant Feldmann qui, ignorant ce qui se passait autour de lui, inspectait méticuleusement les têtes des vis sur les volets.

– Doux Jésus, j'avais complètement oublié Jake ! Ce serait bien de lui !

Dorsey appela Feldmann et l'expert en anthropométrie se retourna.

– Vous avez besoin de moi, sergent ?

— Oui. Murchison dit que quelqu'un a ôté la peau de l'extrémité des doigts du cadavre. Est-ce vous ?

— Naturellement.

Dorsey faillit s'étouffer.

— Comment ça, naturellement ? Qu'est-ce qui vous a pris ?

— Les crêtes papillaires de la surface externe de la peau étaient détruites. Mais leurs dessins traversent la pulpe, c'est pourquoi il était nécessaire d'étudier la face interne de la peau. Dans les affaires de ce genre, les empreintes digitales constituent le moyen idéal d'identification.

— À condition de disposer d'un élément de comparaison.

— Oh, mais j'en ai un ! C'est la raison pour laquelle je vous ai demandé l'autorisation de téléphoner à Washington.

— Wouah ! gloussa Collins. Ames va adorer ça ! Le FBI identifie un cadavre en putréfaction !

— Non, non ! Pas le FBI, Mr. Collins, le ministère des Anciens Combattants. Laissez-moi vous expliquer.

— Inutile, répliqua Dorsey. Nous avons compris. Vous leur avez téléphoné la formule. D'accord. Dans combien de temps aurez-vous une réponse ?

— Je l'ai déjà reçue. L'identification est positive.

— Dieu du ciel ! Et vous n'avez rien dit ?

Feldmann ouvrit de grands yeux.

— À quoi bon vous importuner avec des détails alors que vous connaissez déjà les faits ? Ne vous en ai-je pas informé ce matin ? Le cadavre est bien celui de Mr. Frant.

XVII

Tel père, tel fils

Une seconde plus tôt, la pièce résonnait de bruits confus, mais après la déclaration de Feldmann, il se fit un silence absolu. Rogan observa les visages de ses compagnons. Il en avait tout le loisir, car l'onde de choc se propageait sur eux en vagues successives. D'abord, ce fut la surprise. L'idée que le cadavre n'était pas celui de Frant avait été élevée au rang de certitude, et la voir s'écrouler d'un seul coup laissait le groupe sans voix. Puis l'impossibilité de la chose commença à faire son chemin dans les esprits. Encore quelques minutes auparavant, ils étaient prêts, pour la plupart, à accepter comme une thèse soutenable que le cadavre était celui de leur hôte. À présent que le fait était établi, chacun à sa manière paraissait soudain se rendre compte que cela ne se pouvait pas. Excepté Feldmann, personne ne doutait que Frant était vivant la nuit précédente. Trop de témoins le certifiaient. En outre, Kincaid lui-même avait rencontré le petit homme à New York trois jours plus tôt. Non, il n'y avait pas d'issue. La transformation qui s'était opérée dans le corps de Frant était horrible, impossible, mais elle s'était produite.

Comme d'habitude, Makepeace fut le premier à parler.

– Je ne comprends pas, sergent. Que vient faire le ministère des Anciens Combattants dans l'affaire ?

– Le ministère possède les empreintes de tous les anciens soldats. Frant était âgé de quarante-cinq ans environ, et Feldmann a tenté sa chance.

– Je n'ai pas tenté ma chance, sergent, protesta le technicien, vexé. Il y avait un bouton au revers de l'un des costumes de Mr. Frant et...

– Vous avez intérêt à ne pas vous tromper, l'interrompit sèchement Dorsey. S'il y a la moindre erreur, je... (Soudain, il prit un air suspicieux.) Comment avez-vous réussi à obtenir qu'un bureaucrate de Washington vous fournisse un renseignement en deux heures ?

Feldmann eut un petit sourire.

– J'ai un ami. Il...

– C'est ça ! tonna Dorsey. Vous avez un ami ! Je connais ce genre de gars de Washington. Vous lui avez donné la formule, il a fourré le papier dans sa poche et il est parti déjeuner. Et puis il s'est dit que vous aviez probablement raison ; alors, pourquoi se fatiguer ? Il vous a rappelé et vous a déclaré que les empreintes étaient celles de Frant. Si jamais vous découvrez le pot aux roses, il pourra toujours prétendre qu'il les a confondues avec celles d'un autre parce que l'armée avait mal fait son travail au départ.

La diatribe de Dorsey ne servit qu'à accroître la fatuité de l'expert en anthropométrie.

– Moi aussi, je connais les fonctionnaires, sergent, et je ne leur fais aucune confiance. Du reste, ce n'était pas nécessaire. Je n'ai pas donné à mon ami la formule des empreintes du cadavre. Je lui ai demandé celle de Frant. Lorsqu'il m'a téléphoné, il m'a annoncé :

$$19 \quad \text{I } 13 \quad \text{U IOM} \quad 21$$
$$\text{I } 18 \quad \text{R} \quad \text{OOI}$$

« De cette manière, j'ai procédé moi-même à la comparaison. La formule correspond.

Dorsey s'assit sur le lit en hochant la tête.

– Je suppose que le débat est clos.

Makepeace se mit à faire de grands gestes.

– Dans ce cas, sergent, j'imagine que vous devez des excuses au Dr. Braxton.

– Écoutez, monsieur, gronda Dorsey. Si vous voulez nous faire une faveur, au docteur, à moi-même et aux autres, prenez un livre et allez vous installer ailleurs.

– Si le Dr. Braxton est lavé de tout soupçon, sûrement...

– « ... Sûrement n'a-t-il rien à voir dans l'affaire. Mais le docteur n'est pas lavé de tout soupçon pour autant. Seulement, j'ai cessé de le croire coupable. Ce qui ne signifie pas que je le crois innocent... juste que j'ai cessé de le croire coupable. » Je ne pense pas avoir trahi votre pensée, n'est-ce pas ? Quant à moi, je ne sais même pas ce qui a tué Frant. C'était peut-être un poison, ou la malédiction de lord Tethryn, ou bien un sort vaudou que lui ont jeté les domestiques noirs logeant au-dessus du hangar à bateaux. Je vais retourner au rez-de-chaussée et enregistrer les déclarations de toutes les personnes habitant sur cette île, puis je les remettrai au procureur lorsqu'il rentrera, cet après-midi. Après tout, c'est son problème.

Sue demeura dans la chambre de son oncle après le départ des autres. Lorsque la porte se referma derrière Dorsey, elle explosa.

– Je ne comprends pas !

Rogan lui sourit.

– Moi non plus, si cela peut vous réconforter.

– Oh, je ne veux pas dire à propos de Mr. Frant... à propos de vous !

– Miss Makepeace vous a raconté, n'est-ce pas ?

Sue opina, puis reprit :

– Comment avez-vous pu accuser votre propre père ?

– Il m'a bien accusé, moi.

– Mais il ignore que vous êtes son fils.

– Quelle différence ? Vous considérez votre famille de la même manière que vous considérez votre bras – comme une sorte d'extension de vous-même. Et vous avez raison. C'est le cas en effet. Mais ma famille n'est pas une partie de moi. J'ai rompu les liens il y a trop longtemps. La seule chose que nous avons encore en commun, c'est le pouvoir de nous faire du mal. Voilà pourquoi je n'ai jamais cherché à revenir. À bien des égards, je suis fier de ma vie. Si j'en juge par mes critères, je trouve qu'elle a été agréable. Si j'en juge par les vôtres, je suis une brebis galeuse.

227

– Vous êtes le frère de mon père.

– Ce qui signifie que votre orgueil vous aurait contrainte à agir comme si la notion de famille effaçait celle du bien et du mal. Mais au fond de vous, vous auriez eu honte de moi.

– Vous aussi, vous aviez honte, sinon vous seriez revenu plus tôt.

– Non. J'ai honte de mes erreurs, mais elles sont sans rapport avec ce que vous appelez le mal. Ce ne sont pas des choses qui compteraient pour vous. Vous pensez qu'il est déshonorant de gagner sa vie au jeu. Moi, je m'en vante, parce que c'est une activité pour laquelle je suis particulièrement doué. En revanche, je me sens humilié d'être sans un sou en ce moment. Non pas que l'argent soit important – je peux toujours me débrouiller pour en trouver –, mais parce que je me suis fait avoir *comme un bleu*. Si quelqu'un triche, on éprouve de la colère, pas de la honte. (Il se laissa aller contre ses oreillers.) Vous ne me comprendrez jamais ; nous n'appartenons pas au même monde.

– Vous êtes mon oncle, insista Sue.

– Non. Pas vraiment. Ce n'est pas la naissance qui forme les familles, mais la communion de pensées. Cependant, je ne nie pas l'hérédité. Être issu d'une bonne lignée m'a donné un esprit sain dans un corps sain, et peut-être aussi la volonté de toujours aller de l'avant. Mais ce sont les idées qui font l'homme. Et les miennes ne proviennent pas de ma famille. Je me les suis forgées sur les champs de foire, aux tables de jeu et auprès du bateleur qui m'a élevé et m'a appris que le travail est la seule méthode pour devenir plus malin que l'adversaire.

– Vous avez raison : je ne vous comprends pas, avoua Sue. Mais même si vous estimez qu'il n'est pas de votre devoir de soutenir Grand-Père, vous n'avez pas d'excuse de vouloir le faire arrêter.

– J'ai ma propre peau à sauver. Je ne sais pas si vous vous en rendez compte, mais la théorie de mon père m'a désigné comme le suspect numéro un aux yeux du sergent. Dès que Dorsey aura retrouvé ses esprits, je m'attends à ce que la police me tombe dessus à bras raccourcis.

— Quoi qu'il en soit, vous n'aviez pas besoin de raconter que Grand-Père était l'associé de Frant.

Rogan haussa les épaules.

— L'information aurait filtré tôt ou tard. Nancy Garwood était au courant. Frant le lui a dit avant de l'emmener ici.

— Mais ce n'est pas vrai. Vous avez déclaré vous-même que Mr. Frant était un menteur.

— En effet. Cependant, je crains que le seul à avoir menti à propos de leurs relations ne soit mon honorable père. Je ne crois pas qu'il ait assassiné Frant, mais il n'y a guère de doute qu'il était en affaires avec lui.

— Enfin, pourquoi Grand-Père, qui a toujours combattu l'industrie pharmaceutique, se serait-il associé avec Frant et lancé à son âge dans la vente de remèdes de charlatan ?

— Par appât du gain. Frant est peut-être mort ruiné, mais je suppose qu'il avait amassé une jolie fortune au cours des années.

— Mais l'argent n'a aucune signification pour Grand-Père. Il en a toujours eu plus qu'il ne pouvait en dépenser. Par ailleurs, il a hérité de la moitié des biens de ma grand-mère à la mort de celle-ci. Mr. Frant n'aurait pas davantage réussi à le tenter avec de l'argent qu'il n'aurait tenté un marin avec un seau d'eau de mer. Grand-Père ne cesse de se plaindre que de s'occuper de ses investissements lui prend trop de temps et l'empêche de se consacrer pleinement à ses recherches médicales.

— En êtes-vous certaine ?

— Évidemment. Et vous le savez bien. La nuit dernière, vous avez parlé de moi comme de « la riche miss Braxton ».

— Vous me donniez l'impression d'être pleine aux as. Mais j'imaginais que votre fortune vous venait de votre mère ou que votre père l'avait bâtie par son travail.

— Papa et maman sont à l'aise financièrement, mais ce n'est rien comparé à Grand-Père. (Sue s'assit sur le bord du lit et posa sa main sur celle de Rogan.) Je vous en supplie, ayez confiance en Grand-Père. C'est l'homme le plus gentil et le plus droit de la Terre. J'ai toujours été très proche de lui et je ne l'ai jamais vu commettre une action dont il aurait pu avoir honte.

– Si le docteur a de l'argent, il n'a plus aucun motif de se livrer à cet infâme trafic, concéda Rogan. Alors, pourquoi a-t-il menti au sujet de Frant ? Et pourquoi se comporte-t-il en escroc qui cherche à se tirer d'un pétrin ?

– Ne serait-ce pas plutôt l'inverse ? C'est l'escroc qui essaye d'agir comme Grand-Père.

– Peut-être avez-vous raison, acquiesça Rogan. Je ne suis pas habitué à résoudre des problèmes qui me touchent de près. En outre, mon cerveau ne semble pas bien fonctionner aujourd'hui. Si je lui accordais un peu de repos, sans doute se remettrait-il en marche.

La jeune fille poussa un soupir.

– Il sera trop tard pour aider Grand-Père, j'en ai peur. Ce diable de journaliste n'attendra pas pour publier ce qu'il sait.

– Quelle importance ? Le seul chef d'accusation possible contre le docteur s'est écroulé quand Feldmann a prouvé que le cadavre était bien celui de Frant. Dorsey le compte probablement toujours parmi les suspects, mais il n'entreprendra rien de lui-même, et lorsque le procureur...

– Mais ce n'est pas cette histoire qui m'inquiète, l'interrompit Sue, ce sont les produits pharmaceutiques et le fait que Grand-Père ait suggéré le dinitrophénol à Mr. Frant. Voilà le genre de ragots qu'un homme comme Collins ne sera que trop content de propager. Et ensuite, pour tout le monde, la cause sera entendue. Grand-Père en mourra... au sens propre du terme.

– J'obligerai Ames à publier un démenti.

– Personne ne lit les démentis.

– Dans ce cas, la seule chose à faire, c'est d'empêcher Collins d'écrire son article. Envoyez-le-moi et je lui réglerai son compte.

Sue bondit sur ses pieds.

– Juré ?

– Juré !

XVIII

La porte close

Collins passa sa tignasse rousse par la porte de la chambre de Rogan.

— Vous vouliez me voir ?

— Au figuré. Par hasard, Ames vous aurait-il remis un chèque pour moi ? J'en aurais grand besoin.

Dan secoua la tête.

— On ne me confie jamais davantage que le prix du voyage. Qu'est-ce que j'apprends, vous êtes fauché ? C'est une blague ?

— J'aimerais bien. Je me suis fait filouter à Rio.

Le journaliste émit un sifflement.

— J'ignorais que l'on pouvait vous jouer ce genre de tour et toujours être de ce monde.

— Certainement pas. Mais je n'en ai pas récupéré mon argent pour autant.

Rogan prononça ces mots d'un ton si calme que, l'espace d'un instant, leur sens échappa à Collins. Puis il se rappela les histoires qu'il avait entendues – des histoires d'hommes qui avaient tenté de rouler Kincaid et sur qui le malheur s'était soudain abattu. Il changea de sujet.

— Le pauvre Dorsey s'est remis à la routine. Il interroge tout le monde. Il n'arrivera à rien ainsi, et il le sait. Cette affaire le dépasse.

— Je suppose que c'en est une bonne pour vous, en revanche.

— Pour sûr. (Collins s'assit sur le bout des fesses et contempla le plafond.) Je ne veux pas de solution – pas encore. Plus longtemps durera l'enquête, plus j'aurai de matériel à publier. En fait, les événements vont trop vite pour moi en ce moment. Je préfère lorsqu'ils sont espacés.

– Qui allez-vous mettre en vedette maintenant que le docteur est hors de cause ?

– Il ne l'est pas en ce qui me concerne. Il a un nom, et les noms font d'excellentes histoires.

– À condition d'avoir de quoi raconter sur eux.

– Qui dit que je n'ai pas de quoi raconter sur le docteur ? C'est lui qui a parlé du dinitrophénol à Frant, pas vrai ? À mon avis, cette partie-là ne plaira pas à Ames, mais il l'imprimera quand même.

– Ames imprimerait sans remords les motifs pour lesquels sa mère a divorcé de son père, déclara Rogan avec conviction.

– En effet, acquiesça Collins, si tant est que ses parents aient jamais été mariés. Qu'une histoire sente mauvais ne rebute pas Ames. Mais Frant a fait paraître sa publicité dans le *Record*. Les responsables financiers du journal pousseront des hurlements parce que tous les autres annonceurs de poudres de perlimpinpin vont ruer dans les brancards. Supposons que vous lisiez une publicité vantant les mérites d'une pilule pour le foie dans un journal qui explique par ailleurs qu'une femme est morte en avalant les saloperies de Frant ? Vous n'achèteriez plus de pilules pour le foie, vous iriez voir un médecin. Le fabriquant de pilules pour le foie se retrouverait ruiné, et le *Record* aussi. Les médecins ne sont pas intéressants. Ils ne font pas de publicité.

– Dans ce cas, pourquoi Ames publierait-il cette histoire ?

– Par conscience professionnelle. L'affaire est trop sensationnelle pour la laisser passer. Le seul souci d'Ames est de diffuser la nouvelle. Pensez : la malédiction, la faillite, le demi-frère qui est comte – une douzaine d'histoires d'un coup ! Ames aura besoin qu'on l'alimente. La source ne doit pas se tarir. C'est pourquoi il veut des noms.

– Le Dr. Braxton n'est pas un nom. Jamais personne n'a entendu parler de lui en dehors du milieu médical.

– C'est vrai, mais il a l'étoffe d'une célébrité. Lorsque j'en aurai fini avec lui, son nom sera sur toutes les lèvres.

– Il va adorer ça.

– Qu'est-ce que j'y peux ? répliqua Collins. Je n'ai rien contre lui personnellement, mais l'information, c'est l'information. En outre, le vieux Braxton n'est pas innocent dans l'affaire des produits pharmaceutiques. Il y est plongé jusqu'au cou ; seulement, maintenant, il s'agit d'un meurtre.

– Oui, il est pratiquement dans le couloir de la mort ! Tout ce qu'il vous manque pour l'y envoyer, c'est un mobile et des preuves.

– Il existe des tas de mobiles ! s'exclama le journaliste, offensé. Vous-même avez dit qu'il était l'associé de Jackson B. Si Frant se fait passer pour mort et a pris la poudre d'escampette, il risque un jour ou l'autre de resurgir pour exercer un chantage sur le docteur. Le poison résolvait donc le problème, surtout que la mise en scène était déjà réglée, avec la malédiction comme prétexte.

– Alors, le Dr. Braxton a inventé le poison sous l'inspiration du moment.

– Pas du tout. Le bon docteur a manié les produits chimiques toute sa vie. Il a pu découvrir cette substance il y a des années et la mettre de côté parce qu'il n'en avait pas encore trouvé d'usage.

– L'idée du poison me paraît néanmoins fantastique.

– Toute autre explication est exclue. Frant ne s'est pas senti tout chose simplement parce que son frère a prononcé quelque formule magique. Vous savez, peut-être cette histoire de malédiction a-t-elle été suggérée par le docteur. Peut-être a-t-il promis à son associé de lui fournir un cadavre, en réservant à Frant la surprise d'avoir à interpréter lui-même le rôle.

Collins se laissa tomber sur une chaise.

– Sacristi, plus j'y pense, plus cette idée me plaît. Et ce n'est pas tout. Chacun s'accorde à dire que le meurtrier était ingénieux. Eh bien, c'est le cas du docteur. Son travail consiste à inventer des remèdes, et il possède également de nombreux talents dans quantité d'autres domaines. Le mobile qu'il a imaginé pour vous était aux petits oignons.

Il se renversa sur son siège.

– Ouais, le docteur est coupable. J'espère seulement qu'il ne se suicidera pas lorsque nous le confondrons.

– Ce souhait est tout à votre honneur.

– Ce n'est pas ça, mais lorsque le suspect meurt, l'histoire s'effondre. Voyez Hauptmann [1]. Voyez Sacco et Vanzetti [2]. Jusqu'à ce qu'ils soient exécutés, ils remplissaient la première page. Après – bang ! – relégués à la huitième page, et une semaine plus tard, plus rien ! Un crime ne survit pas à celui qui l'a commis. C'est pourquoi vous ne trouverez jamais d'éditorialiste pour réclamer un procès rapide et une application immédiate de la sentence comme chez les Anglais. Si Hauptmann avait tué un bébé anglais, l'histoire aurait fait couler beaucoup moins d'encre. Ça compte.

On frappa légèrement à la porte. Collins hurla : « Entrez ! » et Bobby entra.

– Mr. Chatterton lui-même ! lança Dan en guise de salutation. Merci pour le tour avec les pièces, mon garçon. Votre idée n'était pas la bonne, mais elle m'a fait réfléchir.

– Je suis venu vous annoncer que le téléphone ne fonctionne plus, dit Bobby à Rogan.

– Quoi ? s'écria Collins en se levant d'un bond. Que se passe-t-il ?

– Le technicien de la police pense que le câble s'est rompu.

– Comment diable est-ce possible ?

– Pour le sergent Dorsey, la responsabilité en reviendrait au Bras droit du Bourreau.

Dan ouvrit la bouche, puis la referma et se tourna vers Rogan.

– À vous de poser la question suivante. Mon rôle se borne à donner la réplique dans « Le Mystère de la maison de Jack ».

– Dorsey vous a-t-il dit qui était le Bras droit du Bourreau ? demanda Kincaid au jeune homme.

---

1. Bruno Richard Hauptmann, ravisseur présumé du bébé Lindbergh. (*N.d.T.*)
2. Nicolas Sacco et Bartolomeo Vanzetti. Immigrés italiens et militants anarchistes arrêtés en 1920 comme auteurs présumés de deux meurtres. Ils furent condamnés à mort en 1921 et exécutés en 1927, malgré leur probable innocence. (*N.d.T.*)

– Oh, oui, et je savais que vous seriez intéressé : c'est la raison pour laquelle je suis monté vous voir. Il ne s'agit pas d'une personne, mais d'un courant.

Collins leva les bras au ciel.

– S'il est question d'électricité, inutile de continuer. Contentez-vous de résumer.

– Oh, non, fit Bobby. Pas un courant électrique... je parlais d'un...

– D'accord, l'interrompit Rogan en riant avant d'expliquer au journaliste : Il y a un courant marin dirigé vers le nord qui passe le long de la côte, une sorte de Gulf Stream miniature. Makepeace affirme que, parfois, ce courant entraîne les corps des noyés vers un endroit appelé « l'anse des Pendus », d'où son nom probablement.

– En effet, confirma Bobby, et le sergent Dorsey dit que de jeter un cadavre à la mer près d'ici revient à le livrer à la morgue.

– Le Bras droit du Bourreau fait une concurrence déloyale aux corbillards, commenta Dan.

Bobby continua :

– Le sergent Dorsey dit qu'après la tempête que nous avons essuyée hier soir, le courant est aussi puissant que dans un bief de moulin.

– Le croque-mort de la mer – avec service gratuit de livraison, ironisa Collins. Les veuves des marins doivent trouver ça pratique.

– Voilà au moins une chose d'établie, intervint Rogan. Ce n'est pas le Bras droit du Bourreau qui m'a étranglé la nuit dernière.

– Le soupçonniez-vous ? demanda le journaliste.

– Je caressais l'idée. Tant que je ne possédais qu'un nom sur lequel m'appuyer, le lien me semblait logique.

Collins se pencha en avant.

– Que s'est-il passé exactement ?

– J'aimerais bien le savoir. Lorsque je suis remonté dans ma chambre après avoir enfermé Hoyt, j'ai entendu un bruit

– un frottement moite –, le genre de son que ferait un serpent de mer se hissant par la fenêtre.

– N'avez-vous pas réussi à déterminer ce que c'était ?

– Non, mais vous aurez du mal à me faire croire qu'il s'agissait du Dr. Braxton. À ce moment-là, j'étais aux trois quarts convaincu que c'était mon vieil ami Od. Ce qui s'est produit ensuite n'a pas encouragé mon scepticisme. La chose et moi avons joué à colin-maillard dans le noir pendant un bon bout de temps et je l'ai effleurée une fois. Elle était froide et humide, et c'est tout. Elle n'avait pas de consistance. Puis, elle s'est jetée sur moi comme si elle s'était laissée choir du plafond, et m'a étouffé. Je la sentais sur ma tête et autour de mes jambes, mais elle ne m'empêchait pas de bouger les bras. J'avais l'impression de nager dans une substance épaisse et pourtant je parvenais à respirer un peu. Je me battais, bien qu'il n'y eût rien contre quoi frapper. Finalement, un tentacule s'est enroulé autour de mon cou. Et il était tout à fait réel.

Rogan ouvrit le col de sa veste de pyjama. Collins émit un sifflement, puis sourit.

– Connaissez-vous l'histoire de l'homme qui s'est cogné à la porte dans l'obscurité ?

– Je ne m'attendais pas à ce que vous me croyiez. Feldmann ne m'a pas cru non plus. Mais je n'arrive pas à m'imaginer ce qui a pu me faire ces marques sur le cou.

Bobby se dirigea vers la porte.

– Désormais, vous êtes au courant pour le Bras droit du Bourreau, dit-il.

– Merci de m'avoir informé. Ne partez pas !

– Je préfère vous laisser seuls tous les deux. Vous voulez bavarder avec Mr. Collins, et moi je ne suis qu'un trouble-fête. Vous pourriez m'accuser de trop ramener la couverture à moi. D'ailleurs, je ne suis pas une poule mouillée.

– Absolument pas, fit Collins. Pourquoi dites-vous ça ? Nous vous aimons bien. Et puis, j'ai quelques questions à vous poser.

– Non, il vaut mieux que je m'en aille. (Le jeune homme ouvrit la porte et ajouta :) Elle est tellement ajustée qu'elle coince.

– Restez avec nous, insista Rogan. Peut-être pourrez-vous nous aider.

Il y avait une intonation nouvelle dans la voix de Kincaid. Le journaliste leva les yeux.

– Qu'avez-vous ? demanda-t-il.

– Je crois que je tiens l'un des éléments du mystère. Je viens juste de me rappeler quelque chose : *je n'ai pas fermé ma porte à clé hier soir.*

– Quel rapport avec... ? Attendez une minute ! Je comprends. Un spectre aurait été capable de se glisser hors d'une chambre close, mais il n'aurait pas eu besoin de la fermer à clé derrière lui !

– Exactement.

– Mais en quoi cela éclaire-t-il notre lanterne ? reprit Dan dont l'exaltation était retombée. Nous savons que c'était une sorte de tour de passe-passe.

– Si vous aviez ressenti ce que j'ai ressenti, vous ne seriez pas aussi sûr de vous. (Rogan s'adressa à Bobby.) Racontez-moi précisément ce qui s'est passé lorsque vous avez enfoncé ma porte ce matin.

– Tante Julia vous a entendu tomber, répondit le jeune homme. Elle a crié et son cri nous a tous réveillés.

Collins hocha la tête.

– Je le conçois sans peine.

Bobby poursuivit :

– Oncle Arnold a regardé par le trou de serrure et a vu que la clé était à l'intérieur.

– L'avez-vous vue, vous aussi ? demanda Rogan.

– Oh, oui. Elle était bien là.

Bobby se mit à décrire ses différentes tentatives pour récupérer la clé ; et à expliquer qu'Evan, impatient, s'était jeté contre la porte, et que le Dr. Braxton avait proposé de la casser à coups de hache.

– Quelqu'un a-t-il pensé à essayer la clé de l'une des autres chambres ? fit Rogan.

– Oui. Tante Julia. Mais Evan était trop pressé pour attendre.

— Avez-vous fait jouer la poignée vous-même ?

Bobby opina.

— La porte était fermée à clé.

— Pas par moi, déclara Rogan.

— Que cela vous serve de leçon, l'admonesta Collins. Fermez toujours votre porte à clé dans une maison étrangère.

Kincaid fronça les sourcils.

— Maintenant que vous m'en parlez, il n'y avait pas de clé sur ma porte la nuit dernière. J'aurais pu tirer le verrou, mais pas tourner la clé dans la serrure.

Le journaliste alla examiner le chambranle fracassé.

— La porte était verrouillée *et* fermée à clé ce matin, confirma-t-il en montrant la gâchette du verrou qui avait été arrachée et le pêne qui avait fendillé le montant en bois quand Evan avait enfoncé le battant.

Tandis que ses compagnons discutaient, Bobby allait et venait dans la pièce. Il avait rapporté un gobelet de la salle de bains et était en quête d'autre chose lorsque Rogan remarqua son manège et lui demanda ce qu'il cherchait.

— Du papier, répondit le jeune homme en posant le gobelet sur la table.

— Peut-être en trouverez-vous sur les étagères du placard, suggéra Dan. Que voulez-vous en faire ?

— Je viens de penser à un tour.

Collins était ravi.

— Allez-y, dit-il.

Bobby prit le papier qui recouvrait l'une des étagères et en déchira un morceau dont il enveloppa soigneusement le gobelet, de sorte que la forme du verre soit apparente. Puis, il approcha une chaise de la table et s'assit, plaçant le petit paquet devant lui. Il regarda Collins.

— Vous ne me croiriez pas si je vous disais que je peux faire passer ce gobelet à travers la table avec la paume de ma main, n'est-ce pas ?

— Oh, si, je vous croirais !

Bobby sourit d'un air penaud et aplatit le paquet d'un coup sec. Le gobelet s'écrasa sur le sol et se brisa.

— Zut alors ! s'exclama Bobby.

— Je sais, dit Collins. Vous avez utilisé deux gobelets.

— Silence ! ordonna Rogan ; il se tourna vers le jeune homme : Comment avez-vous fait ?

Bobby se lissa la moustache.

— C'est enfantin. Voyez-vous, je tenais le gobelet à l'envers, et j'ai pris soin de ne pas mettre de papier sur le haut du verre. Même en l'enveloppant très serré, le gobelet pouvait glisser, parce que le haut est plus large que le fond. J'ai fait tomber le gobelet sur mes genoux en m'asseyant. Vous ne vous êtes rendu compte de rien parce que le papier a gardé la même forme et donnait l'impression que le gobelet était toujours à l'intérieur. Au moment où j'ai posé le paquet, j'ai heurté le verre contre la table avec mes genoux afin que vous entendiez un petit bruit et que vous croyiez qu'il était toujours à l'intérieur. Ensuite, lorsque j'ai aplati le papier, j'ai écarté les jambes et lâché le gobelet. Je suis désolé de l'avoir cassé, conclut-il d'un ton d'excuse.

— Un solide à travers un solide ! fit observer Collins. Question : si le jeune Bobby est capable de faire passer un verre à travers une table, X est-il capable de passer par une porte fermée à clé et verrouillée ? J'en doute.

— Eh bien... euh..., bafouilla Bobby, vous avez pris la forme pour la matière. C'est-à-dire qu'à vos yeux, la forme de l'emballage prouvait que le verre était à l'intérieur et...

— Un instant, mon garçon ! Un instant ! l'interrompit Collins en se précipitant vers la porte. Oncle Dan a une idée.

Il se pencha et examina le chambranle avec attention tout en marmonnant :

— Si la serrure était... mais le verrou... non, avant ça... c'était faisable... pince-monseigneur...

— C'est d'une clarté ! commenta Kincaid.

— Non, écoutez ! Je crois que j'ai trouvé !

— Qu'importe ! Pourquoi faire un concours de devinettes alors qu'il suffit de demander à Chatterton ce qu'il voulait insinuer avec sa petite parabole.

– Inutile. Supposons que la porte était fermée à clé, mais pas verrouillée, et que la clé n'était pas dans la serrure. Il n'y aurait pas de mystère, n'est-ce pas ?

– Continuez. Ça se complique.

– Pas pour moi. Admettez-vous que je puisse passer un fil par le trou de serrure et toujours faire tourner une clé de l'extérieur ?

– Oui, mais je ne crois pas que vous puissiez attacher une clé au bout de votre fil qui se trouve à l'intérieur et la positionner dans la serrure.

La mâchoire de Collins s'affaissa.

– Il doit y avoir un moyen.

– Probablement des douzaines, mais à quoi cela vous avance-rait-il ? La porte était verrouillée.

– Oubliez le verrou pour le moment et aidez-moi à résoudre le problème de la clé de l'intérieur.

– C'est facile. Le moyen le plus simple aurait été de ne pas mettre la clé de l'intérieur dans la serrure, mais de l'accrocher par les dents au trou de serrure. Cela n'aurait pas empêché la clé de l'extérieur de tourner.

– Oui, mais Makepeace et Bobby auraient-ils pu être abusés par ce stratagème et croire que la clé se trouvait dans la serrure ?

– Pourquoi pas ? Ils ne cherchaient pas à résoudre une énigme. Ils cherchaient à entrer.

– En fait, la clé n'était pas très enfoncée, déclara Bobby. Elle est tombée dès qu'Evan a heurté la porte.

– Parfait, fit Collins. La cause est entendue. Nous avons donc démontré que la serrure ne posait pas de problème, d'accord ?

– Oui, mais pour le verrou, c'est une autre paire de manches.

– Alors, pourquoi avoir tourné *en plus* la clé dans la serrure ?

– Ce n'était qu'une mise en scène destinée à faire croire que j'avais été tué par notre vieil ami Od. Deux fermetures la ren-daient plus impressionnante.

– Peut-être, mais comment savez-vous si la gâchette du ver-rou n'a pas été descellée *avant que la porte ne soit fermée* ? Per-sonne n'a songé au verrou jusqu'à ce qu'on le découvre tout tordu et arraché.

– Vous voulez dire que le verrou n'a pas rempli son office ?

– Absolument, répondit Collins d'un air de triomphe. Il ne s'agissait que d'un leurre pour détourner l'attention de la clé et de la serrure.

– L'ennui, c'est qu'il n'y avait pas assez de temps pour tordre le verrou. Chatterton affirme que miss Makepeace a crié dès que je me suis écroulé sur le sol.

– Le verrou a pu être trafiqué à l'avance, avant que vous ne regagniez votre chambre.

Rogan agita la tête.

– J'ai l'impression que vous avez mis dans le mille, Dan ! Un conseil : ne vous séparez plus de Chatterton ; il est votre âme pensante.

– Vous pouvez parler ! riposta Collins. Moi au moins, j'en ai tiré mes déductions. Le truc de la porte n'était que le tour de Bobby répété deux fois. Nous avons pris le papier en forme de gobelet pour le gobelet. Pareil pour la porte. La serrure nous a fait croire que le verrou était O.K., et le verrou nous a empêchés de nous rendre compte que la serrure était l'unique dispositif de fermeture.

– Sans vouloir mettre votre théorie en doute, mais seulement pour la vérifier, ne vaudrait-il pas mieux que vous regardiez si vous trouvez des marques sur le verrou ? On a dû se servir d'un outil.

Le journaliste se baissa pour examiner le verrou.

– Je ne vois rien de particulier, avoua-t-il.

Il eut plus de chance avec la gâchette. Il y avait des rayures indiquant qu'elle avait été arrachée à l'aide d'une clé anglaise.

– Voilà qui tranche la question, dit Rogan.

– Pour sûr ! jubila Collins. Je m'étonne que le perspicace Feldmann soit passé à côté.

– Peut-être pas. Négliger ce genre de détails ne lui ressemble guère. Mais parlons d'autre chose ; abordons un sujet vraiment important. Quelqu'un dans cette maison fume-t-il la pipe ?

– Je ne vois pas le rapport ?

– Moi, si. Je n'ai plus de tabac.

– Oh! s'exclama Bobby en lui tendant une boîte de métal bleu. Je suis désolé. Je comptais vous en offrir plus tôt. C'est d'ailleurs l'une des raisons pour lesquelles je suis monté.

– Comment saviez-vous que j'avais besoin de tabac?

– J'étais là ce matin lorsque l'on vous a trouvé. J'ai remarqué que vous fumiez la pipe... et... euh... il ne devait plus vous rester de tabac sec... c'est-à-dire... après votre séjour dans l'eau. (Il prit la pipe sur la table, où Rogan l'avait posée, puis il poursuivit en indiquant la boîte de métal bleu :) C'est le tabac de Mr. Ordway. J'espère qu'il vous conviendra.

– Tout à fait. Merci.

– Une allumette? demanda Collins en lui donnant l'étui qu'il avait emprunté à Quinn.

– Vous êtes trop gentils, tous les deux. Si vous me prépariez un verre, tout serait parfait.

– Absolument, conclut le journaliste.

– Je vais vous en chercher un, proposa Bobby. Il y a tout ce qu'il faut en bas.

– Apportez du scotch et du soda.

– Et *deux* verres, lança Collins.

– Et voyez si vous pouvez me dénicher des allumettes de cuisine, ajouta Rogan. Je déteste ces machins en carton. Merci.

– Trop heureux de pouvoir vous rendre service, déclara Bobby en se dirigeant vers la porte.

Lorsqu'il posa la main sur la poignée, Rogan l'arrêta.

– Encore une chose. J'ai aperçu l'*Encyclopaedia Britannica* dans la bibliothèque. Voudriez-vous me remonter le volume contenant l'article sur... (Il réfléchit un instant et reprit :) ... le poker.

Une fois le jeune homme parti, Collins inclina la tête sur le côté et fit claquer sa langue.

– Pourquoi lui avez-vous réclamé l'*Encyclopaedia Britannica*? Je me serais imaginé que vous en saviez plus long sur le poker que celui qui en avait traité dans ce bouquin.

– Il y a des tas d'autres articles dans ce volume. Notamment sur les poisons.

Le journaliste allait demander à Kincaid où il voulait en venir, mais il se ravisa et fit :

– Que pensez-vous du jeune Chatterton ?

– Je l'aime bien.

– Moi aussi, mais je ne parviens pas à cerner le personnage. En regardant notre Bobby, on a l'impression qu'il n'aurait même pas assez de cervelle pour être sénateur, et il parle comme s'il était dévoré par la timidité, cependant, il ne manque pas de jugeote. Ce que j'ai du mal à comprendre, c'est où il a pêché cette idée de faire des tours de passe-passe pour nous mettre sur la voie, au lieu d'annoncer les choses directement.

– Je crois que je sais, dit Rogan. Ce garçon a l'air d'un nigaud, et c'était probablement pire lorsqu'il était enfant. Mais c'est d'inhibition dont il souffre, pas d'inaptitude.

– Vous voulez dire qu'il a un complexe d'infériorité ?

– Pas au sens ordinaire du terme. Je pense qu'il est persuadé d'être stupide et qu'il a une peur maladive que les autres le lui disent.

– D'accord, mais ce n'est pas une raison pour agir comme il le fait.

– Supposez que vous viviez dans un univers dirigé par des gens à l'esprit plus lent que le vôtre...

– C'est le cas, répliqua Collins.

Rogan ignora sa remarque.

– ... et que vous vous retrouviez soudain en train de discuter de la radio devant une assemblée de cardinaux du Xe siècle. Chaque fois que vous tenteriez d'expliquer quelque chose, on se moquerait de vous, surtout si vous aviez autant de difficultés à vous exprimer que Bobby. Vous en arriveriez certainement au point où vous redouteriez de faire une suggestion, de crainte d'être considéré comme fou, mais cela ne vous empêcherait pas de continuer à avoir des idées et de vouloir à tout prix les faire passer. À mon avis, c'est ce que ressent Chatterton, bien que je doute qu'il s'en rende compte, parce qu'il croit sincèrement que le monde est constitué d'êtres plus intelligents que lui.

Dan se gratta sa tignasse rousse.

— Selon vous, il a peur qu'on se fiche de lui s'il est pris d'une inspiration subite, et alors, à la place, il fait un de ses tours de passe-passe. Les gens se figurent donc avoir affaire à un simple numéro de magie et ne rient pas. Et si, de temps en temps, quelqu'un saisit l'allusion, tout est pour le mieux.

— Exactement.

— Pourquoi pas, concéda Collins. Néanmoins, c'est un drôle de spécimen.

Rogan fit un clin d'œil.

— Vous savez, vous négligez un excellent suspect. Les chambres closes sont une passion du jeune Chatterton.

— Pas de mobile.

— Oh, si. Je crois bien qu'il est amoureux de miss Braxton. Supposons qu'il ait tué Frant et essayé d'en rejeter la responsabilité sur Tethryn.

— Trop léger comme argument, déclara Collins.

— Et les Makepeace ?

— Qu'auraient-ils à y gagner ?

— Ils étaient propriétaires de l'île auparavant. Peut-être se sont-ils dit qu'en éliminant Frant, ils pourraient la récupérer. En outre, frère Arnold est un expert en sciences occultes.

Dan secoua la tête.

— Non. Je parie sur le docteur.

— Je m'en garderais si j'étais vous, conseilla Rogan en suçant sa pipe. Il n'a pas pu réaliser le tour de la chambre close.

— Comment en êtes-vous si sûr ?

— Parce que je sais qui l'a fait.

— Et qui est-ce ?

Kincaid souffla un rond de fumée et le regarda se dissoudre dans l'air avant de répondre :

— Tethryn.

Dan dévisagea le joueur.

— Qu'est-ce que c'est ? Une blague ?

— Absolument pas.

— Mais, nom d'un chien ! La seule chose sur laquelle tout le monde est d'accord dans cette affaire, c'est que le coupable devait être habile. J'ai passé une demi-heure ce matin à bavarder avec Sa Seigneurie, et s'il est habile, je suis Adonis.

– Je doute que l'on puisse lui attribuer l'habileté du plan. Toutefois, je le répète : il a réalisé le tour de la chambre close.

– Quelle preuve avez-vous ?

– Réfléchissez une minute. Vous vous souvenez de ce que Bobby a dit ? « Tante Julia a voulu aller prendre la clé de l'une des autres portes, mais le comte, impatient, s'est jeté sur le battant. »

Les yeux du journaliste s'agrandirent.

– Vous avez raison. Il fallait que la porte soit enfoncée, sinon il n'y avait pas de mystère. La gâchette arrachée et le verrou tordu auraient révélé le stratagème si la vieille dame avait utilisé une clé.

– En effet. Il demeure possible que Tethryn se soit précipité pour épargner cette peine à quelqu'un d'autre, mais je suis fatigué des coïncidences.

– En tout cas, reconnut Dan, il fait un bien meilleur suspect que le docteur.

– Je savais que vous verriez les choses sous cet angle.

– Il aurait donc assassiné son frère ?

– C'est une question à laquelle je n'ai pas encore de réponse, fit Kincaid. Mais je suis certain qu'il en sait davantage qu'il ne veut l'admettre, et je vais lui tirer les vers du nez.

– Vous pensez qu'il ment en racontant qu'il croit à la malédiction ? Après tout, il affirme avoir tué son frère par ce moyen. C'est une stratégie risquée s'il s'agit d'un bluff.

– Pourquoi ? Personne ne lui prêtera attention aussi longtemps qu'il proclamera avoir employé la magie. À partir de là, il peut avouer tous les meurtres de la Terre depuis Abel. Cependant, pour autant que je sache, il est peut-être convaincu de cette histoire de malédiction. C'est l'un des éléments que je souhaite mettre au clair. Envoyez-le-moi, s'il vous plaît. Et puis donnez-moi trente minutes et montez avec Dorsey. Tout ce que je réussirai à soutirer à Tethryn, je veux le servir au sergent tant que ce sera chaud.

– O.K., acquiesça Collins dont les yeux tombèrent sur la mallette noire du docteur. On dirait que Braxton a oublié son matériel. Je vais le lui rapporter.

– Laissez ça. J'en trouverai peut-être un usage.

– Qu'est-ce que vous mijotez ?

– Ouste, allez me chercher Tethryn !

– C'est comme s'il était là. (Sur le pas de la porte, le journaliste ajouta :) Votre plan pour faire parler le bonhomme a intérêt à être bon. Supposons qu'il le prenne de haut ? Dans le genre : non-mais-vous-savez-à-qui-vous-vous-adressez-je-suis-le-comte-de-Tethryn-et-vos-insinuations-sont-offensantes.

– Avez-vous déjà entendu parler d'interrogatoire musclé ?

– Vous n'oseriez pas – pas avec un lord. D'ailleurs il faudrait que vous disposiez de plus de temps, rien que pour vaincre sa résistance.

– Vous voulez que je fasse une démonstration sur vous ?

– Pas la peine.

Dan franchit le seuil, mais, avant qu'il ne puisse s'éloigner dans le couloir, Bobby arriva avec le livre, les allumettes et un plateau avec une carafe, un siphon et deux verres. Rogan le remercia tandis que Collins s'emparait du whisky.

– Juste ce dont j'avais besoin pour éviter une poussée de fièvre.

– Reposez cette carafe ! ordonna Rogan. De l'alcool qui n'a pas été distillé dans une baignoire comme au bon temps de la Prohibition est plus dangereux pour un journaliste que du savon pour un Russe ! D'ailleurs, vous êtes pressé.

L'espace d'un instant, Dan sentit la colère bouillir en lui, mais il lui suffit d'un regard à Kincaid pour comprendre que celui-ci était sérieux. Il reposa la carafe avec un soupir.

– D'accord, grogna-t-il, puis, prenant Bobby par la main, il dit : Venez, mon garçon. Allons ramasser des pissenlits.

XIX

Caféine et psychologie

Après que la porte se fut refermée sur eux, Rogan demeura immobile pendant un moment à récapituler les différentes étapes de son plan. Lorsqu'il eut la certitude qu'il n'avait omis aucun détail, il se traîna hors de son lit. Une fois debout, il fut pris d'un vertige et dut attendre que la crise soit passée avant de pouvoir bouger à nouveau. Son premier geste fut de fouiller la mallette du Dr. Braxton. Il y trouva un flacon de quinine dont il fourra deux capsules dans la poche de son pyjama. Ensuite, il ouvrit la boîte d'allumettes et en mit une pile sur la chaise située à la tête du lit. Il laissa les verres sur la table, à côté de la carafe et du siphon.

Au prix d'une autre crise de vertige, il s'agenouilla et ramassa deux éclats du gobelet que Bobby avait cassé. Retournant vers la mallette du docteur, il en sortit une bouteille de teinture d'iode et la porta, ainsi que les éclats de verre, dans la salle de bains. Il plaça ces derniers sur la tablette du lavabo et versa dessus de la teinture d'iode. Lorsqu'ils eurent bien trempé, il les récupéra avec précaution et effaça toute trace de son passage.

De retour dans la chambre, il posa les morceaux de verre sur la chaise, à côté des allumettes. En rangeant la bouteille de teinture d'iode, ses yeux tombèrent sur un tube marqué : « caféine, 0,5g ». Souriant intérieurement, il prit une douzaine de comprimés et les jeta dans la carafe de whisky. Ses préparatifs étaient tout juste terminés lorsqu'il entendit frapper à la porte. Il se glissa dans le lit et répondit :

– Entrez.

– Bonjour, dit Evan. Ça va mieux ?

– Beaucoup mieux, merci. Auriez-vous la gentillesse de me préparer un verre avant de vous asseoir ? Surtout de l'eau de Seltz pour moi ; servez-vous également.

Tethryn remplit le verre de Rogan, versa une généreuse dose de whisky dans le sien et s'installa sur le bord du lit.

– J'ai appris qu'il y avait eu un peu d'agitation chez vous.

– Oui. Le sergent a reçu un article à propos d'un mystérieux poison cambodgien. Il a cru que je l'avais écrit, ce qui a donné au Dr. Braxton l'idée que j'avais assassiné votre frère pour faire la une du *Record.*

Evan hocha la tête.

– Le docteur m'en a parlé. Toutefois, si vous me permettez, ce n'était pas une raison pour que vous accusiez le pauvre homme. Tel père, tel fils, voyez-vous.

– Je ne vois que trop bien, répliqua Kincaid en jetant un regard en biais à Tethryn. Sue a-t-elle été raconter partout que le Dr. Braxton est mon père ?

– Non. Elle ne l'a confié qu'à moi. Sous le sceau du secret. Vous pouvez compter sur la droiture de Sue.

– En ce moment, elle semble compter sur la *mienne.* Nous avons eu une discussion après que les autres sont partis, et elle m'a convaincu que j'étais une canaille d'avoir cherché à me disculper en mettant mon père dans le pétrin. J'ai promis que je l'en sortirai.

– Un peu d'aide ne lui serait pas superflue.

– C'est en tout cas ce que pense Sue. L'aimez-vous assez pour me donner un coup de main ?

– J'en serais très heureux, mais que puis-je faire ? La police ne me croira pas si je dis que j'ai tué Jackson.

– Vous en êtes donc toujours persuadé ?

– Mon cher ami, que croire d'autre ? Jackson était vivant hier soir, et vous avez vu ce qui lui est arrivé. Personne n'a une autre explication qui tienne debout à proposer. Makepeace lui-même commence à l'admettre ; et il a de l'expérience dans le domaine du surnaturel, même si ce n'est qu'un vieux fou. Mais le sergent ne veut rien savoir.

– J'ai un plan pour l'obliger à écouter. Supposons que vous déclariez à Dorsey que c'est vous qui m'avez étranglé.

Evan avala de travers et se mit à tousser.

– Dieu du ciel, mon ami, pourquoi ferais-je une chose pareille ? D'ailleurs, il ne me croira jamais. Il ne manquera pas de me demander comment je suis sorti par une porte fermée de l'intérieur. J'aurais l'air d'un imbécile quand je ne pourrai pas lui répondre.

– Oh, mais vous *pourrez* lui répondre. C'est là qu'intervient mon idée. Dites-lui simplement qu'avant de m'avoir attaqué, vous avez arraché la gâchette et tordu le verrou afin que, lorsque vous avez enfoncé la porte...

– Votre suggestion est très ingénieuse, j'en conviens, l'interrompit Evan, mais je suis dans une situation plutôt délicate. J'ai parlé avec Makepeace et il m'a fait remarquer que la seule chose qui me préserve d'être désigné comme un suspect très sérieux est l'élément surnaturel de cette affaire. Alors, évidemment...

Il se tut, rouge de confusion.

– Je vois. Vous considérez que l'élément surnaturel est votre principale protection, et vous hésitez à l'affaiblir en donnant une explication rationnelle de la chambre close.

– Vous avez tout compris.

– Ma foi, je ne vous blâme pas. Peut-être n'aurais-je pas dû vous demander votre aide. Cependant, la nuit dernière, il m'a semblé que vous vouliez vous rendre à la police.

– C'est vrai. Mais depuis, j'ai réfléchi et décidé que Jackson ne valait pas la peine que j'aille en prison pour lui.

– Ce n'est pas une raison pour laisser accuser le docteur.

Tethryn se leva et remplit à nouveau son verre.

– Euh... écoutez, bafouilla-t-il, je ne dirais pas ça à n'importe qui, mais je sais que je peux avoir confiance en vous. Le fait est que je ne suis pas si certain que le docteur soit innocent. Il en voulait à Jackson de l'avoir entraîné dans cette histoire de spécialité pharmaceutique.

– Alors, ils étaient vraiment associés ?

– Pas exactement. Mais votre père a apporté ses connaissances techniques.

Kincaid haussa les épaules.

– Je ne vois pas en quoi la culpabilité ou l'innocence du docteur intervient dans l'affaire. Après tout, il est le grand-père de Sue.

– C'est un coup bas ! Nous ne sommes pas encore fiancés, Sue et moi, vous savez. Et puis, vous pouvez parler : c'est vous qui l'avez mis dans ce pétrin.

– C'est vrai, concéda Rogan, et je vais l'en tirer. Bien mieux, vous allez m'aider. Même si, pour cela, je dois utiliser la force.

Tethryn sourit.

– Vous êtes à l'horizontale.

– La force morale. Peut-être la qualifieriez-vous d' « immorale ». Je me suis intéressé à vous depuis que j'ai appris que vous étiez à moitié américain et que vous étiez arrivé dans ce pays à l'âge de douze ans. Pourtant vous avez gardé cet accent de Piccadilly. Ce qui ne fait pas de vous un imposteur par rapport à votre titre de noblesse, mais par rapport à votre personnalité. Et les imposteurs sont mon plat favori.

– J'ai peur que vous ne me trouviez un peu indigeste.

– Peut-être. Mais cela n'empêchera pas que vous irez dire à Dorsey que vous m'avez étranglé.

– Et pourquoi ?

– *Parce que vous m'avez étranglé !* Vous l'avez presque avoué il y a quelques minutes, en n'attendant pas la fin de mon explication pour la chambre close. Si vous n'aviez pas inventé vous-même le dispositif, vous m'auriez écouté jusqu'au bout.

C'était davantage qu'une conjecture. C'était une constatation, et Tethryn l'avait compris. Il se leva et reposa son verre sur la table.

– Il vaut mieux que je vous raconte toute l'histoire, commença-t-il. Je ne sais pas si on vous a mis au courant de la dispute qui m'a opposé à Jackson hier soir. Quoi qu'il en soit, on n'a pas pu vous rapporter l'exacte vérité, car personne ici ne la connaît. Jackson m'a toujours haï parce que mon père était d'une classe sociale supérieure à la sienne et qu'il possédait plus d'argent. Lorsqu'il a été élevé au titre de comte, la coupe a débordé. J'ai pensé que sa rancune s'était éteinte lorsque mon père est mort ruiné et que Jackson m'a écrit qu'il s'occuperait de moi si je venais aux États-Unis.

Evan sortit un étui à cigarettes de sa poche et l'ouvrit avant de poursuivre :

– Il s'est occupé de moi, en effet. Mais il n'a pas raté une occasion de se venger en m'infligeant sans cesse des brimades.

Rogan hocha la tête.

– Je m'en doutais.

– Vous êtes un petit malin, n'est-ce pas ? (Il allait tendre son étui à cigarettes à Rogan, vit sa pipe et se servit avant de claquer son étui.) Eh bien, c'est la vérité. Je ne suis pas vraiment superstitieux, mais cela m'a toujours fait enrager que l'on m'accuse de l'être. Et Jackson le savait. C'était son jeu préféré. Lorsqu'il s'est mis à m'asticoter, hier, je me suis aperçu qu'il était de très mauvaise humeur. J'ignorais qu'il n'avait plus un sou. Vous pouvez vous imaginer quels sentiments ont alors été les miens.

– Oui, sans peine. Il avait perdu l'argent qui lui donnait la prérogative de tenir le fouet ; pourtant, il l'appliquait toujours.

– Même lorsqu'il a commencé avec la malédiction familiale, continua Tethryn, je ne pouvais rien faire. Bien entendu, ce n'était qu'une légende ridicule, mais je savais par expérience que de le lui faire remarquer ne l'énerverait que davantage. Je suis devenu de plus en plus furieux et, quand il m'a mis au défi de proférer la malédiction, j'étais absolument hors de moi. Je pensais chaque mot que je disais – comme jamais de ma vie –, à tel point que je n'ai pas été surpris lorsque Jackson s'est écroulé. Sa mort cadrait si bien avec mon état d'esprit qu'elle a teinté toute cette macabre comédie d'une sorte d'authenticité.

– Quand avez-vous compris que quelque chose clochait ?

– Pas avant que je ne transporte Jackson au premier étage. J'avais eu le temps de réfléchir, et je me suis rendu compte d'abord que je ne l'avais pas tué ; ensuite, que quelqu'un d'autre l'avait fait ; et enfin, qu'on avait dû utiliser du poison. Naturellement, j'ai pensé au docteur.

– Pourquoi ?

— C'est logique, non ? Seuls trois d'entre nous connaissaient Jackson auparavant. Puisque je n'étais pas le coupable, il ne restait que cette miss Garwood et le Dr. Braxton. Et la fille était hors de cause.

— Oui. Elle n'avait pas pu commettre de meurtre dans un endroit où elle posait les pieds pour la première fois.

— J'avais aussi du mal à l'imaginer en train de se servir d'un poison rare. En revanche, je savais que le docteur avait de bonnes raisons de détester Jackson, et qu'il était un expert en drogues étranges, en produits dont personne n'avait jamais entendu parler.

Evan s'assit à nouveau sur le bord du lit.

— Ma foi, poursuivit-il, je ne suis pas un héros et je me doutais de la réaction de Sue si son grand-père était accusé de meurtre. C'est pourquoi j'ai décidé d'en endosser la responsabilité. Ce n'était pas aussi donquichottesque qu'il y paraît. Voyez-vous, j'étais sûr que je ne risquais rien tant que je prétendais que Jackson avait été tué par la malédiction. Évidemment, j'ai déployé tous mes efforts pour ajouter à l'atmosphère surnaturelle. Lorsque vous êtes arrivé, j'ai eu l'idée de vous étrangler et de vous abandonner dans une chambre close. Ce n'était pas loyal envers vous, je le reconnais, mais vous me sembliez assez costaud pour supporter l'épreuve. Et puis, vous étiez un inconnu et j'essayais d'aider le grand-père de Sue. Il s'est trouvé que vous vous êtes défendu si férocement que j'ai été obligé de vous étrangler plus que je n'en avais l'intention.

— L'histoire de la petite chatte faisait-elle également partie de votre campagne en faveur du surnaturel ?

— Oui. Elle ancrait la malédiction dans le passé et la rendait plus réelle. À présent, vous comprenez pourquoi je ne peux pas me permettre que l'on sache que je vous ai étranglé. Toute l'ambiance que je me suis ingénié à créer paraîtrait grotesque. Je serais dans de beaux draps, et vous aussi, mon cher.

— Je comprends. Mais il y a un détail que vous n'avez pas pris en compte.

Rogan vida les cendres de sa pipe et se mit à la bourrer lentement de tabac frais.

– À propos de cet article sur un poison très douloureux publié dans le *Record* – j'ai menti en disant à Dorsey que je ne l'avais pas écrit. J'en suis bien l'auteur. Et ce poison existe. J'en ai eu entre les mains un jour. Un prêtre indigène m'en a fait cadeau pour l'avoir tiré d'un mauvais pas à Cholon. Ce produit provoque les plus subtiles douleurs, mais l'antidote agit comme par magie.

Evan ne cacha pas sa méfiance.

– C'est une ruse !

– Oh, non ! Je savais que vous ne me croiriez pas sur parole, aussi ai-je demandé au jeune Chatterton de m'apporter le volume de l'*Encyclopaedia Britannica* dans lequel l'on traite des poisons. Il y a un paragraphe concernant cette substance. Heureusement que Dorsey ne l'a jamais lu.

Comme Rogan l'avait espéré, Tethryn croisa sa jambe gauche sur sa jambe droite afin d'y poser le grand livre. Tandis qu'il tournait les pages, le joueur mit la pipe dans sa bouche et gratta une allumette, mais au lieu d'allumer sa pipe, il maintint la flamme sous le pied gauche d'Evan. C'était le vieux truc du « pied en feu ». En quelques secondes, la chaleur traversa la semelle de cuir. Tethryn se leva brusquement en poussant un cri et en saisissant son pied. La douleur était si forte que les larmes lui montèrent aux yeux. Quant à Rogan, il souffla tranquillement l'allumette.

– Que se passe-t-il ? demanda-t-il d'un air innocent.

– Je viens de ressentir une horrible douleur dans le pied.

– Peut-être avez-vous été piqué par une fourmi ?

Evan ôta sa chaussure et en examina l'intérieur. Rien. Pendant qu'il inspectait sa chaussette, Rogan ramassa la chaussure et, sous le prétexte de chercher si un clou dépassait, enfonça les éclats de verre dans la semelle intérieure.

– Rien, dit-il en rendant la chaussure à Evan qui la remit. Toujours mal ?

– Oui.

Rogan hocha la tête.

– Ça commence toujours ainsi. Avez-vous des douleurs à l'autre pied ?

Tethryn posa sur lui un regard pénétrant.

— Non. Je devrais ? De quoi parlez-vous ?

Le joueur sourit.

— Vous ne croyiez pas à ce poison. Rien ne valait une démonstration.

Evan sursauta.

— Que... quoi ? bredouilla-t-il ? Vous voulez dire que vous m'en avez fait avaler ?

— Je suis surpris que vous ne l'ayez pas senti dans le whisky.

Effectivement, son whisky avait un drôle de goût. L'espace d'un instant, Tethryn balança entre la perplexité et la certitude. Puis il se rendit compte de l'absurdité de la situation et esquissa un faible sourire.

— Vous vous moquez de moi. Vous en avez bu vous aussi.

— Une seule gorgée. Vous, deux grands verres. Mais ne vous inquiétez pas. Je vous ai dit qu'il existait un antidote. (Rogan lui montra les deux capsules de quinine.) Je vous en donnerai une si vous êtes raisonnable.

Evan en avait entendu assez pour être terrifié.

— Espèce de fou ! Pourquoi vouloir m'empoisonner ? Je ne vous ai fait aucun mal !

— Non ? Pourquoi suis-je au lit, à votre avis ? Vous oubliez vite, milord — surtout les torts que vous causez aux autres !

Tethryn eut un hoquet.

— Êtes-vous en train de vous venger pour hier soir ?

— Oh, non. Mais vous m'avez étranglé pour aider le docteur. Alors, je me suis dit que je pourrais l'aider à mon tour en vous empoisonnant. Un prêté pour un rendu.

— Je ne vois pas comment.

— En faisant accélérer les choses. J'ai mis mon père dans une position délicate. Pour l'en sortir, il me faut des informations. Et je suis pressé. Je ne peux pas perdre de temps à écouter vos mensonges.

— Je n'ai pas menti !

— Si, vous avez menti ! Sue vous a probablement dit que je suis un joueur professionnel. Je mourrais de faim si je ne savais pas lire dans les pensées des autres. Il n'y a rien de magique dans cette aptitude. C'est en grande partie une question d'observation et d'interprétation des réactions anormales de l'adversaire. Tout à l'heure, j'ai commencé à vous expliquer l'astuce de la chambre close. Vous n'étiez pas intéressé. C'était anormal et signifiait que vous connaissiez déjà la solution. Ensuite, je vous ai raconté que j'avais menti à Dorsey à propos de l'article du *Record* et que le poison existait. La réaction normale aurait été d'en conclure que j'étais mêlé à la mort de votre frère. Vous, en revanche, vous vous êtes d'abord attaqué aux problèmes secondaires. vous avez exprimé des doutes sur la réalité de ce poison. Ce qui prouve que vous saviez qu'il n'avait pas tué Frant. Par conséquent, vous connaissez l'identité de l'assassin – et comment il a procédé !

– Je vous répète que je suspectais votre père !

– Cela aurait justifié que vous vous posiez des questions – après. Mais pas que vous ayez cette première réaction.

Tethryn fixa Rogan pendant une longue minute, cherchant à lire dans ses yeux. C'était un exercice auquel de plus malins que lui avaient échoué, et Evan ne tarda pas à le comprendre. Soudain, il prit sa décision.

– D'accord ! Vous l'aurez voulu ! Vous le regretterez, mais c'est votre affaire. Voilà. Vous avez raison : je sais qui a tué Jackson. C'est votre père. Je l'ai vu faire. Jackson s'est écroulé lorsque j'ai proféré la malédiction. Il devait être soumis à une grande tension à cause de sa faillite, et peut-être la surexcitation de pouvoir me tourner en ridicule a-t-elle été trop forte. Ou simplement cela faisait-il partie de son plan. Quoi qu'il en soit, il s'est écroulé. Tandis que nous nous précipitions vers lui, j'ai vu le docteur lui planter une aiguille hypodermique dans le bras. Aussitôt après, Jackson est mort. Seigneur Dieu ! J'ai cru devenir fou. Je savais que Sue ne survivrait pas s'il s'avérait que son grand-père était un meurtrier. C'est pourquoi j'ai transporté le corps au premier étage – pour empêcher quiconque de trouver la marque de la piqûre.

– Je suppose qu'il ne vous est jamais venu à l'idée que le Dr. Braxton avait pu faire une injection à votre frère pour tenter de le sauver. Ou le visage du docteur le trahissait-il ?

Tethryn poussa un profond soupir.

– Si vous aviez vu son expression ! Il n'y avait pas de place pour le doute. (Il tendit la main.) Et si vous me donniez une de ces capsules. Non pas que je croie à votre sacré poison, mais juste pour avoir l'esprit tranquille.

– Si vous estimez que vous l'avez mérité...

Rogan éclata brusquement de rire. Evan le dévisagea, puis déclara d'un air penaud :

– Vous me faisiez marcher, n'est-ce pas ? Avec ce poison cambodgien, je veux dire.

– Évidemment. C'est ce qui vous a mis tellement sur les nerfs.

Tethryn se leva en essayant de comprendre le sens de ces paroles et appuya de tout son poids sur les éclats de verre enrobés de teinture d'iode glissés dans sa chaussure. Son visage se crispa sous la douleur. À la même seconde, Rogan lança :

– Quand je fais marcher quelqu'un, ça lui fait mal jusqu'au bout des orteils.

Evan se tourna vers le joueur. Les yeux de Kincaid n'étaient plus que de minces fentes et sa bouche, une barre. Rogan reprit, sans remuer les lèvres :

– Alors, vous ne croyez pas à mon « poison cambodgien » ?

– Vous m'avez vraiment empoisonné ? Espèce de salaud !

Evan fit un pas vers le lit, et les éclats de verre lui déchirèrent une nouvelle fois la plante du pied. La prudence eut raison de sa colère, et il courut vers la salle de bains où Rogan l'entendit se forcer à vomir pour se débarrasser du poison imaginaire.

Kincaid sauta de son lit et se traîna jusqu'à la porte de la salle de bains. Une épouvantable migraine lui martelait le crâne, mais il savait qu'il devait continuer pour conserver son avantage. En se redressant, Evan vit son tortionnaire appuyé au chambranle de la porte en train de souffler des ronds de fumée.

– Il est trop tard, dit Rogan. Même un lavage d'estomac n'y changerait rien. Voici le seul remède.

Il montra à nouveau les deux capsules.

– Ordure ! rugit Evan. Que voulez-vous à la fin ?

– La vérité.

– Je vous ai dit la vérité !

– Non. Réfléchissez une minute. Vous avez déclaré que vous aviez inventé l'histoire de la petite chatte pour ajouter à l'atmosphère surnaturelle et fabriquer une fausse piste pour écarter les soupçons du docteur. *Mais vous avez raconté cette histoire à Sue avant la mort de Frant !* Ce qui transforme en mensonge tout ce que vous avez dit d'autre. Maintenant, il ne sera plus si facile de mentir. Pas en connaissant la virulence du poison qui se propage en vous. (Il eut un sourire glacé.) L'épreuve de la torture. C'est très efficace. Attendez que la souffrance se diffuse dans les genoux.

Kincaid agita soudain son pied gauche et mima une très convaincante grimace de douleur.

– Ça fait mal, n'est-ce pas ? C'est le premier élancement que je ressens. Toutefois...

Il mit une des capsules de quinine dans sa bouche et l'avala. Puis il grimaça à nouveau.

– Je me demande au bout de combien de temps l'antidote agit.

Evan rassembla tout son courage et s'avança vers Rogan.

– Écartez-vous de mon chemin ! cria-t-il. Il faut que j'aille voir le Dr. Braxton.

Rogan n'ignorait pas qu'il serait incapable de rester debout si Tethryn le bousculait. La ruse consistait à garder l'autre sur la défensive. Il porta la seconde capsule à sa bouche.

– C'est la dernière capsule d'antidote disponible en Amérique. Dans quelques heures, même l'enfer vous paraîtra une délivrance. Aucun narcotique sur Terre n'atténuera vos souffrances. Rappelez-vous, j'ai vu des hommes mourir de ce poison, et je sais ce dont je parle. La douleur a-t-elle atteint vos genoux ?

Evan était convaincu. La douleur dans son pied ne faisait pas de doute. Elle était violente et réelle. La caféine qu'il avait absorbée dans son whisky commençait aussi à produire son effet. La dose était trop faible pour être sensible, cependant, il y avait cette étrange excitabilité qui ne pouvait être que la conséquence d'une drogue. Mais le comble, c'était la voix de Rogan. Un jour, Tethryn avait entendu un expérimentateur pratiquant une vivisection décrire ce qu'il était en train de faire à un lapin. Dans son intonation, perçait la même détermination à exécuter jusqu'au bout la tâche qu'il s'était fixée. Avec cette même indifférence aux sentiments de la victime. Evan tendit la main.

— Donnez-moi quelque chose pour mettre fin à cette douleur insupportable et je ferai tout ce que vous me demanderez.

Rogan fourra la capsule dans sa poche.

— Parlez d'abord. Mais n'oubliez pas, j'exige la vérité. Encore un mensonge et j'écrase la capsule sur le sol. Vous passerez les six prochaines semaines à supplier qu'on vous envoie le bourreau.

À ces mots, Evan capitula.

— Je vais vous dire tout ce que je sais. Laissez-moi seulement retourner dans la chambre et m'asseoir.

Pas un muscle de la mâchoire de Rogan ne bougea.

— Pas avant que vous n'ayez parlé. Commencez donc par me raconter comment vous avez tué votre frère.

Il y eut un long silence, un silence troublé seulement par le bruit des vagues qui léchaient les rochers en contrebas. Tethryn chassa lentement l'air de ses poumons avec un sifflement aigu dans lequel la fine oreille de Kincaid décela un curieux mélange de peur et de soulagement. Cependant, le joueur ne quitta pas sa place en travers de la porte. Evan prit sa respiration avant de lancer :

— Je n'ai pas tué mon frère. Je vous ai étranglé, je l'avoue. Mais je n'ai pas tué Jackson. C'est la vérité.

Et *c'était* la vérité. Kincaid le savait, sans qu'il y ait la place pour le moindre doute. Il se rappela la déclaration du docteur sur les occasions où une erreur était impossible et comprit qu'on lui avait raconté des mensonges au sujet de la mort de Frant – des mensonges qu'il avait été incapable de détecter. Mais Tethryn ne mentait pas. C'était indéniable. Ce qui laissait Rogan avec deux suspects en tout et pour tout : Nancy Garwood et son père.

Si alors Evan avait fait un mouvement – s'il n'avait que toussé –, l'affaire aurait pu se terminer différemment. Mais il demeura immobile et donna au joueur quelques instants supplémentaires pour réfléchir. Et pendant ces quelques instants, le puzzle se recomposa dans l'esprit de Rogan, aussi facilement et simplement qu'un vase brisé en mille morceaux se reconstitue par la magie d'un film projeté à l'envers.

Avant que Kincaid n'ait le temps d'étudier tous les détails, il fut interrompu par un coup frappé à la porte de sa chambre. Il s'écarta du passage.

– Vous pouvez aller vous asseoir. Mais n'oubliez pas que je n'en ai pas fini avec vous et que vous avez toujours besoin de l'antidote.

Evan claudiqua de la salle de bains jusqu'à la chambre et se laissa tomber sur le bord du lit.

Rogan cria :

– Entrez !

Julia Makepeace franchit le seuil et promena les yeux d'Evan au joueur, mais ce dernier anticipa sa question.

– Vous êtes exactement la personne dont je souhaitais la visite, dit-il.

– Je soupçonne un brin de flatterie, mais qu'importe. Je suis heureuse de vous revoir sur pied. Je pensais bien que rien ne pouvait vous garder cloué au lit longtemps. Je suis venue prendre de vos nouvelles.

– En fait, j'allais justement me recoucher. Poussez-vous, Tethryn.

Kincaid s'adossa contre les coussins et glissa ses longues jambes sous les couvertures. Cet effort réveilla sa migraine. Il lui fallut attendre qu'elle s'apaise pour parler.

– Lord Tethryn a eu l'amabilité de venir égayer ma convalescence en jouant avec moi au « jeu de la vérité ». Voulez-vous vous joindre à nous ?

Il y avait une pointe d'inquiétude dans la réponse de miss Makepeace.

– Tant que vous ne me demandez pas de...

– Oh, mais si. C'est toujours au dernier arrivant de jouer. Si vous nous disiez ce que vous savez sur Frant.

– Pratiquement rien. Je n'avais jamais rencontré cet homme de ma vie avant hier soir.

– Et votre frère ?

– Il ne l'avait jamais rencontré non plus. C'est lord Tethryn qui a mené les négociations pour la maison. Aucun de nous ne connaissait Mr. Frant et nous ignorions tout de lui, sauf qu'il fabriquait des produits pharmaceutiques. Même Stirling ne l'avait vu qu'une fois.

– Merci. Voilà qui clarifie les choses et m'amène à ce que je veux démontrer. Le Dr. Braxton parlait en termes élogieux de Frant, comme individu et comme chimiste, jusqu'à ce qu'il devienne évident qu'il n'y avait rien de bon à dire de lui sur aucun de ces points. Ensuite, le docteur a essayé de se justifier en expliquant que Frant était un « beau parleur », mais des gens beaucoup moins perspicaces l'avaient catalogué comme menteur au premier regard.

Rogan marqua une pause, puis reprit lentement pour faire ressortir la pleine signification de chaque mot :

– La conclusion logique à tirer des actes du docteur était qu'il mentait. Si c'était le cas, s'il avait dérogé à la règle de conduite qu'il s'était toujours imposée – la probité –, alors il ne restait que deux solutions : ou il était lui-même le meurtrier, ou il le connaissait et s'efforçait de le protéger. Dans cette dernière hypothèse, *la personne qui avait tué Frant devait être quelqu'un de très proche et de très cher au Dr. Braxton.*

– C'est insensé ! s'exclama miss Makepeace, en colère.

– Exactement. C'est insensé au sens littéral du terme. Je peux imaginer le docteur en train de dire des mensonges, mais pas des mensonges aussi stupides que ceux qu'il semble avoir racontés. Inversons la proposition : supposons que le Dr. Braxton rapportait la vérité telle qu'il l'avait vue.

– C'est ce que je tentais de vous suggérer la nuit dernière.

– Je sais, et si j'avais écouté votre conseil, je me serais épargné ces meurtrissures. Mais maintenant, je suis revenu à la sagesse. Telle que je considère l'affaire, elle se résume à une seule question : étant admis que le docteur est à la fois honnête et intelligent, pourquoi n'a-t-il pas percé à jour la personnalité de Frant alors que celle-ci était évidente pour tout le monde ?

Avant que Julia Makepeace ne puisse répondre, des pas se firent entendre dans le couloir. Dorsey ouvrit la porte et entra, suivi par Ordway et Collins. Les yeux du sergent balayèrent la pièce et s'arrêtèrent sur Rogan.

– Que se passe-t-il ici ?

– Une réunion du clan. Voudriez-vous demander à miss Garwood de nous rejoindre ?

– Pourquoi ?

– Parce que j'ai une question à lui poser. Si j'obtiens la réponse que j'espère, j'aurais résolu le mystère dans dix minutes.

– Vous êtes sacrément sûr de vous, pas vrai ?

– C'est gentil de votre part de le formuler ainsi. Me laisserez-vous voir miss Garwood, oui ou non ? Je promets qu'il n'y aura ni sous-entendus, ni double langage, ni allusions. Je jouerai cartes sur table. Qu'en dites-vous ?

– Je prends le risque, décida Dorsey en faisant un geste de la main vers son subordonné. Allez la chercher, Ordway.

Miss Makepeace s'assit en croisant les mains sur ses genoux, les yeux brillants de curiosité. Collins alla se faire tout petit dans un coin. Les autres s'observaient avec circonspection, comme des chiens mis en présence pour la première fois. Personne ne parla jusqu'à ce qu'Ordway revienne avec Nancy.

La jeune fille était terrorisée. Elle n'avait jamais été tout à fait certaine que le joueur avait pris son parti, et le long silence de celui-ci avait alimenté ses doutes. Elle osait à peine entrer dans la chambre et, après avoir jeté un bref coup d'œil aux visages en face d'elle, se blottit contre Ordway, comme pour trouver un abri auprès de sa silhouette massive.

Rogan devinait la cause de son inquiétude et tourna volontairement ses questions de manière à la mettre sur la défensive, afin que Dorsey ne le soupçonne pas de lui souffler les réponses.

– Depuis combien de temps connaissiez-vous Frant ?

– Un an environ. (Elle s'adressa au sergent.) Je vous l'ai déjà dit.

Rogan ne relâcha pas la pression.

— Où l'avez-vous rencontré ?

— J'ai oublié.

— Réfléchissez. C'est important.

— Je ne sais plus. C'était à une soirée. Il m'a raccompagnée chez moi. Parce que l'homme avec qui j'étais venue était trop soûl pour le faire, ajouta-t-elle amèrement.

— Qui vous a présentée à Frant ?

— Ce n'était pas le genre de soirée où l'on s'embarrasse de civilités.

— Alors, comment avez-vous appris son nom ?

Soudain, furieuse d'être interrogée, Nancy explosa.

— Il me l'a dit, petit malin. En outre, j'ai fait la connaissance de quantité de ses amis, et tous l'appelaient « Jack » ou « Frant ».

— Dites-moi, intervint Dorsey, où voulez-vous en venir, Kincaid ? Si vous essayez de prouver que le cadavre n'est pas celui de Frant, vous êtes fou. Feldmann a ses empreintes digitales.

Rogan hocha la tête.

— Le cadavre est celui de Jackson Frant. *Mais c'est quelqu'un d'autre qui a joué son rôle hier soir.*

XX

Le Bras droit du Bourreau

— Si c'est un piège, vous ne vous en tirerez pas comme ça ! riposta Nancy. Vous l'avez connu vous-même à New York !

— En tant que « Frant », admit Rogan. Pas en tant que « Jackson B. Frant ».

— Mais tout le monde l'appelait « Jack ».

— Absolument. Et de quoi « Jack » est-il habituellement le surnom ?

— Eh bien, de « John », mais...

— Il n'y a pas de mais. Jackson Frant avait un cousin prénommé John. C'est John que nous connaissons, vous et moi.

— Vous voulez dire qu'il avait endossé une fausse identité depuis que je l'avais rencontré ?

— Pas du tout. Vous connaissiez tout simplement un homme appelé Jack Frant. Et moi aussi. Lorsqu'il nous a dit, il y a quelques jours, que son nom complet était Jackson B. Frant, nous l'avons cru. Pourquoi pas ? Peu nous importait qui il était.

— Pourquoi se faisait-il appeler « Jack » si ce nom était si proche de celui de son cousin ?

— Probablement pour cette raison même. John était du genre à profiter de ce que des étrangers le prennent pour son riche cousin. Il en a tiré un certain respect de la part des gens qui avaient entendu parler de Jackson sans le connaître personnellement. En se présentant comme « Jack Frant », John encourageait cette ambiguïté, tout en se préservant une échappatoire au cas où quelqu'un découvrirait le pot aux roses.

– Mais, si vous-même avez été abusé, protesta miss Make-peace, ceux qui connaissaient le véritable Jackson Frant ne pouvaient pas s'y laisser prendre.

– Si vous parlez de Hoyt, il n'avait jamais vu Jackson. Le seul Frant qu'il ait jamais aperçu était John – hier après-midi.

– Je ne parle pas de Hoyt, et vous le savez parfaitement. Je parle de Stirling. C'est Jackson Frant qu'il connaissait.

– Le Dr. Braxton l'a *rencontré*, il y a cinq ans, alors que Jackson était malade et dans son lit, corrigea Rogan. Pensez-vous que le docteur, avec sa mauvaise mémoire des visages, aurait pu se souvenir de lui si longtemps ? Une vague ressemblance n'était même pas nécessaire. N'importe quel homme de petite taille aurait pu se faire passer pour Jackson Frant aux yeux du docteur.

– Si vous dites vrai, continua miss Makepeace, cela expliquerait pourquoi Stirling croyait que Mr. Frant était un excellent chimiste.

– Absolument. L'homme qu'il connaissait – Jackson – *était* chimiste ; en tout cas, assez pour donner le change. John n'avait aucune compétence dans le domaine.

– C'est plausible, admit la vieille dame. Mais Evan ? Il devait connaître son propre frère.

– Évidemment. C'est pourquoi lord Tethryn mentait. Par conséquent, il a été mêlé au meurtre de Jackson B. et a pris part à la mise en scène d'hier soir pour cacher les faits.

Miss Makepeace, stupéfaite, se tourna vers Evan, et Dorsey aboya :

– Qu'avez-vous à répondre à cela ?

– Simplement que c'est ridicule, comme toutes les autres théories extravagantes qui ont circulé aujourd'hui.

Il voulut se lever, sentit une vive douleur au pied et se laissa à nouveau tomber sur le lit.

– Sergent, intervint Rogan, arracher la vérité à Sa Seigneurie est un travail de longue haleine. Peut-être vaudrait-il mieux que je vous raconte ce qui s'est passé. Ensuite, si Tethryn veut tout nier, il le peut. Toutefois... (Le joueur jeta un regard au pied d'Evan.)... je ne crois pas qu'il le fera.

– D'accord, mais j'en ai assez de vos théories.

– Je vous apporterai des preuves, promit Kincaid, mais écoutez d'abord l'histoire. Dan Collins avait probablement raison en disant que Jackson était en fuite. Seulement, Jackson avait tout combiné, il y a un mois, et, au lieu d'abandonner un corps derrière lui, il avait imaginé de se servir de John pour brouiller les pistes.

– Comment le savez-vous ?

– À cause du plan que John a suivi plus tard. Si, moi, j'ai subodoré la faiblesse de John à encourager les étrangers à le prendre pour son cousin, Jackson B., lui, n'en doutait pas. Et cela lui a fourni le moyen idéal de tromper la police, particulièrement si Tethryn acceptait de se porter garant de l'imposteur et présentait celui-ci comme son « frère-Jackson-B.-Frant-le-fabriquant-de-produits-pharmaceutiques ». Jackson a choisi le Kraken comme point de départ parce que beaucoup de gens faisaient le lien entre son nom et l'île, et que personne sur les lieux ne le connaissait.

Rogan s'interrompit pour rallumer sa pipe, puis continua :

– Jusqu'ici, tout n'est que spéculation, mais je suis sûr du reste. Tethryn et John travaillaient tous les deux pour Jackson. Il leur a ordonné de le retrouver sur l'île. Peut-être John s'est-il rendu compte qu'on l'utilisait comme leurre et s'est-il rebellé. En tout cas, une dispute a éclaté et John a tué Jackson. Le fait que Tethryn était là a donné en quelque sorte à John barre sur lui, suffisamment pour l'obliger à l'aider lors de la mascarade d'hier soir.

– Mais, intervint Julia Makepeace, je ne comprends pas. Ç'a été un tel choc. Que s'est-il réellement passé, la nuit dernière ?

– Collins avait raison. La malédiction et la mort subite de Frant étaient un coup monté. Là où il a fait erreur, c'est en croyant qu'il leur fallait se procurer un cadavre. Le véritable problème consistait à s'en débarrasser.

– Mais ils ne s'en sont pas débarrassés.

– Ils se sont débarrassés du problème de la plaie. C'était leur principal souci.

– Quelle plaie ? grogna Dorsey.

– Il y en avait une forcément, insista Kincaid. Quelle sorte de blessure atteste d'abord un meurtre avant d'être effacée par le processus naturel de la putréfaction ? À mon humble avis, un coup de couteau dans le dos. (Il se tourna vers Evan.) À vous l'honneur, et rappelez-vous que rien ne vaut une bonne confession pour se purifier de la tête aux *pieds*.

Cette allusion à peine déguisée à la menace qui pesait toujours sur lui n'était guère nécessaire pour briser la résistance de Tethryn. La caféine lui avait hérissé les nerfs, et la conviction que son état était dû à l'étrange poison oriental en avait multiplié les effets hors de toute proportion étant donné la faible dose de produit qu'il avait absorbé. Il en résulta qu'il perdit la petite mesure supplémentaire d'assurance dont il aurait eu besoin pour contrer l'attaque de Rogan. Il rendit les armes.

– J'ignore comment Kincaid a deviné, mais il a raison, même au sujet du plan de Jackson de nous utiliser John et moi comme leurres.

– Ce n'était pas difficile, répondit Rogan avec un haussement d'épaules. La spécialité de John était d'inventer les histoires les plus folles sous l'inspiration du moment. Mais personne n'en est capable sans puiser dans le réservoir que constitue la mémoire. En réalité, ces histoires sont des bribes de souvenirs assemblés les uns aux autres, comme le fossile d'un animal monstrueux reconstitué à partir d'une collection de vieux os d'origines variées par le propriétaire peu scrupuleux d'un musée qui ne mérite pas ce nom. Tout le matériau de John était de seconde main. Prenez, par exemple, ce qu'il m'a raconté à propos de la malédiction, il y a huit mois. John voulait m'épater et il a dit qu'il avait un proche parent titré. C'était la vérité – pour un cousin germain. Puis il a brodé avec quelques sous-entendus concernant une malédiction. Certainement la seule chose que savait John sur les comtes, c'était qu'ils possédaient de vieux châteaux auxquels étaient attachées des légendes familiales. Il glanait toutes ses idées de la même manière. Cette maison a un aspect sinistre à la lueur des bougies ? Il a créé une atmosphère surnaturelle en mettant en panne le groupe électrogène. La bibliothèque est remplie de livres sur les élémentaux ? Il a fait de Od un génie des eaux parce que nous sommes environnés par les flots. Sans doute ces livres lui ont-ils fourni la plupart des détails pour écrire le fameux manuscrit.

— Oui, confirma Evan. J'ai passé toute une nuit à lui chercher des mots bizarres.

— Ce n'était pas compliqué de trouver une source pour chacun des épisodes de l'histoire, reprit Rogan, sauf pour un : la personnification de Jackson. Il s'agissait pourtant de la partie la plus élaborée du plan et elle ne pouvait pas fonctionner sans la collaboration de Jackson lui-même. Ce qui me fait dire que cette idée venait de Jackson.

Dorsey dévisagea Kincaid.

— Quel est votre rôle dans tout ça ?

— Celui de témoin, principalement. John avait besoin de gens qui le connaissaient avant qu'une personnification ne soit possible, et qui étaient néanmoins susceptibles de croire que « Jack » signifiait « Jackson B. ». J'étais également supposé ajouter à l'atmosphère en faisant le treizième à table. Nous aurions été ce nombre si la tempête ne m'avait pas retardé et n'avait pas empêché les West de venir. De plus, j'avais entendu la première version de l'histoire de la malédiction, et John a dû penser que c'était un coup de chance d'être tombé sur moi. Inviter un inconnu ou presque ne le dérangeait pas outre mesure. C'était typique de l'opportunisme qui le caractérisait.

Le sergent se tourna vers Evan.

— Tout ce que raconte Kincaid est-il vrai ?

— Au mot près, avoua Tethryn. La mort de Mrs. Hoyt a sonné le glas de Jackson. Il nous a fait venir sur l'île, John et moi, sans nous dire pourquoi. J'étais d'une humeur de chien. Le canot automobile était hors d'usage et nous avons été obligés d'effectuer la traversée sur un bateau à rames qui prenait l'eau. Ensuite, pendant que nous débarquions nos affaires, le bateau, mal attaché, a été emporté par le courant avec la moitié de nos provisions. Il ne nous restait que du whisky et quelques boîtes de conserve. Nous n'avions même pas d'ouvre-boîtes. J'ai dû me servir de mon *skean dhu*.

— Qu'est-ce que c'est? demanda Collins.

— Une sorte de poignard écossais, expliqua Rogan. Les Highlanders le glissent dans leurs bas et en font l'enjeu de paris.

— C'est exact, acquiesça Evan. J'ai gagné le mien à un garçon beaucoup plus vieux que moi quand j'avais à peine dix ans. Il était très abîmé et avait les initiales IDA gravées sur le manche, mais c'était mon bien le plus cher à l'époque. J'avais pris l'habitude de l'emporter avec moi en guise de porte-bonheur. C'est pourquoi il était dans ma valise.

— Revenons à nos moutons, fit Dorsey.

— Jackson nous a donné ses ordres. Nous devions aller dans le Middle West explorer un nouveau territoire. John devait se faire passer pour Jackson, et moi, l'accompagner pour attester de son identité. Nous avions un paquet de lettres postdatées, signées par Jackson, qu'il nous avait chargés d'expédier de différents endroits sur notre trajet afin de ne pas éveiller la suspicion des autorités. Jackson ne nous a fourni aucune explication pour cette mascarade, mais il ne cessait de tremper dans des combines louches et ne se justifiait jamais, aussi n'étions-nous pas surpris. Après que Jackson est monté se coucher, John est venu dans ma chambre. Il craignait que Jackson ne mijote un coup encore plus pourri que d'ordinaire et que nous ne remplissions le rôle de boucs émissaires. John a proposé que nous retournions la situation en lui volant l'affaire pendant qu'il avait le dos tourné.

— Comment auriez-vous fait? interrogea Collins.

— Je doutais que ce fût possible, mais John avait bien étudié la question. J'ai émis un certain nombre d'objections et, finalement, John a déclaré que le meilleur moyen était d'éliminer Jackson de la circulation. Il était à notre merci sur le Kraken. Personne ne savait où il se trouvait et il se passerait plus d'un mois avant que quiconque ne songe à le rechercher. J'ai éclaté de rire, croyant qu'il s'agissait encore de l'une de ces histoires inventées par John pour voir ma réaction. Mais ce n'était pas le cas. Après m'avoir quitté, John s'est rendu dans la chambre de

Jackson et l'a poignardé dans le dos avec mon *skean*. Le lendemain matin, nous avons appris la faillite de Jackson. John l'avait assassiné pour rien.

– Ce que je ne comprends pas, dit Dorsey, c'est pourquoi John a choisi une telle mise en scène pour se débarrasser du cadavre.

– La simplicité n'était pas le fort de John, répondit Rogan. Cependant, je ne vois pas pourquoi il n'a pas jeté le corps dans l'océan.

– Le Bras droit du Bourreau l'aurait emporté et nous l'aurait livré.

– Le Bras droit du Bourreau l'a emporté, fit Evan avec une grimace. John a démonté le volant d'entraînement de l'un des canots à moteur garés dans le hangar et y a ligoté le cadavre de Jackson. Puis, il a fait basculer le tout dans l'eau de l'extrémité du quai. Il était environ une heure du matin, et je n'ai découvert que bien plus tard ce que John avait fait. L'autre canot était le meilleur des deux, toutefois la coque était si sèche qu'il a fallu la journée pour le remettre en état et le faire flotter. La lune s'était levée lorsque nous avons enfin pu le mettre à l'eau. Nous n'avions pas d'essence, mais nous avons trouvé une planche et l'un de nous pagayait tandis que l'autre écopait. C'était un travail de patience. Au bout d'un moment, nous nous sommes rendu compte que le courant nous entraînait vers la côte et nous avons arrêté de pagayer pour nous laisser dériver. Le courant n'était pas orienté directement vers le continent, mais plus vers Bailey's Point, au nord. Nous lui en étions reconnaissant... alors.

Dorsey hocha la tête.

– Je suppose que vous avez changé d'avis plus tard.

– Peu de temps après. Le courant était incroyablement puissant. On avait l'impression d'être aspiré dans un maelström. Au bout d'une heure, nous nous sommes aperçus que nous nous dirigions vers une petite anse, à un kilomètre et demi de notre point de départ. Le clair de lune éclairait une masse sombre devant nous. Je me suis assis sur le plat-bord pour la repousser, et lorsque nous sommes arrivés à proximité, j'ai donné un grand coup de pied. La chose s'est écartée et je suis tombé à l'eau. Il y avait une sorte de banc de sable, aussi la profondeur n'était-elle que d'une trentaine de centimètres. J'ai marché dans l'eau pour voir dans quoi j'avais donné le coup de pied. C'était Jackson. Son corps était toujours attaché au volant. Le courant avait tiré ce poids considérable sur un kilomètre et demi en moins de vingt-quatre heures.

Evan prit une profonde inspiration avant de poursuivre :

– Mon *skean* dépassait de son dos. Le manche était incrusté d'un morceau de quartz qui brillait au clair de lune comme un énorme diamant. J'ai arraché le poignard du cadavre et je l'ai enveloppé dans mon mouchoir. Je n'osais pas le lancer dans l'eau de peur que ce satané courant ne le dépose sur la grève.

– Qu'avez-vous fait du corps ?

– Nous l'avons hissé dans le bateau. Nous ne pouvions pas le laisser où il était. Le courant se terminait par un gros tourbillon et nous avons dû pagayer jusqu'à la côte. John est resté avec le cadavre tandis que je suis allé au village acheter de l'essence. J'ai réveillé le pompiste et lui ai expliqué que j'avais dérivé et que la marée m'avait fait échouer. L'homme s'est esclaffé. Il m'a dit que ce n'était pas la marée qui m'avait fait échouer, mais le Bras droit du Bourreau. Je me rappelle même ses paroles exactes : « Tout ce qui flotte par ici, le Bras droit du Bourreau l'entraîne tout droit dans l'anse des Pendus. »

« Je n'avais jamais entendu parler du Bras droit du Bourreau et je ne comprenais pas à quoi il faisait allusion, mais ce fut le coup de grâce. J'ai senti de la sueur froide me couler sur le visage et, comme un imbécile, j'ai sorti mon mouchoir. Mon *skean* est tombé sur le comptoir. Il était tout taché de sang. Du moins, c'est ce que j'ai cru. Toujours est-il que je me suis enfui. Sans emporter ni mon poignard, ni l'essence.

Dorsey se mit à rire.

– Le Bras droit du Bourreau mérite bien son nom – il m'a aidé à arrêter un meurtrier, il y a cinq ans.

– Rien que le nom lui-même donne déjà la chair de poule, frissonna Evan. Heureusement, l'essence ne nous était pas indispensable, parce que le bateau à rames que nous avions perdu la veille avait dérivé lui aussi vers l'anse des Pendus et que John l'avait retrouvé. Nous y avons déposé le cadavre, après quoi nous avons fait couler le canot automobile avec lequel nous étions arrivés dans une sorte d'ancien marais salant. Ensuite, il nous a fallu ramer, à contre-courant, jusqu'à l'île. Nous étions si fatigués que nous avons été à peine capables de porter Jackson dans la maison. Le lendemain matin, il était devenu urgent de se débarrasser du corps, mais le sol est trop peu profond sur le Kraken pour enterrer quoi que ce soit. Si vous jugez que le plan que nous avons finalement adopté était fou, essayez de m'en proposer un meilleur !

— Mais, Evan, pourquoi avez-vous aidé John ? demanda miss Makepeace. Votre rôle était de faire traduire l'assassin de votre frère devant la justice, pas de favoriser sa fuite.

— C'est ce que j'aurais fait si j'avais pu, et John ne l'ignorait pas. Mais il me tenait.

— Comment cela ? Il vous suffisait de le dénoncer à la police.

Evan secoua la tête.

— Les apparences étaient contre moi. Jackson avait été poignardé avec mon *skean*. Le pompiste avait ce poignard en sa possession et m'avait vu. Quant à John, il était supposé se trouver en Floride. D'autre part mon *skean* était facile à identifier. Les armes de ce genre sont rares aux États-Unis et, sur le manche, étaient gravées les initiales IDA. Mes amis avaient l'habitude de se moquer de moi en disant qu'il s'agissait du prénom d'une fille. Une cinquantaine de personnes au moins étaient au courant de ce détail, et John le savait.

— En effet, vous étiez coincé, concéda Dorsey, mais continuez votre récit. J'aimerais que vous m'expliquiez comment vous vous y êtes pris hier soir.

— C'est très simple. John et moi avions tout répété, comme pour une pièce de théâtre. Lorsque j'ai proféré la malédiction, il a fait semblant d'avoir une attaque. Je l'ai transporté au premier étage pour éviter que l'on ne découvre qu'il était toujours vivant et pour faciliter la substitution avec le cadavre de Jackson. John

271

s'est caché dans ma chambre en attendant que la maison soit endormie. Puis il est descendu, il a mis à l'eau le bateau que nous avions dissimulé dans des buissons, et il a ramé jusqu'à la côte.

– Êtes-vous sorti par la porte de service ? questionna Rogan.

– Oui. Pourquoi ?

– Hoyt s'est introduit par là, et Chatterton a affirmé que son oncle avait fermé la porte à clé. Je suppose que c'est en rentrant que vous avez effrayé Sue.

Evan opina.

– J'étais désolé, mais je n'ai pas osé me montrer. Je me suis tapi dans l'ombre.

– Vous m'avez fait peur à moi aussi, ajouta miss Makepeace. Et vous avez laissé derrière vous des gouttes sur le sol qui ont failli me faire croire à l'existence des génies des eaux.

– Vous n'êtes pas la seule dans ce cas, fit Kincaid avec un petit rire. Cependant, nous avons dû prendre notre revanche si lord Tethryn m'a entendu quand j'ai émis l'hypothèse que Jackson n'était pas mort cette nuit-là. (Il lut la confirmation de ce qu'il venait de dire sur le visage d'Evan et poursuivit :) Je pensais alors qu'il était toujours en vie, mais vous avez probablement cru que je savais qu'il était mort depuis longtemps.

Rogan sourit à Evan, puis étouffa un bâillement.

– Eh bien, voilà une affaire réglée. Peut-être me laissera-t-on dormir maintenant. Mon seul regret est de m'être trompé au début et d'avoir accusé le Dr. Braxton. Mais il est hors de cause, et j'espère qu'il me pardonnera.

– Je ne suis pas si sûr que le docteur soit hors de cause, annonça Dorsey. Demandez-lui de monter, Ordway. Autant en finir.

– Merci, sergent, intervint Collins tandis que le policier en civil franchissait la porte. Je m'interrogeais à propos du docteur. S'il était l'associé de Jackson B., il devait l'avoir rencontré plus d'une fois.

Kincaid était contrarié.

– Contrôlez-vous, Dan. Le docteur n'était pas l'associé de Frant.

– John prétend le contraire, lui rappela le journaliste. Il travaillait pour la firme, donc il était au courant.

– Jackson était du genre à garder ses secrets pour lui. Vous avez entendu Tethryn : John mentait pour m'impressionner. Ou peut-être savait-il que l'emploi du dinitrophénol avait été suggéré par le Dr. Braxton ; et comme John n'aurait jamais donné une telle idée sans rien en échange, il se sera figuré que le docteur avait réclamé, au minimum, une part dans la société.

– Néanmoins, insista Collins, c'est bien le Dr. Braxton qui a parlé de ce produit chimique à Jackson. Vous ne pouvez pas le nier.

– Balivernes ! s'exclama miss Makepeace. Stirling parle tout le temps de produits chimiques ! C'est son principal sujet de conversation. Il a fait allusion hier soir à un acide toxique. Si, un jour, je cède à l'envie de commettre un gentil petit meurtre grâce à cette substance, en rejetterez-vous la faute sur le docteur ?

Dorsey regarda Kincaid en plissant le front.

– Cette histoire me paraît insensée, dit-il. Si John a quitté l'île avant que vous ne regagniez votre chambre, qui a essayé de vous étrangler ?

– Tethryn. Il a avoué. (Le joueur se tourna vers Evan.) Qui a imaginé le truc de la chambre close – vous ou John ?

– C'était l'une des idées que John a émises alors que nous cherchions un moyen de nous débarrasser du cadavre.

– Oh, non ! (Le regard de Rogan s'était durci.) Le truc de la chambre close ne vous aurait pas aidé à cacher un cadavre. Il faisait partie d'un plan pour un meurtre !

– Je... je n'ai pas tué Jackson, bégaya Evan. Je... je ne l'ai pas tué !

– Non ? fit Kincaid en haussant les sourcils. *Mais vous avez tiré à la courte paille avec John !*

Le coup porta. Julia Makepeace vit dans les yeux d'Evan que Rogan avait fait mouche et laissa échapper un cri. Mais avant que les autres ne soient revenus de leur surprise, le Dr. Braxton arriva, suivi d'Arnold Makepeace et Ordway.

– Vous m'avez fait demander, sergent ? s'enquit-il.

– Oui. Je souhaite vérifier un détail. Vous avez examiné Frant avant que lord Tethryn ne le porte au premier étage la nuit dernière ?

– C'est exact.

– Êtes-vous prêt à jurer qu'il était mort à ce moment-là ?

– Oui.

– Alors, sacristi, vous êtes complice vous aussi !

– De quoi, sergent ? Je ne comprends pas.

– De la fuite de John Frant.

– Je ne connais pas de John Frant.

– À d'autres ! ricana Collins.

– Dites donc, sergent ! tonna Arnold Makepeace. Il a été lancé trop d'accusations sans preuve aujourd'hui. Si vous nous expliquiez ce dont vous parlez ?

Dorsey leur fit le récit du meurtre de Jackson Frant, qu'ils écoutèrent de plus en plus stupéfaits et horrifiés, jusqu'à ce que le sergent en vienne au rôle qu'Evan avait joué. À ce point de l'histoire, le docteur l'interrompit.

– Sergent, je ne sais pas où vous avez été chercher cette idée, mais c'est tout bonnement impossible. Lord Tethryn n'aurait jamais protégé l'assassin de son frère.

– Ah, oui ? intervint Collins. Et je suppose que vous non plus. Qui a examiné John Frant et a déclaré qu'il était mort afin que Tethryn puisse se soustraire à la justice ?

Makepeace explosa.

– C'est absurde ! Pourquoi le Dr. Braxton aurait-il fait une chose pareille ?

– Pour qu'il y ait un titre dans la famille.

Rogan décida qu'il était temps de s'interposer.

– Une minute, Dan. Vous vous emportez sans raison, le sergent et vous. Ni Tethryn ni le Dr. Braxton n'ont aidé Jack Frant à s'enfuir. Car, en fait, il ne s'est pas enfui.

– Que voulez-vous dire ?

– Que Tethryn l'a tué.

Ces mots les laissèrent tous interdits. Avant qu'ils ne retrouvent leur souffle, Rogan reprit d'une voix égale :

– C'était si facile. Tous les éléments de la mise en scène étaient en place. Il lui suffisait d'empoisonner le médicament de John. Chatterton avait deviné juste, hier soir. Tethryn attendait que le poison fasse son effet et, au premier signe, il a prononcé la phrase fatidique. Probablement John n'a-t-il jamais compris ce qui lui arrivait. Peut-être même a-t-il cru qu'il était victime de la malédiction. Le comble de l'ironie !

– Vous êtes fou ! gronda Evan.

– Oh, non. Ni mort non plus, bien que vous ayez essayé de me tuer. Vous ne m'avez pas étranglé pour créer l' « atmosphère », mais parce que vous saviez que je tirerais les conclusions qui s'imposaient de l'histoire de Hoyt et que j'avais une idée précise de ce qui s'était passé. Vous m'avez surestimé. C'est une attitude assez rare, et cette erreur vous conduira au gibet.

– Evan ! s'écria le Dr. Braxton. Est-ce vrai ?

– Absolument pas. Je reconnais que j'ai aidé John, mais je ne l'ai pas tué. Quel aurait été mon mobile ?

Rogan répondit à sa place.

– Le chantage !

– Pour quelle raison ? (Evan avait toujours les nerfs à fleur de peau.) Il m'a obligé à l'aider à dissimuler le meurtre, mais que pouvait-il espérer d'autre de moi ? Je ne possède pas un sou.

– En effet, mais vous comptiez épouser miss Braxton pour son argent. Je doute que la perspective de le partager avec John vous transportait de joie.

– Vous avez perdu la tête ! J'avais déjà assez de soucis avec le cadavre de Jackson, nom d'un chien ! Pourquoi m'en serais-je mis un second sur les bras ?

Au lieu de répondre, Kincaid s'adressa à Collins.

– Et cette histoire de dinitrophénol, Dan ? Vous avez largement de quoi remplir vos colonnes sans cet épisode.

Le journaliste était sur des charbons ardents.

– Sacristi ! Ne croyez-vous pas que cette affaire est trop énorme pour négliger *quoi que ce soit* ? J'ai besoin de toutes les informations que je peux recueillir.

Il s'était préparé à affronter la colère de Rogan, mais le joueur se montra d'un calme inquiétant.

— Je voulais simplement donner au docteur un antidote contre les problèmes que je lui ai causés ce matin. (Kincaid jeta un regard vers Evan.) Vous aussi, il vous faut un antidote. Passez-moi ma robe de chambre, s'il vous plaît.

D'un geste nerveux, Tethryn s'empara de la robe de chambre posée au pied du lit. Rogan plongea la main gauche dans l'une des poches et en sortit les cartouches qu'il avait retirées du revolver de Hoyt ainsi que la capsule de cyanure. Il mit les cartouches dans sa main droite et les tendit à Dorsey.

— C'est pour vous, sergent. Elles proviennent de l'arme que vous avez trouvée au rez-de-chaussée.

Tandis que Dorsey prenait les cartouches, Makepeace s'exclama :

— Écoutez, sergent ! Pendant combien de temps allez-vous permettre à Kincaid de faire ces accusations non fondées ?

— Aussi longtemps qu'il lui plaira. Je n'ai pas à le croire tant qu'il ne me fournit pas de preuves.

— Mes accusations sont fondées, rétorqua Rogan à l'avocat. Hier soir, vous avez entendu Tethryn faire semblant de téléphoner à John. Il a prétendu que John partait pour l'Amérique du Sud où il avait trouvé du travail. Ce coup de téléphone était dangereux. Il a fait entrer John en scène alors qu'autrement, nous n'aurions même pas soupçonné son existence. Il ne se justifiait pas *si John était toujours vivant*. Mais John était mort, et Tethryn devait inventer une excuse au cas où quelqu'un aurait demandé ce qu'il était advenu de lui.

— Et donc... (Makepeace prit un ton sarcastique.) ... vous croyez qu'après s'être débarrassé d'un cadavre avec les plus grandes difficultés, lord Tethryn s'est immédiatement encombré d'un second ?

— Pas exactement. Cette fois, il s'imaginait avoir découvert une cachette qui resterait secrète jusqu'à la fin du monde.

— Et je suppose que vous savez où se trouve cette mystérieuse cachette ?

– Je sais où elle se *trouvait*. Lorsque Tethryn est rentré après avoir « raccompagné » John, il a laissé derrière lui des gouttes d'eau de mer sur le sol. Il ne s'est pas mouillé à ce point en mettant un bateau à la mer. Et pourquoi croyez-vous que le câble du téléphone a résisté pendant toutes ces années pour se rompre juste aujourd'hui ? *Parce que Tethryn s'en est servi pour ligoter le corps de John*. Il pensait qu'il demeurerait là pour toujours, mais le câble était vieux et le Bras droit du Bourreau est puissant. Il a cassé le câble et délivré le cadavre. On repêchera John dans l'anse des Pendus demain !

Fou de rage, Tethryn se jeta à la gorge de Rogan. Le joueur ne fit aucun effort pour se protéger, mais il pressa avec le pouce de la main droite un nerf du genou d'Evan. Il vit son agresseur grimacer et murmura :

– La douleur a progressé, n'est-ce pas ?

Les deux policiers saisirent Tethryn et, pendant qu'ils le tiraient en arrière, Kincaid lui glissa la capsule de cyanure dans la main en disant :

– Avalez-la. C'est facile, ajouta-t-il tandis que les doigts d'Evan se refermaient sur le poison.

Dorsey remit Evan debout sans douceur.

– Merci, Mr. Kincaid, déclara le sergent. Je suis satisfait, et nous trouverons le cadavre.

– J'en suis certain, répondit Rogan en baissant les yeux vers le poing crispé d'Evan. J'ai bien peur que votre compte ne soit bon, mais... (Il promena le regard jusqu'au genou de Tethryn.) ... il y a des morts plus terribles que par pendaison.

Evan libéra sa main et mit la capsule entre ses lèvres avant que le sergent ne puisse intervenir.

– C'est du poison ! hurla Collins. Sortez-lui cette capsule de la bouche !

Evan l'avala en disant :

– Ne vous inquiétez pas. Ce n'est pas du poison. Rien qu'un médicament.

– Vous savez, sergent, fit remarquer Kincaid, je parie qu'il s'agit de la capsule que j'ai prise à Hoyt hier soir et que j'ai rangée dans la boîte à gâteaux. Tethryn a dû la trouver là.

À ces mots, Evan comprit que Rogan s'était joué de lui et se précipita à nouveau sur son adversaire. Cette fois, les policiers furent les plus rapides. Tethryn cria quelque chose, mais ses paroles se perdirent dans le vacarme de la bagarre et, avant qu'on ne parvienne à le maîtriser, le poison fit son effet. Ce fut la répétition de la mort de sa victime, la nuit précédente. Le Dr. Braxton se pencha sur le corps.

— Cyanure, annonça-t-il. Il n'y a rien pour masquer l'odeur maintenant.

— Pauvre garçon, soupira Makepeace.

— Qu'il aille au diable ! gronda Collins. Il a fichu en l'air toute mon histoire.

— Peut-être, mais je ne le blâme pas de son geste, déclara Dorsey. C'était plutôt héroïque en un sens. En se suicidant, il a épargné un tas de désagréments au grand-père de miss Braxton.

— Sentimentalisme ridicule, laissa tomber Julia Makepeace avec mépris. Il a dupé le bourreau, mais il n'a pas réussi à duper le Bras droit du Bourreau.

Elle fixa longuement Rogan qui lui fit un large sourire.

XXI

Exit Od

Dan Collins retrouva Rogan le lendemain matin au *Jeb Stuart Hotel*. Il était dix heures, mais le joueur était encore au lit, appuyé contre ses coussins comme la veille.

– Ça alors ! s'exclama Dan en guise de bonjour. Ne me dites pas que vous êtes toujours patraque. Je croyais que vous vous étiez rendu à l'hôtel par vos propres moyens ?

– En effet. Mais ma chère grand-mère m'a toujours dit qu'après avoir été mis au tapis, il fallait attendre d'avoir été compté neuf avant de se relever, aussi ai-je décidé de prendre mon temps.

– Vous avez raison. N'empêche que vous devriez être content de me voir. Je vous ai apporté un cadeau.

– Quel cadeau ?

– Celui-ci, dit Collins en sortant une liasse de billets de banque de sa poche. C'est votre salaire pour le tuyau que vous nous avez fourni. J'ai eu un mal de chien à obtenir d'Ames qu'il m'envoie l'argent. Il est furieux contre moi parce que mon appareil a pris l'eau quand j'ai bu le bouillon et que je ne lui ai pas expédié de photos. Et il est furieux contre vous parce que vous avez laissé Tethryn échapper à un procès. Ames a failli se mettre à pleurer lorsque je lui ai annoncé que c'était fichu. À l'entendre, vous auriez pu penser qu'il était convaincu que vous aviez tué Tethryn pour priver le *Record* d'une bonne histoire.

Rogan compta les billets et les fourra dans la poche de sa veste de pyjama.

– À propos d'histoire, avez-vous écrit quelque chose sur le Dr. Braxton et le dinitrophénol ?

– Non. Je n'avais plus la place. Pas après avoir été obligé de résumer toute l'affaire en un seul article. En outre, je savais que vous souhaitiez protéger le vieil homme. Néanmoins, je n'ai pu faire autrement que de mentionner sa présence dans la maison, mais j'ai mal orthographié son nom.

– Cela ne m'étonne pas de vous, mais c'était par la force de l'habitude, pas par amitié pour moi.

Dan n'eut pas l'occasion de protester car, à cet instant même, la porte s'ouvrit et Nancy Garwood entra. Elle était vêtue d'un tailleur brun en laine qui mettait en valeur sa silhouette et ses cheveux bouton d'or. Un petit chapeau coquet agrémenté d'une plume et rabattu sur l'œil complétait sa tenue. Le journaliste poussa un grand soupir.

– Rappelez-moi de vous demander pour qui vous vous êtes mise sur votre trente et un.

– Ce ne sera pas nécessaire. Je suis allée voir le procureur. Il s'appelle McArdle et il est charmant. Il brigue le poste de gouverneur.

– Je parie qu'après le premier coup d'œil, c'est vous qu'il briguait.

– Évidemment. Il va me donner la voiture de Jack. N'est-ce pas gentil ?

Collins resta bouche bée.

– Vous donner la voiture de Frant ?

– Pas me l'offrir, gros bêta. Voyez-vous, lorsque les policiers l'ont ramenée de Bailey's Point hier, ils ont découvert qu'il s'agissait d'une Packard que Jack avait louée à New York. Pourquoi ne me chargerais-je pas de la conduire, ai-je alors proposé, puisque je remonte dans le nord de toute façon ? Cela éviterait d'envoyer exprès quelqu'un qui aurait ensuite à refaire le chemin inverse. Mr. McArdle a dit d'accord et m'a remis les clés. (Elle se tourna vers Rogan.) Seulement, pendant que j'étais dans son bureau, le sergent Dorsey se trouvait dans la pièce voisine et parlait à un nommé Yeager. Il a suggéré de vous faire assigner à comparaître pour l'enquête et de vous mettre à l'ombre en attendant, afin d'être sûr que vous vous présentiez. J'ai pensé que vous préféreriez filer avant que la police ne débarque et je suis venue immédiatement. Vous pouvez rentrer à New York avec moi si vous voulez.

– Splendide! s'écria Dan. Je vous accompagne.

– Vous savez ce qu'on dit, répliqua Rogan. Deux, c'est bien ; trois, c'est trop. Vous percevez des indemnités de déplacement. C'est l'occasion ou jamais de les utiliser. (Rogan sortit l'argent de sa poche et retira deux billets de la liasse.) Prenez les bagages de Nancy et portez-les à l'issue de secours. Je descendrai par l'escalier d'incendie et les récupérerai au passage. Payez ma note. Ensuite, faites le guet à l'entrée principale au cas où les flics arriveraient. (Il s'adressa à la jeune fille.) Combien de temps vous faut-il pour aller chercher la voiture ?

– Une quinzaine de minutes. Je vous retrouve dans la ruelle. Elle lui envoya un baiser et disparut.

– Il y en a qui ont toutes les chances, soupira Dan.

Exactement sept minutes plus tard, Kincaid descendait l'escalier d'incendie, son sac à la main. Une nuit de sommeil avait fait des merveilles, mais l'agression de Tethryn l'avait affaibli, et il fut heureux de n'avoir à négocier que deux volées de marches.

L'escalier se terminait par un couloir au sol de béton qui conduisait à la sortie de secours de l'hôtel. Une porte menait à la réception, mais elle était fermée. Rogan posa son sac par terre et s'installa sur les marches pour attendre Nancy et reprendre son souffle. Il était à peine assis que la porte de la réception s'ouvrit sur Sue Braxton.

– Oh! fit-elle avec un hoquet de surprise. Vous *êtes* là! Bobby m'a suggéré de vous chercher dans ce couloir. Voyez-vous, les Makepeace ont été assignés à comparaître et Bobby en a déduit que vous le seriez aussi. Il s'est douté que cela ne vous plairait pas, alors nous sommes venus vous prévenir. Nous avons appelé dans votre chambre, mais vous n'avez pas répondu. Bobby s'est dit que vous deviez déjà être au courant et que vous étiez parti ; néanmoins, il est monté s'en assurer.

– Et il s'est dit aussi que si j'essayais d'échapper à la police, j'utiliserais les escaliers plutôt que l'ascenseur. Un petit génie, ce garçon !

Sue éclata de rire, puis acquiesça.

– Ma foi, oui. Je n'avais jamais songé à le considérer sous cet aspect.

– Vous n'êtes pas la seule dans ce cas, répondit Rogan avec un sourire. Merci d'être venue m'avertir.

Il y eut un long silence, puis la jeune fille déclara :

– Il fallait que je vous voie de toute manière – pour une autre raison. Je... je ne sais pas si je dois vous remercier ou vous haïr.

– L'un ou l'autre est-il nécessaire ?

– Je suppose que non. Je n'arrive pas à me forger une opinion sur vous. À propos de la façon dont vous avez traité Grand-Père, je veux dire. Mr. Collins m'a expliqué que vous avez refusé qu'il publie une seule ligne sur le dinitrophénol... D'autre part, j'étais presque fiancée à Evan... et je ne sais plus quoi penser de lui désormais.

– Quel âge avez-vous ?

– Vingt ans. Pourquoi ?

– Parce que l'unique certitude lorsque l'on a vingt ans, c'est que les choses qui nous tracassent aujourd'hui ne sont pas celles qui nous tracasseront demain.

Sue le regarda, étonné.

– C'est la vérité, j'imagine ? Les gens ont l'habitude de dire : « Tu t'en remettras », mais ce n'est pas pareil, n'est-ce pas ?

– Rien n'est jamais pareil ; tout dépend des mots que l'on emploie.

Sue réfléchit quelques secondes, puis soudain, elle ouvrit son sac à main.

– Vous disiez que vous n'aviez plus d'argent, alors je vous ai apporté ceci. (Elle sortit une liasse de billets de son sac et les mit dans la main de Rogan.) Il y a à peu près mille dollars. C'est tout ce que j'ai pu réunir aujourd'hui. Je vous en enverrai davantage plus tard.

Kincaid en eut le souffle coupé.

– Merci, fit-il avant de reprendre : C'est le plus joli geste qu'on ait jamais eu envers moi. Mais je ne peux pas accepter.

– Vous êtes mon oncle, n'est-ce pas ?

– Oui.

– Alors, pourquoi ?

– Parce que si je prenais cet argent, vous croiriez que j'en ai besoin de plus. Ensuite, vous commenceriez à vous inquiéter pour moi et cela n'aurait pas de fin. D'ailleurs, j'ai ce qu'il me faut. (Il plongea la main dans sa poche et montra les billets que Collins lui avait donnés.) Vous voyez ? Une semaine à New York, et j'en aurai gagné plus que je ne pourrai en dépenser.

Il lui rendit l'argent.

– Vous voulez me faire plaisir ?

– Comment cela ?

– Achetez-vous quelque chose de beau – une bague ou un collier – quelque chose qui durera. Et chaque fois que vous le porterez, vous vous direz : « Où que se trouve oncle Mike, il est heureux et ne manque de rien. » Ferez-vous cela pour moi ?

– Oui. (Elle reprit l'argent.) Et je suis persuadée que vous serez heureux et que vous ne manquerez de rien, oncle Mike.

– Merci. Encore une dernière faveur. Gardons ce lien de parenté secret. Mon passeport est au nom de Kincaid, et si les autorités découvrent qu'il devrait être au nom de Braxton, elles risquent de me causer des ennuis.

– Je ne dirai rien. (Elle le regarda dans les yeux et ajouta :) À personne.

– Vous êtes une chic fille, dit-il en lui tendant la main. Et maintenant, il vaut mieux que je m'en aille avant que la police n'arrive. Au revoir.

Sue ignora la main tendue et déclara :

– Par ici, les oncles embrassent toujours leurs nièces pour leur dire au revoir.

Rogan embrassa la jeune fille.

– Merci pour ça aussi.

Il y eut un bruit de pas derrière Kincaid et, en se retournant, il vit Bobby descendre l'escalier. Le jeune garçon portait un paquet enveloppé de papier brun sous le bras. Son visage s'illumina lorsqu'il aperçut le joueur.

– Salut. Je suis content de vous avoir trouvé. C'est-à-dire... avant que vous ne partiez. Je... euh... enfin... je voulais vous donner quelque chose.

Il lui tendit le paquet.

– Vous êtes très gentil. Je...

Avant que Kincaid ne puisse terminer sa phrase, il entendit une voiture klaxonner dans la ruelle. Il serra la main de Bobby.

– Le coup de klaxon est pour moi. Il faut que je me dépêche. (Il agita le paquet.) Merci. Je l'ouvrirai plus tard. Prenez bien soin de vous, tous les deux.

Kincaid s'en alla dans un brouhaha d'au revoir.

Nancy avait ouvert la portière de la Packard et Rogan lança les sacs sur la banquette arrière. Comme il s'engouffrait dans la voiture, Nancy embraya. Ils dépassèrent un policier à l'entrée de la ruelle. Celui-ci jeta à peine un regard à la Packard grise, et la jeune fille poussa un gros soupir de soulagement.

– Ouf! J'avais peur qu'il ne nous guette. Où étiez-vous passé?

– Je faisais mes adieux à Bobby Chatterton.

Nancy se mit à rire, du rire insouciant d'une femme pour qui les choses avaient bien tourné et qui, par conséquent, trouvait tout amusant.

– Ne vous moquez pas de Bobby, la réprimanda Rogan. Je vous parie qu'il avait compris que John Frant avait été assassiné dans l'heure qui a suivi le meurtre, seulement, il était trop timide pour le dire, de peur de s'être trompé. En outre, il m'a fait un cadeau.

– Qu'est-ce que c'est?

– Je ne sais pas encore. On dirait un paquet de linge, mais c'est trop lourd pour être ça. Il y a aussi quelque chose de dur.

Le joueur avait commencé à défaire la ficelle et, pendant qu'il parlait, le « quelque chose de dur » s'échappa du paquet et fit un bruit métallique en tombant sur le plancher de la voiture. Rogan le ramassa. Nancy quitta la route des yeux un instant et y jeta un bref regard.

– Dieu du ciel! Une clé anglaise! Est-ce pour réparer la voiture en cas de panne?

– Non. Je suppose qu'il s'agit de l'outil dont s'est servi Tethryn pour tordre le verrou de ma porte. C'est Bobby qui a résolu le mystère de la chambre close. Il m'a probablement apporté cette clé pour me prouver qu'il ne s'était pas trompé.

– Dan m'a dit que c'était *lui* qui avait résolu le mystère de la chambre close.

– Des tas de filles ont commis l'erreur de croire Dan.

– Si Bobby est tellement malin, pourquoi n'a-t-il pas découvert ce qui vous a étranglé ?

– C'était Tethryn mon agresseur.

– Cela ne lui ressemblait guère. Pas d'après la manière dont vous avez raconté ce qui était arrivé.

– Oh, il y a un truc, là aussi. Rappelez-vous, j'avais passé la soirée à écouter des histoires au sujet de Od et des génies des eaux qui surgissaient des flots, énormes et informes, comme de monstrueuses méduses. Puis miss Makepeace m'a montré les gouttes que Tethryn avaient laissées sur le sol du salon, en insinuant qu'il pouvait s'agit des traces d'un génie des eaux. Même si l'on a les nerfs solides, on a vite le sentiment, à écouter ce genre de récit, d'être Robinson Crusoé découvrant l'empreinte de pas d'un fantôme. Et pour couronner le tout, cette chose m'a sauté dessus dans le noir lorsque je suis remonté dans ma chambre. Est-il surprenant que j'aie cru aussitôt avoir affaire à un génie des eaux ? J'étais dans l'état d'esprit d'un enfant qui s'imagine entendre des ours chaque fois qu'une souris trottine derrière les lambris. Si nous connaissions la solution, elle serait certainement très simple.

– Je n'en suis pas si sûre, objecta Nancy, l'air grave. Vous avez dit que cette chose n'offrait aucune résistance quand vous la touchiez mais qu'elle avait pourtant assez de force pour vous étrangler. Qui ou quoi serait capable d'une telle prouesse ? (Elle haussa les épaules.) Nous ne le saurons jamais. Qu'est-ce que Bobby vous a donné d'autre ?

– Je n'ai pas encore regardé, répondit Rogan en finissant de déballer le paquet et en tenant devant lui l'objet qu'il avait contenu. Doux Jésus ! Un poncho !

– Qu'est-ce qu'un poncho ?

– Une sorte d'intermédiaire entre une couverture et un manteau de pluie. Les scouts en portent quand il fait mauvais temps.

Nancy fronça le nez.

— Était-ce la B.A. du jour pour Bobby ? Ce machin m'a plutôt l'air d'un drap en caoutchouc.

Soudain, Rogan éclata de rire. Il rit jusqu'à ce que des larmes lui roulent sur les joues, et il s'écoula plusieurs minutes avant qu'il ne puisse satisfaire la curiosité de Nancy qui insistait pour qu'il lui fasse partager la plaisanterie.

— Ne comprenez-vous pas ? dit-il. C'est *le* truc. Lorsque nous discutions, Bobby et moi, pour déterminer ce qui m'avait étranglé, il a parlé de couverture et de poule mouillée. Je n'ai pas saisi le sous-entendu, aussi m'a-t-il donné ceci aujourd'hui pour que les choses soient claires.

— Elles ne sont pas claires pour moi.

— Non ? Eh bien, Tethryn a dû enfiler ce poncho hier soir lorsqu'il est sorti attacher John Frant au câble du téléphone. Le poncho a été mouillé. Tethryn l'avait toujours sur lui tandis qu'il m'attendait dans ma chambre. Quand je suis entré, il faisait sombre, et il me l'a jeté sur la tête. Mon imagination a fait le reste. Le caoutchouc mouillé était glissant et n'opposait aucune résistance lorsque je me débattais, tout en m'empêchant de me mouvoir librement. Une fois que j'étais prisonnier sous le poncho, tout ce que Tethryn avait à faire, c'était de mettre son bras autour de mon cou et de m'étrangler par-derrière. C'est pourquoi je ne sentais rien de solide devant moi, même pendant qu'on m'étouffait.

Il se remit à rire.

— La technique de Tethryn était au point, seulement il a perdu son sang-froid lorsque miss Makepeace a crié. S'il avait tenu bon un petit peu plus longtemps, peut-être ne serait-il pas où il est maintenant. (Rogan lança un coup d'œil à Nancy.) Quant à moi, je ne serais certainement pas où je suis.

La jeune fille lui fit un sourire, puis elle ôta sa main droite du volant et la posa sur les genoux de Rogan, paume vers le haut, en disant :

— Cette chère miss Makepeace n'est pas sans utilité.

Hake Talbot

Bio-bibliographie

De son vrai nom Henning Nelms, Hake Talbot est né à Baltimore en 1900 et mort à Arlington en 1986. Fils d'un pasteur de l'église épisco-pale et fidèle à la tradition américaine, il a d'abord exercé divers métiers – marin, libraire, homme de loi, publiciste, éditeur – avant de se consacrer à une carrière de metteur en scène de théâtre pour troupes d'amateurs et de professeur d'art dramatique à l'université de Pennsyl-vanie. Il a commencé à écrire (sous son vrai nom) dès 1931. Les ouvrages considérés par lui comme ses « écrits sérieux » comprennent essentiellement plusieurs manuels d'études sur l'art théâtral comme *Lighting the Amateur Stage* (1931), *Building an Amateur Audience* (1936), *A Primer of Stagecraft* (1941), *Play Production* (1950) et *Scene Design* (1975) ; ainsi qu'une pièce dramatique, *Only an Orphean Girl* (1944), un livre de réflexion sur le dessin, *Thinking with a Pencil* (1964), et un ouvrage réputé sur l'art de l'illusionnisme dont il fut un fervent adepte, *Magic and Showmanship* (1969).

Dans le domaine de la littérature policière, son œuvre se compose de deux romans écrits à deux ans d'intervalle, *The Hangman's Handyman* (*Le Bras droit du Bourreau*, 1942) et *Rim of the Pit* (*Au seuil de l'abîme*, 1944), ainsi que de deux nouvelles, *The High House* (*La Mai-son sur la colline*, 1948), parue dans un « pulp », et *The Other Side*, dont la première date de publication demeure inconnue et dont le des-tin est pour le moins saugrenu : on pensa longtemps que *The High House* était sa seule nouvelle publiée, jusqu'au jour où Jack Adrian, co-auteur en 1990, avec Robert Adey, d'une anthologie essentielle pour qui aime la nouvelle policière insolite, *The Art of the Impossible*, découvre *The Other Side* dans... une réédition suédoise de *Rim of the Pit* ! Selon le même Jack Adrian, Hake Talbot écrivit d'autres nou-velles du même style qui n'eurent hélas jamais l'occasion d'être publiées et disparurent, tout simplement, détruites par leur auteur ou oubliées (à jamais ?) dans quelque obscur grenier. On parle même d'un roman entier, inédit et sans doute perdu, *The Case of the Half-Witness*, apparemment son premier livre de fiction...

Romans :

The Hangman's Handyman, A Inner Sanctum Mystery, Simon & Schuster (New York, 1942). Traduction française de Danièle Grivel : *Le Bras droit du Bourreau*, Rivages (Paris, 2000).

Rim of the Pit, Simon & Schuster (New York, 1944). Rééditions : Dell Publications, premier *paperback* américain (New York, 1947) ; Bantam Books (New York, 1965), dans la collection « The World's Greatest Novels of Detection », avec une préface d'Anthony Boucher ; Tom Stacey (Londres, 1972), avec reprise de la préface d'Anthony Boucher ; International Polygonics (New York, 1985), avec une préface de Douglas G. Greene. Traduction française de Danièle Grivel : *Au seuil de l'abîme*, avec une préface de Claude Chabrol, Rivages (Paris, 1998).

(Les deux romans de Hake Talbot connurent un succès exceptionnel lors de leur première parution, approchant au total le million d'exemplaires vendus pour la seule Amérique.)

Nouvelles :

The High House, dans *Mystery Book Magazine*, printemps 1948 (New York). Traduction française de Danièle Grivel : *La Maison sur la colline*, dans *Les Détectives de l'impossible*, anthologie de nouvelles choisies et présentées par Roland Lacourbe, Le Terrain vague (Paris, 1991).

The Other Side (première date de parution inconnue). Réédition dans *The Art of the Impossible*, anthologie de nouvelles choisies et présentées par Jack Adrian et Robert Adey, Xanadu Publications (Londres, 1990). Traduction française de Danièle Grivel : *The Other Side*, dans *813* n° 44-45 (décembre 1993), publication des Amis de la littérature policière, qui comprend également un dossier illustré sur Hake Talbot intitulé « Un maître de l'insolite ».

Table des matières

Cet ouvrage a été réalisé par la
SOCIÉTÉ NOUVELLE FIRMIN-DIDOT
Mesnil-sur-l'Estrée
pour le compte des Éditions Payot & Rivages
en mars 2000

Imprimé en France
Dépôt légal : mars 2000
N° d'impression : 49905